The Lawyers'
Advancing:
Dark Clue

进击的律师

幽暗线索

法山叔 / 著

天地出版社 | TIANDI PRESS

自 序

时隔一年,《进击的律师:幽暗线索》终于和大家见面了。

此书完稿时正值疫情在国内肆虐的时期。彼时人人居家隔离,街道上空无一人,我的律师工作也无奈中止,只能在家写书。我依旧记得在敲完本书最后一个字的那天晚上,我发了条微博:"受疫情影响,原定于 2020 年 12 月 31 日交稿的《进击的律师》第二部于 2020 年 3 月 1 日完成初稿。"

在发那条微博的时候,全国一片哀鸿,家家严防死守,我看着终于完成的作品,心里是五味杂陈的。本以为它能早早和大家见面,但没想到疫情对出版行业的影响也颇大,它拖到现在方才正式出版。

大家久等了。

在朋友们正式览文以前,我想和大家分享一下我写《进击的律师》的初心。

我第一次着手写这个故事是在 2017 年。因为职业原因,我平时很喜欢看律政剧,《逍遥法外》《胜者即是正义》《金装律师》

等，虽然因艺术创作需要，这些故事的剧情多有与事实出入的地方，但因为它们对律师这份职业的尊重，总体上我还是看得津津有味的。当然，国内的一些贴着"律政剧"标签的影视作品我也看，但通常我都只看了前面几集便草草换台，因为我遗憾地发现这些故事似乎都只是贴着"律政剧"标签的肥皂剧。这些影视作品虽然口口声声说自己在描述"律师生活"，但说白了只是在描述几个恰巧是律师的人的感情生活。律师，尤其是诉讼律师们在真实生活中遇到的那一个个紧张刺激的案件，经历过的"刀尖舔血"的日子，他们主观上不了解，客观上也是写不出来的（因为编剧大多缺乏专业知识背景）。恰巧当时我刚刚在网络上面向公众写作，除普法外，偶尔也会写一些中短篇的小说。于是在某一天我就突发奇想："既然国内没有好看的律师故事，那为什么我自己不写一个呢？"

因此，秉持着"我行我上"的精神，我写下了关于本系列故事的第一个字，并在2019年出版了第一本书——《进击的律师：双子星升起》。

令我感到开心的是，虽然第一本书的文笔相对青涩，但无论是出版界还是广大读者的口碑和反响却都还不错，这给了我继续创作的信心，也令我开始愈发用严谨认真的态度来对待这部系列作品。

如果说小说第一部的关键词是"兴趣使然"，那第二部的关键词则是"探索追寻"。

在写这本书的过程中，我天天闷在屋子里，每天唯一需要做的事就是写书——我不会做饭，饿了就吃母亲给我包的饺子。成都非疫情重灾区，每天在规定次数内是可以出小区的，要是实在不知道该如何写了，我就独自开车去成都南面的兴隆湖边，沿着湖边独自静静地走。兴隆湖不小，一圈下来有差不多10公里。夜间的兴隆湖边并没有什么人，我一次又一次地在湖边徜徉，陪伴我的只有沉默的湖水和安静的月亮。

我是个爱水的人，喜欢在水边走，也喜欢看水，我总能在有水的地方心平气和地待很久很久。如今回想起来，那段时间我是宁静的。

在这段宁静的时光里，我无与伦比地忠实于写作，忠实于自己笔下的人物。刘春、李法山、刑天、隋钧、花想容……在空无一人的家里，在凄凉孤清的水边，我无数次和他们对话，问他们在想什么，他们想要什么，他们为什么活着。一开始他们不愿意回答，但慢慢的，我开始了解他们的欲望与苦衷。

和他们对话的过程，也是我更了解自己的过程。

在我看来，活着就是一种状态，一种原本没有任何意义的、不稳定的状态。

我们为了证明自己此生不虚此行，总会在这段空白的时间里填上自己相信的关于意义的答案。

而我的答案是什么呢？

是爱。

是爱好，爱人，也是爱己。

人间最真实的快乐，通常不是权柄与名利带来的，而是来源于爱——做自己热爱的事，和自己热爱的人在一起，并因足够的付出有幸得到同等的关于爱的回馈。

这本书里,关于爱情的部分很少,甚至里面有一些阴暗的算计权谋与丑陋人性,但本质上它是一本讨论爱的书。

我们都活在对爱的追逐里,并因之痛苦或幸福。

希望朋友们能通过这本书对律师这个职业多一份兴趣,也希望朋友们能寻得属于自己的那份爱。

祝福你们,也祝福我。

目录

破碎的离别	001
血腥爱情故事	017
失独者的哀歌	087
小说家的救赎	159
刘春的秘密	241
慈善家的黄昏	271

破碎的离别

01

急救室外，李法山正呆呆地坐在医院过道的塑料椅子上，面沉如水，双目失神。医院的灯光从来是充足的，他却只觉惨淡昏暗。

急救室内，是李法山的搭档刘春。一年前，他二十七岁，刘春三十岁，两人从号称"龙城最强诉讼律师"金凤飞律师的团队出走，决定自立门户，在全国律界打下一片属于他们自己的江山。经过一年多的努力，他们以"春山组合"的名号搭档办案，从籍籍无名的江湖小辈，到连克"坤乾之盾"刑天、"笑面军师"夏秋冬、"怒目金刚"江白赤烈，甚至与号称"龙城最强"的前老板金凤飞打得难解难分，在打赢国盛集团"九龙夺嫡"的战役后，声望达到顶峰，终于在权威法律刊物《律坛春秋》发布的"律界新锐排行榜"中升到第一名。

"律坛三十年来第一天才组合""龙城最佳诉讼拍档"……伴随这些耸人听闻的称号，李法山和刘春的财富呈几何级增长：刘春还清了房贷，李法山不仅买了房，还开始毫无顾忌地在龙城各大高级会所莺歌燕舞。他们不再是众人眼中的小刘和小李，而成为大家必须予以充分尊重的"刘律师"和"李律师"。

然而,就在二人总算过上好日子的时候,拍档组合里的大师兄刘春出了车祸。

此时,李法山心中五味杂陈。

从知道刘春发生车祸的那一刻到现在,他一直在思考一个问题,那就是:"如果刘春醒不过来了,我该怎么办?"

这种担忧不仅是事业上的,还有生活上的。

自他从龙城大学毕业以来,他的人生就没有离开过刘春:案子出了问题,找刘春;周末想吃火锅,找刘春;甚至他们过去一年来声名鹊起,也几乎全是刘春的功劳。他就像一个无忧无虑的大雄,遇到困难了只要哭一哭,闹一闹,哆啦A梦就会从百宝袋里变出令自己逢凶化吉的法宝,让自己的人生逢山开路,遇水搭桥。

在此情形下,如果没有了刘春,自己还能活得好吗?

李法山焦虑地想抽一根烟,刚取出来便被从旁经过的护士阻止,让他"要抽去外面抽"。他向外走了两步,想了想,最终又重新坐回了座位。

终于,又等了一个小时后,门上的绿灯亮起,几位医生边摘口罩边走出来。李法山勉强保持镇定,快步走上前问道:"医生,病人怎么样了?"

医生打量了他一眼:"你是病人家属?"

"是。"李法山连连点头。

医生面色缓和了许多:"病人已经脱离生命危险,这两天应该会醒过来,你们好好照顾他。"

"谢谢医生。"李法山压抑住内心的激动,然后在医生离开后长呼一口气,瘫坐回椅子上。

不知道为什么,他突然有点想哭。

或许人类最懂得珍惜的时刻,不是失去的时候,而是失而复得的时候。

过了一会儿,刘春被转移到病房,李法山坐到了他的床边。

刚刚做完手术的刘春遍体鳞伤,全身上下血迹未干,在病床上平和地闭着眼睛,仿佛在做一场彻底解脱后的美梦。

两日后,刘春神志已经颇为清醒了,但头上裹着纱布,脚上打着石膏,因身体虚弱仍说不出话。

李法山在旁边手忙脚乱地削着苹果。

他其实并不会削苹果,所以在尝试失败后,干脆急躁地直接将苹果剁成四块。

"春哥,来来来,上好的苹果,今天你做亚当,吃了后我再给你找个夏娃,颠鸾倒凤,包你枯木逢春。"李法山对着刘春嘿嘿笑道,然后看着刘春面容惨淡,气若游丝,又恍然大悟般"呀"了一声:"糟糕,你还不能吃苹果,那兄弟帮你先吃了,等你好了再吐出来给你,周公吐哺,天下归心,配上老法师的口水,疗效更好。"

刘春虽然气虚体浮,瞧李法山在旁淘气的样子,眼里也零星泛起笑意。

窗外春光明媚,白云如船,老树也长出新芽。自己大难不死,醒来后发现李法山就在自己身边,此时他虽然全身都在疼痛,心情却是平静而安宁的。

"撞你那孙子现在公安那边正在调查，但目前还没查出个所以然来。你放心，我会跟进的，绝不会轻饶了他。"李法山边啃着苹果边絮叨，"案子这些你也别担心，我在处理着，张白白这人虽然蠢是蠢了些，但做事还算勤勉，也能帮上忙。你这段时间就好生休息，一切有我呢。"

刘春微笑着点了点头，然后闭上了眼睛。

李法山不知道的是，其实这两天刘春躺在床上，一直在思考两个问题：第一，自己被撞究竟是交通意外，还是有人蓄意谋杀？第二，自己为什么活着？

他决定在出院后，去见一个人。

一想到这里，他又睁眼看了看眼前这个殷殷关切自己的兄弟，突然有一些心疼。

02

即使世界上有一万家律师事务所，这些律所的经营模式大致就分为两种：公司制或者合伙制。公司制律所里虽然也有合伙人，但除了那些核心合伙人，剩下的律师更像是公司员工，老板派活，他们领工资和提成，办事律师不用担心案源，但待遇容易遇到天花板。

而合伙制律所又称为传统所，即律所只向你收取一定的挂靠和管理费用，然后案源你自己找，当事人你自己寻，能赚多少各凭本事。对真正的能人来说，传统所反而可能是自己更好发挥的舞台。

传统所里，有的是走大而强的路线，就跟贪吃蛇一样，不断吸纳律师，吸纳案源，越做越大，再内部整合资源，最终将律所发展成一个庞然大物。诸如坤乾所和春山组合所在的、近两年冉冉升起的厚德所，走的都是这样的路线；而有的则是走小而精的路线，术业有专攻，律师也就那么几个，别看场子不大，真要遇到某方面业务，你只能找他们。

龙城律界里，就有这样一家名为"云升天闻"的精品小所。

这家律所只有四个合伙人，分别叫李青云、张林升、王项天、孙逸闻，人称龙城刑辩界"四大金刚"。其中律所主任李青云，稳坐龙城律界头把交椅十五年，手里光是无罪辩护成功的案例便达到夸张的十五起，被誉为"刑辩之神"。

云升天闻的办公地在龙城市中心的一家四合院内，四周高楼林立，唯它曲径通幽，据说政府原本在旧城改造时想将它拆迁，但后来因为莫名其妙的原因，独独将它保留了下来。

院门外，"云升天闻"四个字平淡无奇。

今天，这家刑辩所来了一个不速之客。

这位客人脸上还有纱布，走路拄着拐杖，从出租车上下来后，一瘸一拐地走到门前。奇怪的是，尽管他看起来伤痕累累，气质却是淡定从容，给人的印象不是虚弱，反而是温和。

他敲了敲门，一个黑衣男子开门，见是他，便微微点了点头，把他扶进院内。

一个全龙城律界都知道的事是，李青云只在每天下午三点到六点见客。原因是此人虽为刑辩大拿，却极信风水术数、阴阳八卦，他算得这段时间是自己气运最盛的时候，因此除非必要的开庭，他只在此时对外办公。

走到四合院内一间办公室门口，黑衣男子敲了敲门。在听到门内"嗯"的一声后，男子将门打开。

办公室约二十平方米，不算大，但聚气，迎门是办公桌，桌侧是一排皮沙发，和办公桌成九十度角，比办公桌矮半截，桌后的墙上裱有"龙城辩帅"四字狂草，书卷上盖的是全国著名书法家、龙城书画协会会长俞春华的私人印章。

十年前，俞春华的儿子俞秋水在夜店和一个姑娘一夜情被仙人跳，俞秋水脾气硬，不愿花钱息事宁人，被姑娘告了强奸。俞春华为此花重金请李青云出马。李青云介入后，经检察机关审查，最终做出不予起诉的决定，而那个做局的姑娘则直接以涉嫌敲诈勒索罪被公安机关立案调查，并被判刑五年。现如今，俞秋水在八眼桥开了家夜店，生意很好。

"小刘，你来啦。"李青云微笑着打招呼。

来者正是刘春。

刘春新伤未愈，行动不便，李青云却并没有起身搀扶他，而是由着他自己坐到沙发上。

在坐到沙发上后，行家会立刻发现李青云办公室的玄机。

因为沙发比办公桌矮半截且和办公桌有一定距离，刘春坐在沙发上就会微微仰视李青云，这会在无形中增加李青云的权威感。但同时，由于两人并非正对而坐，而是斜对，李青云对刘春的压迫感又有所降低，他的亲和度并未减少。

每个当事人心目中的理想律师在某种程度上是一致的：权威

专业、值得信赖、温和、好沟通。律师布置办公室也是有学问的，在进入李青云办公室的一瞬间，他对办公室的安排就已经让刘春产生了这种感觉。

室内光线充足，鱼缸中的水清澈透明，办公桌设在西北角，桌上的龙头龟栩栩如生。

照理来说律师作为一个理性的群体，应该是不信玄学的，但律师界迷信风水的人并不算少。因为有时做律师就跟做生意一样，不可控的因素也很多，在此情形下，不乏有人"不问苍生问鬼神"。比如厚德所里也有一位合伙人，自己还是大学教授，不仅办公室摆置讲究风水，连招助理都要先问他们的生辰八字，遇到八字不合的无论多优秀都不要，颇为令人咋舌。

"李律师，好久不见。"坐定后，刘春温和地跟李青云打招呼。

"是啊，好久不见。伤好些了吗？"李青云问。

"没有大碍，痊愈只是时间问题。"黑衣助手给刘春倒茶，刘春说了声谢谢。

"这两年你在龙城律界可是风头出尽，遇到这种事情，希望不要对你的事业造成影响。"李青云还是颇为关切。

"谢谢李律师。"刘春看向李青云的眼神充满尊重。

其实李青云和刘春的渊源，还得从十二年前说起。

刘春在考上龙城大学后，因为家里的原因，虽然品学兼优，却是囊中羞涩，一直靠申请助学金过活。李青云在龙城大学法学院设了"龙门"奖学金，每年会在法学专业里挑三个这种成绩优秀但贫困的学生给两万元的奖励，刘春在第一年便申请到了奖学金，此后竟又被李青云破例连续资助三年。读研究生的时候，刘春便开始跟在李青云身后实习。

李青云看着刘春如今从容成熟的样子,暗暗感叹。

他还记得自己第一次见刘春时的场景。他设奖学金的目的除了广结善缘,也有给律所挑苗子的意思,所以每年他都让领奖学金的三个人到办公室来和自己聊聊天。贫困学生因为家庭背景的原因,在大人物面前多少有些自卑,见李青云时大多毕恭毕敬,大气不敢出,只有刘春,气宇轩昂,不卑不亢,给他留下了极为深刻的印象。

当年那个深具潜力的苗子,如今眼看着就要成为参天大树了。

李青云凝视了刘春几秒,然后突然叹了口气:"这几年李法山受你照顾了。"

刘春微微动容。

他还记得自己即将毕业的时候,最后一次和李青云沟通去向时他对自己说的话。

"小刘,既然你执意要去坤乾,那就去吧。"李青云虽不知刘春为何一定要去坤乾所,但自恃身份,没有强求他留下来,反而在犹豫了一会儿后对他说:"过几年,你们学校可能会有个叫李法山的人也要去坤乾,如果可以,还请你帮我多照顾照顾他。"

"哦?这个叫李法山的人也是领到奖学金的学弟吗?"刘春困惑地问。

"不,他是我儿子。"

从回忆中醒过神来,刘春认真地对李青云说:"没有的,李律师,其实法山也一直在照顾我。"

李青云闻言也愣了会儿神,然后问:"所以你这次来找我是想做什么?"

刘春抿了抿嘴唇,然后说:"李律师,我想我应该离开法山了。"

李青云"嗯"了一声,低头喝了口茶:"你随时都可以离开他,不用跟我打招呼。"喝完茶后,他顿了顿又说,"但我想知道原因。毕竟你们春山组合的名字最近还打得挺响。"

"因为……我也有一些自己的事情要做。"刘春字斟句酌地答道。

李青云皱了皱眉头,对刘春这句话不甚满意:"你不是一直在做自己的事情吗?做律师,做案子。还有什么其他事?"

刘春叹了口气:"李律师,您就别问了。我也有自己的难言之隐。而且法山这几年成长得挺快的,没有我也能过得挺好,甚至,很多时候我会觉得,我继续留在他身边,对他来说也不见得是一件好事。"

"嗯……"李青云沉吟片刻,然后对刘春说,"你是一个成熟的人,你做什么选择,我都尊重。以后你有什么需要帮忙的,可以来找我。"

听到这句话后,刘春心中涌出一丝感动。以刘春什么问题都自己吞的性子,他即使有困难,也几乎不可能求李青云帮忙的,但他知道李青云这句话的分量。

"李律师,谢谢。"

"好好照顾身体,没事的话你就先走吧,我等会儿还有客户要来。"李青云不再多说。

刘春不再逗留,起身告辞。走了两步后,他突然转过头来对李青云说:"李律师,其实你和法山,没必要这样的……"

"你走吧。"李青云开始低头看案卷。

03

最近令李法山比较费解的事情是，不知道为什么，自从刘春出院后，自己便一直找不到他，微信爱回不回，电话爱接不接，要不是两人铁打的关系，他都会怀疑刘春是不是在躲着他。

"春哥，你这几天究竟怎么了，我这有个案子有一些问题没弄明白，你快帮我理理。"在坚持不懈的努力下，李法山还是打通了刘春的电话，"你这就算伤势未愈，脑子应该也还好使啊，咱能不消极怠工吗？"

电话那头沉默了一会儿，然后说："这个问题你自己想，别什么都来问我。"

"我靠，刘春你什么意思？就跟这个案子律师费我一个人拿似的，你还当起甩手掌柜了。别废话，我……"李法山话还没说完，刘春已经挂掉了电话。

李法山一愣。刘春从来没生硬地挂过自己的电话，对此，他既觉得可能是刘春接电话不方便，又觉得可能其中另有隐情。他想了想，终究觉得情况不对，便决定开着两人共同买的那辆破破烂烂的老奔驰去刘春家门口堵他。

到了刘春家门口，他狠狠地敲了敲门，门开了，刘春在家。

"刘春，你咋回事啊，金屋藏娇了？从此君王不早朝？"李法山直接冲进门。他突然产生一种在捉奸的感觉，这种感觉令他觉得非常奇怪。

"你想干吗？"两人虽然交情甚笃，但对于他的这种行为刘春还是微微动怒。李法山敲门前刘春正在桌子前面打磨木雕，他很忌讳自己做木工活的时候被人打扰。

"来让我看看，嫂子究竟长啥样！"由于李法山经常来刘春家，所以他对房间布局非常熟悉。他进门溜达了一圈，毫无收获，然后便扭头问刘春："我说刘春，你这也没什么特殊情况啊，怎么最近都不理我了？"

刘春沉着脸坐到沙发上，但还是给他倒了杯水："你来了也好。你坐，我有事要对你说。"

李法山闻言心中隐隐有些不安，他咬了咬嘴唇，然后坐到了刘春旁边："咋回事，得癌症了？"

刘春见李法山惴惴的样子，心中闪过一丝不忍，但终究还是说道："咱们以后可能不能一起做案子了。"

"啊？"李法山愣住了。他感觉自己像突然被人捂住了口鼻，觉得有些胸闷，"你真得癌症了？"

"不是癌症。"刘春虽然心情沉重，但也被李法山搞得有些哭笑不得，"我的意思是，我现在有自己的打算，以后我们就各自独立做案子吧。之前合作的案子你可以都交给我做，律师费还是咱俩平分，后续的案子我们就不一起接了。"

李法山匪夷所思地看着刘春。

刘春平时都是温和、淡定、从容的，这是他第一次看到刘春低着头，不敢看自己的眼睛。

他开始意识到刘春不是在开玩笑。

"你想单干？为什么啊？……"他开始有些心慌，"你脑子是不是被撞坏了？"

刘春见李法山眼神里的慌乱，心中竟有一丝不忍："法山，没有我你也能做得很好。"

"我知道我也能做得好。我只是想知道为什么你不愿意和我一起了。不是说好的春不离山、山不离春吗，怎么才做出点起色你就想单干？"李法山接连质问道，"难道是你觉得钱分得少了？缺钱你说啊，咱俩六四还是七三都可以的。"

在说完这句话后，李法山觉得情况不对，于是赶紧补了句："当然也就你困难的这段时间啊，过了这坎儿咱还得五五。"

刘春啼笑皆非："不是钱的原因。"

"那到底是什么原因？"李法山刨根问底。

刘春见他不问个水落石出誓不罢休的架势，一时只觉得为难。看着眼前这张毫无保留地信任着自己的脸，他竟产生将自己内心最深处的秘密和盘托出的冲动。

但告诉他又有什么意义呢？不仅改变不了什么，也帮助不了什么。

"法山，你知道为什么这些年我一直在你身边吗？"刘春终是冷冷地说道。

李法山听到这句话只觉得奇怪："废话，还不是因为老子的人格魅力。"

"是因为你父亲，"刘春说，"我毕业前在李律师那里实习了三年，是他让我好生照顾你的。"

李法山愣住了。他不可思议地看着眼前自己最好的兄弟，张了张嘴，但却什么都说不出来。

因为一些不为人知的原因，李青云和李法山早已断绝父子关系。李青云是李法山的逆鳞，谁都不能在他面前提起这个人，这一点刘春是知道的，而他如今却说往昔种种竟全是受此人之托。

"我上大学时便一直受李律师资助，研究生阶段更是在他那儿实习，他对我恩重如山，是他让我在你身边帮你的。现在你已经成长得差不多了，我也没必要再留在你身边，所以日后还是各做各的吧。"

"真的吗？"李法山阴沉着脸站起来，死死盯着刘春，"刘春，你知道你在说什么吗？"

刘春转过身去，背对着他："法山，我累了。"

李法山没有再追问。

他将一枚陈旧的奔驰钥匙放在桌子上，静静起身，关门走了。

"刘春，我操你妈。"

空空荡荡的屋子里，只剩下刘春一人。

万籁俱寂，他看向窗外，这是一个凄冷的春天。

血腥爱情故事

"老马，我们结婚吧，好不好？"

龙城南部有个叫作龙腾山的景区，景区内坐落着一方叫作"翡翠居"的别墅群。翡翠居是有着二十余年历史的老小区，算是龙城修建较早的别墅区之一，里面住的都是龙城最先富起来的那批人。而现在，在其中的一座独栋别墅内，一个三十岁左右，穿着性感睡衣的女人正温顺地跪在沙发前的地毯上，抱着一个年过半百的男人的腿细声哀求。

这男人虽然人到中年，但形象气质却依旧翩翩，外形打扮更是一丝不苟。他是在电视节目《争鸣讲坛》上讲明史一炮而红的龙城大学历史系教授马扬鞭。

"毓秀，我们之间是不可能的。"马扬鞭温柔地抚摸着这个女人的头发，语气却毫无商量的余地。女人肤如凝脂的玉背在昏黄的灯光下散发着温柔的光，他虽觉美丽，却也感到一丝厌倦和烦躁。

就算是最好吃的红烧肉，天天吃也会腻的。

人啊，终究得换换口味。

"你一辈子做我的情人，我养你，这不也很好吗？"马扬鞭擦去女人心酸的眼泪，微笑着说道。

01

　　自从春山组合分道扬镳后,为了避免见面,两人都很少来律所办公。之前他们共同接的案子,也属于"当事人找到谁就由谁处理"的阶段,实在需要沟通,就让助理张白白传话。在此情形下,由于客户都很信任刘春,李法山总显得无所事事。

　　《律坛春秋》不知通过何种途径敏锐地发现二人一拍两散,已将两人拆分排行。拆分后刘春依旧雄踞新锐榜榜首,而李法山则被排到了第二十七名。

　　"这也太羞辱人了吧!"李法山将最新一期《律坛春秋》撕成两半,狠狠扔到地上。"就他刘春厉害,我李法山就分文不是?当初在独立前我好歹也是龙城十佳团队的律师,咋现在越混越差,都排到第二十七位了?"

　　"谁让你之前只爱打辅助。"张白白正在他身边玩游戏。

　　张白白是春山组合招聘的第一个助理。当初刘春觉得她脑子不灵光,满脑子匡扶正义、扶危救厄,有想法,无心机,并不想招她。奈何李法山垂涎于她的美色,在几十份优秀的求职简历中数度犹豫,最终一意孤行,选择了胸最大的那一个。

当然，李法山的前女友花想容的推荐也是她应聘成功的关键原因。

自从春山二人闹掰后，张白白也一度比较尴尬——如果两个人做的是同一个案子还好，现在两位老板各走各路，她竟一时不知道该给谁打工了。好在后来她发现刘春给她安排的工作极少，所以平时自己也就主要跟李法山。至于工资，由于发放助理的工资是走律所的账，律所财务按照以前的约定分别从两人的账上对半分，所以倒也没出什么争议。

"辅助也是很重要的好吗？没有辅助，主力能赢？"李法山不禁辩白，"而且主要是我平素低调，不爱争功，一山不容二虎，你懂不懂？"

"是是是，那你就好好证明自己嘛。"由于两人年纪本来差别也不大，加上李法山本人并没有什么老板架子，所以张白白在他面前说话有时也挺没大没小的。

李法山"哼"了一声。

"对了，刚刚前台说，有个当事人打电话想十点来律所咨询，现在还没安排律师，我们要不要接下来？"张白白问。

"啥案子？"李法山挖着鼻孔。

"好像是关于夫妻共同财产的。"张白白嫌弃地递过去一张纸。

李法山边擤鼻涕边说："当事人连熟悉的律师都没有，就这么打电话问律所，料这案子也没啥油水，而且这种小破案子能挤出多少钱？"

"那我推了？"

李法山托着下巴沉吟了一会儿，然后说："算了，闲着也是闲着，接吧。"

他确实是很久没开张了。

十点钟，一个精神抖擞的男人坐在了李法山面前。李法山打量起了他：年约三十，穿着简单的套头衫和牛仔裤，手上戴着苹果手表，目光炯炯，倒也看不出具体是做什么行业的。

"你好，我是李法山律师，这是我的助理张白白律师，请问怎么称呼？"李法山露出商务微笑。

"李律师您好，我叫刘鑫，是淘东电子商务有限公司的联合创始人。我这次来是咨询您一些关于房子的事情的。"刘鑫扶了扶眼镜。

怪不得一身贾跃亭的打扮，原来是创业的。

"你说。"李法山做出倾听状。

"是这样的，我最近和我女朋友准备结婚，女方家也同意，但条件是我必须买房，而且房产证上必须写她的名字，不然就坚决不同意结婚。"刘鑫直奔主题。

"嗯，有什么问题吗？"李法山问。

"我这边倒是没问题，主要是我妈那边。"刘鑫皱起眉头说，"我妈说我这几年挣这么些钱也不容易，而她又不是很喜欢我女朋友菲菲，所以坚决反对在房产证上只写菲菲的名字。可菲菲那边吧，我又不好跟她说，所以我就想问问律师有没有什么办法，既能加上菲菲的名字，又让房子属于我。"

张白白在旁听到这个问题时，表情已经开始略有愠色。很明显，她觉得这个男人是在欺骗自己的女朋友。

"房子多大，在哪个小区？"李法山问。

"132平方米左右,在金阳区龙城别苑。"刘鑫回答。

"房价多少?"李法山又问。

"432万。"刘鑫说。

"这个嘛……"李法山摸了摸自己的下巴。"根据《物权法》的规定,不动产物权以登记为准,如果你在房产证上写你女朋友的名字,从权利外观来看,那这个房子就是菲菲的房子。"

"是吗?"刘鑫并不惊讶,似乎早已知道答案,"难道在法律上就没有什么办法?"

李法山微微一笑:"办法倒不是没有。我们确实有办法既让你女朋友把名字写在上面,又能让房子实质上只属于你一个人。"

"什么办法?"刘鑫提起了兴趣。

李法山没有直接回答问题,而是转过头问张白白:"张律师,我记得前台刚才说刘先生已经付了咨询费了,是吗?"

"没有。"张白白说。

"刘先生,我们律所有规定,法律咨询是需要付费的,价格是2000元一小时,这个是硬性规定,我们也没办法,要是行政知道我们没收费就给出咨询意见,我们是要被扣钱的。"李法山说。

刘鑫撇了撇嘴,倒也没生气,向张白白问了律所公账的卡号。

"李律师,您说吧。"付款完毕后,刘鑫继续问。

"我给你两个方案,"李法山说,"第一个方案,你先对你女朋友说,你父母一定要你们先结婚,你拗不过,但是你郑重承诺,结婚后,这套房子一定、绝对只写她一个人的名字。"

"骗她?"刘鑫问。

"不,不骗她,不然你们夫妻关系就完了。你领完证后,购房款不要从你的名下出，而是用你父母的银行账户打款。在你父母打款前，你和他们先签订赠与协议，约定该出资为父母单独赠与你个人的，是你的个人财产。协议签好后，再拿去公证处公证。"

"这么做就OK了？"刘鑫问。

"《婚姻法》司法解释（二）第二十二条规定，当事人结婚后，父母为双方购置房屋出资的，该出资应当认定为对夫妻双方的赠与，但父母明确表示赠与一方的除外。《婚姻法》司法解释（三）明确规定，由双方父母出资购买的不动产，产权登记在一方子女名下的，该不动产可认定为双方按照各自父母的出资份额按份共有，但当事人另有约定的除外。①

"根据这些规定，只要这房子是你父母出资，又有明确的赠与协议，如果以后你们离婚，尽管房子登记在你老婆名下，你依旧可以主张房子是你的。并且，做这些事情的时候，你老婆完全不用参与，也不会知情。"

刘鑫闻言欣喜若狂："这么好。"

"但是我也需要提示你一些法律风险。《婚姻法》司法解释（三）只明确规定了尽管登记在一方名下，但双方父母都出资时按份共有的情形，而没有规定一方父母出全资登记在另一方名下的情形，如果全都由你父母出资的话，不排除有的法官会主张是你的婚内赠与，我给你的法律建议只是根据法条及《婚姻法》的立法趋势得出的法律推断。如果你要确保万无一失，最好再偷偷找

---

① 本书中的故事均发生在《中华人民共和国民法典》施行之前，故以旧法作为审理依据，其余涉及民法法律均同此。

你老丈人，说你差几万块房款，让你老丈人象征性地打笔钱，然后口头承诺以后还给他们。如果你这么做了，至少从证据表象来看，就是双方父母都出资，可以无争议适用法条了。"

"我婚前这么做不行吗？"刘鑫问。

"婚前反而不太合适。婚前双方财产各自独立，尽管父母说钱都是给你的，但你却写了女方的名字，那法院就更有可能视这套房产为你对女方的赠与，这房子就真和你没关系了。且如果你们婚姻存续了几年，你还不好以彩礼为由主张返还。"李法山说。

刘鑫若有所思，然后说："让她先和我结婚……问题倒也不大。方案二是什么？"

"方案二依旧是你在结婚后、买房前和父母签一个借款协议并公证，约定向他们借取人民币432万元用于购房。如果以后你们离婚，由于房屋是婚后购买，你可以主张该房子为夫妻共同所有。同时，由于房子用于夫妻共同生活，你可以主张向父母所借购房款属于夫妻共同债务，应由你和她共同归还借款。届时如果离婚，你父母可以同时起诉你们夫妻二人要求归还借款。在起诉的同时，查封该房产，则你父母向你出借的432万元购房款可以通过该房屋得到偿还。至于能不能拿到全部的借款，就看房市如何了。当然，为了更加保险，你可以不约定还款时间，但约定24%的年息。"

听到这个方案，刘鑫情不自禁地露出笑容。

"那李律师，你觉得我用哪个方案好？"

"这个由你自己决定。如果是第一个方案，法律争议会多一点，不过一个官司就可以打完。如果是第二个方案，法律争议会少一点，但除了你们的离婚官司，你父母可能还要打一个借款协议的官司。从保险的角度，第二个方案合适些。"

刘鑫低下头思考了一会儿，然后慢慢说出一句话："李律师，厉害。您对公司法这块熟吗？我们公司还没请法律顾问。"

李法山微微一笑："我们也只是为客户服务，尽全力满足客户的要求而已。实不相瞒，其实公司法才是我的主业，一般情况下婚姻咨询只是我对高净值客户的附加服务。"

"那您给我一份你们团队的资料，我去跟我那几个小伙伴说说看。"刘鑫起身握手，"这次就谢谢您了。"

张白白在旁做着会议纪要，眼神复杂。

在送走刘鑫后，张白白坐回李法山旁边，幽幽叹了口气："他老婆真可怜，以为遇到了一个愿意为她付出所有的好老公，却万万没想到背地里竟被如此设计。"

李法山还沉浸在征服客户的暗喜中，闻言无所谓地说："如果女方自己不先行算计，安安分分地在房产证上写两个人的名字，又怎会引来男方的防备和算计？现在一套房子多贵啊，谁的钱都不是大风刮来的，谈钱伤感情，我给他提的这俩方案，既不伤感情，又不伤钱，挺好。"

张白白觉得气不过，说："女方在婚姻前没有安全感，想要男方给些安全感又怎么了？不就是一套房吗？如果你连写个名字都不愿意，我还能相信你愿陪我终生？"

听着张白白情绪越来越激动，李法山不耐烦地转过头来看向她："照你这句话，女方没安全感，男方就有安全感了？不安全感是怎么产生的？还不就是从这些心眼和算计中产生的。这不是安全感的问题，这就是男女双方在婚姻前的博弈。恰恰相反，在这件事情中，你该看到刘鑫作为一个创业者，既具备创业的冒险精神，又有一定的风险防范意识，还能妥善解决和伴侣的矛盾，具备成为优质客户的可能。你赶紧准备下我们团队的介绍资料给人家发过去，这单要是丢了扣你绩效。"

眼见着张白白还想争辩，李法山开始板起脸："打住。我不想跟你讨论这些公说公有理婆说婆有理的价值观，没有意义。做我们这行就这样，如果光论是非对错，你该去居委会。你是我助理，我算你半个师傅，今天的事，你只要记住当有客户问你这个法律问题时，我们要提供的法律方案是什么就对了。这些知识是课本上没教过的，也是一个律师赖以自立的根本。"

张白白心里虽然还是气不过，但闻言也终究不说话了。

"唉，做律师就一定得这么算计吗？"过了一会儿，她还是忍不住问。

李法山见状，叹了口气："小张，律师的'二十一条军规'第四条你还记得吗？"

"记得，刚入职你和刘律师就让我背了。'在接受委托后，律师最大的道德，就是用合法的方式维护好客户利益'。"张白白说。

李法山说："记得就好。刚刚这个咨询算什么，我刚进律师事务所实习的时候，有个身家过亿的老总想离婚，咨询我当时的老板，也就是坤乾所的主任张太一，问他如何让陪自己一起奋斗了二十年的糟糠之妻一分钱都分不着。张太一给他设计了一个方案，精心准备了一年后才正式提起诉讼，官司打到最后，女方还真就只拿到一套房子，因为那套房子是男方自己想给的。"

听到张太一的名字，张白白的脸上闪过一丝异样的神色，但旋即匪夷所思地说道："这也太过分了！女方难道没砍死他吗？"

"没啊，女方就是个家庭主妇，对男方的财务情况一点不了解，经过财务做账和男方精湛的演技，女方还真以为男方做生意亏得连妈都不认识，当然，主要是方案设计得天衣无缝。再加上男方后来高风亮节，郑重承诺每年砸锅卖铁也要给女方100万，女方至今觉得男方有情有义。"

张白白嘴角微微一动，却也没有再说话。

如果你幸运地成了诉讼律师，那恭喜，你将从此活在算计之中。

你只有算计过所有人，你才能往上爬。

"所以你知道我想告诉你什么吗？"李法山见她没见过世面的样子，不禁笑了笑。

"什么？"

"你们律师助理最开始工资这么少是有理由的，如果没有为师这么手把手地教你方式方法，那些真正的套路你以为以你的智商能无师自通？"李法山一脸严肃，郑重其事。

"李法山，你这个无良资本家！"

就在他俩吵闹的时候，李法山的电话再次响起。

"喂，您好。"李法山接起电话。

"李律师，我是刚才咨询您的刘鑫，我有个表姐，是个模特，恰巧她最近也有个纠纷想咨询，不知道可不可以也问问您？"

"好，没问题。明天上午十点见。"李法山商务地挂了电话。

"老板，怎么回事，新业务来了？"张白白在旁边试探地问道。

"嗯，明天上午十点，和我一起接待当事人。"李法山的语气开始变得正经。

李法山要让所有人知道，没了他刘春，自己一样能行。

02

律师们通常会开一个这样的玩笑，那就是这个世界上只有两种职业是永远穿着西装的，一种是律师，一种是房产中介。

李法山上次和刘春讲这个段子的时候，俩人正因一件二手房买卖合同纠纷找中介了解相关法律事实。彼时二人都还是小小的团队律师，一个月只有3000元，李法山看着中介中心人来人往，忍不住向刘春问道："春哥，你说咱俩这身打扮和中介有啥区别？"

刘春笑着说："还是略有不同。咱们做律师的过的都是刀尖舔血的日子，在极端矛盾中不停挑战自己解决问题的极限，这样的日子过久了，气质和中介肯定不一样。"

李法山点点头，深以为然。就在这时，一个中年大妈走过来问："小伙子，现在天鹅湖花园的房价每平方米大概多少钱？"

于是春山组合终于明白，当时他们和中介只有两点差别：第一是他们打的是蓝领带，中介打的是绿领带；第二是中介的收入比他们高。

后来二人赚了些钱，开始穿高级西装才明白，一套普通西装和精品西装的差别究竟在哪里。

西装的好与坏，差别无非两点，剪裁和面料。

一个真正会穿衣服的律师，绝不仅仅只穿西装就完事了，而是要针对不同的群体穿不同的西装：如果当事人文化水平不高，或者收入较低，那他们通常不会穿面料太好的西装，因为昂贵的面料会拉远律师与这些当事人的距离，令他们内心产生"我们不是一路人"的负面情绪，不容易建立信任和委托关系。所以当会见诸如建筑工程案件中的当事人时，聪明的律师往往会故意挑一些剪裁合身但面料中上的西装，不会穿马甲，皮鞋也会穿七成新的。当然，他们会在一些细节，如袖扣处配一些印着斗大标志的奢侈品作为点缀。再比如去法院开庭，律师如果穿一身价格不菲的衣服参加庭审，那给法官的第一印象也可能不太好，法官可能会想：做律师了不起？好好好，知道你们比我们法官赚得多了，花里胡哨，且让我看看你是不是花架子；而面对一些家境优渥、有一定文化水平的客户的时候，他们则会穿昂贵的西服及佩戴没有明显标志的奢侈品，以给人专业、务实的印象。

每个律师的衣橱里都有无数套西服，但它们绝不是一模一样的。

西服如此，车辆亦然。你会发现做建筑工程案件起家的律师的车十有八九不是路虎就是宝马。

部分青年律师不懂得看人下菜碟，更不懂得"收"的道理，在刚打照面的时候就吃了亏。

考虑到当事人是个模特，应该比较注重着装，李法山出门前还是非常认真地打扮了一下自己：ZEGNA蓝色格纹定制西服三件套，爱马仕的暗纹领带，浅色的法式衬衣搭上Tateossian的袖扣，甚至还喷了点大地香水。

他其实并不懂香水，喷这款商业香也经常遇到撞香的情况，但没办法，有很多姑娘反馈这个香水气味不错，所以他也就一直用下来了。

就如同这些奢侈品，你说它们质量真的有多好嘛，其实也没有，但因为它们带有很强的社交属性，李法山也就一直用下来了。

到了律所，张白白看着全副武装的李法山，先是一愣，然后问："老板，你今天下班了要去相亲吗？"

"会不会说话！"李法山每天都会被张白白的直肠子噎到。要不是看在她胸大腿长赏心悦目且工资低的分上，估计早把她开了。

好吧，主要是工资低。

到了十点，钟毓秀如约而至。前台请她在会议室落座并上茶后不久，李法山带着张白白也进屋坐下。

钟毓秀看着李法山锃亮的光头，被闪得有点愣神。

"钟小姐你好啊，我是李法山李律师。"李法山客气地递上名片。名片夹是万宝龙的。

钟毓秀连忙起身接过名片："李律师您好，不好意思啊，我今天没带名片。"

"没关系。"李法山笑着答道。

他猜钟毓秀可能根本就没做过名片。

在坐定后，他开始细细观察钟毓秀：三十岁左右，面色憔悴，身材皮肤却保养得很好；穿戴均是奢侈品，而且不是普通白领买的那种万年不变的基础款，经济实力应该还不错；气质柔弱，没有女强人的锋芒毕露或外柔内刚；说话吞吐，眼神不定，缺了点女强人的风范。

"这单可能有得赚。"这是李法山对钟毓秀的初步评价。

如果当事人花的是自己的钱，那么在后续谈律师费的时候他们出手不会那么阔绰,可如果花的是别人的钱,那他们对价格通常就没那么敏感了。

都说"人不可貌相",这话是没错,但客观地说,一个人的外在形象、穿着谈吐是确实能反映出这个人的很多信息的。律师常年和各种人打交道,察言观色自然也就成了基本功。不过他们偶尔也有看走眼的时候,比如有一次他和刘春一起约见一行当事人,其中一个穿着光鲜的女子侃侃而谈,而旁边一个低调质朴的男子一言不发,让二人认为他只是跟班,没想到最后合作成功,两人去公司才发现那名男子才是老总,而女子只是他助手。论看人的功夫,一般人没个十几二十年的修为看不准。

"刘鑫昨天只跟我说了个大概,他说你现在吃官司了?"李法山直奔主题。

"唉,是的。"钟毓秀叹了口气。

"我和男方好了三年,现在他要结婚了,想找我要500万。"

"哦?怎么说?"李法山打开笔记本,张白白开始在旁用电脑记录。

"两年前我想在龙城买房,但缺点钱,于是他便陆续给了我500万在龙城国际小区买了套套四的房子。半年前他跟我提分手,他说钱是他借我的,所以就想把钱从我这要回去。"钟毓秀说。

"房子登记在谁的名下?"李法山问道。

"我名下。"钟毓秀说。

"所以你们之前说清楚了吗?男方为什么要给你这笔钱,是借的还是送的?"李法山进一步问。

听到这个问题,钟毓秀情绪开始有点激动:"送的,当然是送的！我和他好了这么久，他也经常带我见他那些朋友，送我套房子不是很正常吗！"

"嗯……"李法山沉吟不语。

他察觉到了钟毓秀陈述中的逻辑漏洞：如果一个男人对女人大方到可以送房子，那他就根本不会把送出去的东西再要回来。

"方便问下男方的身份背景吗？"李法山问。

"他叫马扬鞭。"钟毓秀答道，"我不知道你们认不认识他，就是那个在电视上讲明史的龙大历史系教授马扬鞭，具体信息你们在网上应该可以搜到。"

"马扬鞭？！"张白白在旁边惊讶道，"怎么不认识？他的《梦回明朝》我还买了呢！"

钟毓秀看到张白白吃惊的表情，眼神里闪过一丝得意，但旋即又黯淡下来："嗯，就是他。"

"听说马扬鞭自诩风流，平时对女人都是很大方的，貌似之前还给一个女主持人送了一辆保时捷911，怎么居然还想着把钱要回来了？"李法山问道。

钟毓秀气极反笑："哼，他大方，都是装出来的！你现在去问那杨丽雅，那辆保时捷是挂在谁名下的，她和马扬鞭分手后还有没有开过这车。这些没有捅破的，只不过是谈恋爱的时候不在意，分手的时候懒得说而已。"

一旁的张白白点了点头，愣愣地说："那马扬鞭对你还挺好的。"

钟毓秀不置可否地"哼"了一声。

李法山瞪了她一眼，然后继续问："可据我所知，马扬鞭是最近几个月才离的婚，当时还上微博热搜了。所以你和他交往的时候,他的婚姻状况是……"

钟毓秀脸上闪过一丝尴尬:"他当时还和前妻保持着婚姻关系……"

"嗯。"李法山默默记录。

钟毓秀连忙补充:"但他追我的时候我并不知情,是我们在一起后我才知道的!"

"好的。"李法山面无表情。

其实钟毓秀多虑了,对于律师来说,当事人有这种婚外情的戏码简直不要太多,他们早见怪不怪。

"那钟小姐,这样你可能就需要回答我一个问题了,在马扬鞭起诉你之前,你们之间究竟发生了什么?"

听到这个问题,钟毓秀开始变得无比局促。她眼睛泛红,然后低声说:"他从去年开始投资失败,欠了一屁股债,加上房价上涨,现在我们感情又淡了,就想把钱要回去周转。你说我陪了他三年,他竟然反过来说我欠他500万,这还有天理吗?!"

张白白闻言也在旁开始情绪激动地说:"渣男!"

李法山看着张白白皱了皱眉头,然后问:"我们有证据可以证明这钱是马扬鞭赠送给你的而不是借给你的吗?"

"有!"钟毓秀边说边从包里拿出一沓材料。

李法山拿过材料,细细看了十分钟,然后抬起头来又对钟毓秀说:"起诉状也给我看一下吧。"

看完这些材料,李法山终于开口说道:"这个官司我们能打。"

钟毓秀闻言惊喜地说:"哦?是吗?那李律师,这500万我不用还了?"

"因为我现在还没看到原告的全部证据,所以我不好下定论,但从你给我的这些材料来看,我们是可以主张相应款项是赠与的。"李法山说,"而我现在纳闷的是,对方的律师到底会想出什么手段要回这笔钱。"

"据我所知,马扬鞭和坤乾所的主任张太一关系比较好……"钟毓秀低声说。

"哦?张太一!"李法山心中一惊。他刚毕业的时候曾经在张太一的律所实习过一段时间。听到这个名字,他仿佛想起了刚入职场时被老板支配的恐惧。旁边的张白白也捏紧了手中的笔。

要论百密无疏、智计冠绝龙城,律界传奇榜榜首的张太一可能不是第一,但要论赢官司的能力,整个龙城还真无人能出张太一之右。

李法山急忙问:"所以这个案子是张太一亲自代理的?你知道是谁代理这起案子吗?你有没有去法院调取过相关材料?"

"好像不是张太一亲自代理的,"钟毓秀说,"之前法院通知我去领传票的时候我看到了马扬鞭的委托书,代理的律师好像叫刑……"

"刑天!"李法山哭笑不得。

"李律师,您认识他?"钟毓秀问。

"那可不,我不仅认识他,还打败过他。"话虽这么说,李法山的脸上却露出苦笑。

03

时间回到三个月以前。

在龙城CBD中最豪华的一栋写字楼内,正在工位上努力工作的坤乾所律师们被一阵渐渐传来的嘈杂声打断思路。他们抬起头,发现一个经常在电视上出现的面孔正朝主任办公室走去。

"哇,你快看,马扬鞭!"一名男性小助理对旁边的姑娘窃窃私语道。

"马扬鞭是谁?"姑娘皱着眉头问。

"就是结了五次婚,最近又离婚的那个龙大教授,经常上《争鸣讲坛》讲课的那个。"男助理悄悄说。

"哦哦哦,就是那个老渣男啊……我前几天好像在热搜上看过。"姑娘似乎想起了什么。

"你可别在律所乱说话,他是主任的客户。"男助理赶紧对姑娘提示道。

"哎呀,老马,你来啦!"在马扬鞭轻敲敲开的主任办公室的门后,坤乾律师事务所主任,盘踞龙城律界传奇榜榜首十年不下的张太一大笑着起身迎接。

马扬鞭微笑着跟随张太一进屋坐下。虽然张太一态度热情,但他从见张太一的第一秒开始便感受到了其从内而外散发出的威慑力。

张太一身材高大,将近一米九,目光炯炯有神,尽管年过五旬,却依旧一副精力无穷的样子。马扬鞭看着他这旺盛的气势,不禁暗叹其"龙城虎"的外号果然名不虚传。

进屋后,他没有马上坐下,而是环顾了一下张太一的办公室,然后看到了侧面墙壁上挂的一幅画,画上是两条紫色的狗。

"哟,老张,你什么时候开始喜欢李公鱼的画了?"马扬鞭笑着问,"现在他这一幅画可不便宜,你是下了血本吧?"

"这幅画是十几年前买的,当时还没那么贵。"张太一笑着摆摆手,"前阵子想给办公室换换风格,就把它从家里拿来挂到办公室了。"

马扬鞭哈哈大笑,然后说:"你是看他的画最近卖出天价才把这幅画挂在办公室的吧?"他虽然嘴上调侃,心里却在为张太一的慧眼微微赞许。

张太一没有继续接这个话题,而是直接问:"我说老马,你可是我们所的稀客啊,昨天晚上急匆匆地约着今天见我,你是遇到什么麻烦了?"

张太一和马扬鞭其实是十几年的老相识了。当时坤乾所还不是龙城律所的龙头老大,张太一也刚刚登上律界传奇榜,律坛江湖还处于群雄割据的局面,马扬鞭也还没上《争鸣讲坛》。张太一是龙城电视台的法律顾问,后来马扬鞭在电视台的《争鸣讲坛》讲课,二人由此结识。投缘之下,张太一也就成了马扬鞭的私人法律顾问。

"咳,还不是女人的事。"马扬鞭苦笑着摇摇头。

张太一闻言也叹了一声:"老马啊,我说你都这岁数了,就不能收敛一点?"

自从成为马扬鞭的法律顾问后,马扬鞭找他处理的事除了过合同,就是离婚分割财产,仅在双方建立起顾问关系的这段时间,马扬鞭就已经离了三次婚了。

"不过我听手下人说,他们前阵子不是才给你拟好离婚协议吗?出什么状况了?"

"说来话长。去年我们一起吃饭的时候,我带了个模特,叫钟毓秀的,你还记得吧?"马扬鞭答道。

"大概记得,怎么啦?我印象中你对她不错。"张太一给马扬鞭的茶杯续上水。

"嗯,最近我不是打算和小刘结婚吗?她不高兴,想和我分手。之前我借了她500万买房子,她如今也不还了。这个就太过分了,我想把钱要回来。"马扬鞭说。

张太一凝视了马扬鞭两秒,然后说:"500万确实不是小数,你稍等,我让刑律师进来一起聊。"说完后他按了下办公桌上的座机。

过了一会儿,一个看着三十岁出头,身高约一米八,丰神俊朗的律师昂首走进办公室。

"主任,马教授。"刑天在偏席坐下。

"刑律师,好久不见,"马扬鞭笑着跟他打了个招呼,"今年的《天才大脑》你要参加吗?"

张太一把刑天叫来的意思就是这起案子他会交由刑天主办。为此马扬鞭不仅没有生气,心里反而有点放心。首先,他知道张太一早就不亲自做案子了,主要是参加一些社会活动、拓展维护客户关系,只对案子做宏观把控;其次他作为张太一的老客户,自然是明白刑天的实力的:代理被告未尝败绩、智商测试高达160、律界人称"坤乾之盾"……张太一能放心地去打高尔夫、喝红酒,刑天作为其得力干将功不可没。

"这个主要还是得看主任的意思。"刑天笑着回道。

张太一微微点了点头,然后转过头来继续问马扬鞭:"所以你在给钟毓秀500万的时候,让她签我之前发你的借款合同模板了吗?"

"没,又不是生意上的人,签那些作甚?"马扬鞭有点遮遮掩掩。

刑天自幼有过目不忘的本领,不仅仅是文书,只要是他见过的人,他永远都不会忘记。去年律所年会,马扬鞭带着钟毓秀来捧场,加上马扬鞭最近的风流八卦,在听到这条对话后,刑天对事情便了解了七八成。

"那马教授,您为什么想要回这笔钱?"刑天迅速参与讨论,"恕我直言,您现在是公众人物,如果这件事情抖出去,可能会对您的公众形象不利。"

"唉。"马扬鞭欲言又止,他看了看张太一,又看了看刑天,"这个原因会对案件产生影响吗?"

"肯定是有影响的,你把事情说得越清楚,越有利于我们对案件全面把控。"张太一说。

"嗯,我相信你们,你们要替我保密。"马扬鞭叹了口气,然后咬牙切齿地说,"她在和我相处期间怀了别人的孩子,还骗我说孩子是我的。所以我不仅想要回这500万,我还要将她赶尽杀绝!"

"这样。"刑天点了点头。做律师久了就是这样,大家都是受过专业训练的,对再狗血的剧情都见怪不怪。

听到"赶尽杀绝"四个字,张太一眼皮跳了一下。他想起了八年前马扬鞭和另一个历史教授竞争《争鸣讲坛》的讲师名额时,马扬鞭是怎么做的。

刑天简单做了个记录,然后继续问道:"您怎么确定她怀的是别人的孩子，而不是您的孩子？"

"我怎么会不知道！不可能是！"马扬鞭声音开始变大，"这点老张是清楚的。"

张太一在旁边点点头："刑律师，这是事实，具体你就别问了。"

刑天点点头。他见马扬鞭情绪变得激烈，加上他认为这个事实对法律关系本身没有那么重要，便没再追问这个问题。"可如果这件事情曝光，您能承担其可能对您产生的负面影响吗？"刑天接着问道。

"我又不是啥大明星，就是个读书人，没那么多狗仔对我感兴趣，我们悄悄处理就行。"马扬鞭说，"而且官司打赢了，不就说明我占理了吗？"说完他意味深长地看向刑天。

这就准备给我施压了，刑天心中暗笑。"嗯，我们作为律师有提示义务。马教授作为公众人物，其中利害肯定比我们清楚。既然您有了相应的心理准备，那我们便就案论案了。您有什么证据能证明这笔钱是借的而不是赠与的？"刑天问道。

"没有。"马扬鞭平息了一下气息说，"只有打款记录。"

"好的。"刑天继续记录。就在这时，张太一的电话开始振动，屏幕上出现一个人名"罗鹤"。

"不好意思，我必须接个电话，老马你们不用等我，继续聊。"张太一拿起电话起身。

马扬鞭虽不情愿，却也还是点了点头。

过了一会儿，张太一走回屋子说："老马，抱歉，我这还有点事，必须走一趟，你和刑律师先聊，具体事情他会跟进，有什么问题尽管给我打电话，我们看什么时候再约。"

马扬鞭闻言有点不高兴:"老张,你这就不对啦。"

"我的错我的错,改天我请你吃饭,届时我先自罚三杯,好吧?"张太一赔笑道,"主要是那边今早确实提前约好了,你这边又急,所以我是推了一小时专门等你的。"

"好吧,那你去吧,我们再约。"马扬鞭面有不豫地站起身来和他握手。

待张太一走后,刑天向马扬鞭要了两人的有关聊天记录和他带来的一些其他证据,迅速看完后微笑着对马扬鞭说:"马教授,您这个案子,说实话,比较棘手。"

"哦?"马扬鞭听到这个答案有点不高兴。

"从您的表述来看,结合证据,您给钟毓秀的500万可能会被法院认定为赠与。根据《合同法》的规定,您在将款项交付给钟毓秀后,便视为完成赠与行为,您自己就难以再主张单方面撤销了。"

马扬鞭有点动怒:"难道就没办法了?让那个贱女人给我戴绿帽子,还拿走我500万?"

"您先别着急。"刑天笑了笑说,"如果我们换一个思路,情况可能就不一样了。"

"怎么说?"马扬鞭问。

"据我所知,您当时是没有龙城户口,无法买房的对吧?"刑天问。

"嗯,是。"马扬鞭答道。

"那我们或许可以这么做……"

在刑天说完后,马扬鞭先是惊喜称是,旋即又开始沉吟:"刑律师,这么打能赢吗?"

"马教授,您知道的,我们律师是不会做胜诉承诺的。我只能说,这是本案目前的最优解决方案,如果这样都赢不了,那就没办法赢了。"刑天说话的语气肯定而温和。

马扬鞭看了看刑天。此时的刑天,脸上依旧挂着他那亘古不变的招牌笑容:自信到接近自负,聪明都写在脸上,好像全世界没有自己解决不了的问题。

马扬鞭自从委托张太一团队作为自己的私人顾问团队后,他的法律纠纷主要都是刑天来承办。不说别的,马扬鞭每次离婚的离婚协议都是刑天起草的。刑天处事确实稳妥,张太一也屡屡在他面前盛赞刑天,说刑天是律所的中流砥柱。

可这次和之前见面时相比,刑天那机智的眼睛里,似乎多了一丝疲倦。

"好的,那这个案子就交给你们了。"马扬鞭笑着对刑天说。

"一定尽力而为。"刑天微笑着看着马扬鞭。

"刑律师,你在太一团队待了多久了?"马扬鞭突然问。

刑天一愣,然后回了句:"十年了。"

"十年啊,很长啦。"马扬鞭叹道,"我最好的学生也从来没在我身边待到过十年。"

刑天微笑着说:"待在主任身边,我总能学到很多。"

送走马扬鞭后,刑天拨通了张太一的电话。

"这个案子你怎么看?"张太一问。

"可以打,但没有必胜的把握。"刑天说。

张太一从语气里听出了刑天最近对自己态度的变化。

同样一个意思,以前刑天都是说:"案子有些棘手,我再仔细研究研究，应该问题不大。"

"你打算怎么打？"张太一沉默了两秒，然后问道。

刑天复述了刚才对马扬鞭说的方案。

"你和团队其他律师好好研究下，认真做。"张太一说。他现在每年几千万的业务，手里的案子太多了，已经很久没接触实务，现在做案子都是直接交给刑天他们自己处理，一般只在案子出现问题的时候，他才会出面参与。

"好的主任。"刑天这四个字还没说完，张太一那边便挂了电话。

04

在给钟毓秀简单分析了一下案情后，李法山给钟毓秀报了个半风险的价格：前期收费6万，后期如果不用偿还这500万，则他再在其中提取5%的风险费。这意味着，如果打赢这场官司，李法山将获得31万的律师费。

很多人会以为如果一个律师年入百万，那他一定非常忙，对大多数律师来说确实是这样，但对有的律师来说，可能也就是几个案子、几个顾问单位的事。

律师收费一般分为固定收费和半风险收费两种。固定收费即包干价，委托人给律师一笔固定费用，他把事情包圆了做，结果是好是坏都这个价。半风险收费即前期收取固定费用，尾款视案情结果决定收多收少。一般情况下如果案件结果不错，后者的律师费总体是比前者高的，但这样对双方其实都是一个能接受和有退路的方案。在交流过程中，李法山感觉钟毓秀并非果敢之人，便着重给她介绍了半风险的报价。在报价完毕后，钟毓秀回去考虑了一晚上，第二天便约李法山签合同。

"我问了我弟，他说你们靠谱。"钟毓秀签字的时候这么说道，"李律师，我就把这个案子交给你们了。"

"钟小姐，你放心，我们尽力而为。"李法山认真地对钟毓秀说。

钟毓秀走后，张白白拿着墨迹未干的合同，开心地对李法山说道："老板，我们总算开张啦！"

"嗯。"李法山简单应付了一声，看着起诉状，眉头紧锁。

严格来说，这起案子并不算复杂，马扬鞭打了500万给钟毓秀的私人账户，钟毓秀用来买房，钟毓秀主张是赠与。如果依照钟毓秀提交的证据，这起案件李法山的赢面至少占九成。

但他此时的心情并没有非常高兴，反而有一些不安。

因为以他对刑天的了解，事情不会这么简单。

这不是他第一次和刑天打对台，之前他和刘春一起与刑天交手过两次，两次结果都不错。

但这却是他第一次独自和刑天打对台。

刑天的实力他清楚，在过去的一年里，尽管刑天已经在律界新锐排行榜上从第二被挤到了第三，可如果是和刑天一对一单挑，李法山还是没把握。

"刑天，你到底会从哪个角度来打这个案子呢？"刑天在立案时只提交了打款记录等基本证据。李法山翻来覆去地看着起诉状和那寥寥几页证据的复印件，陷入冥思苦想。

"照理来讲，你这个诉求，以这些证据是不好赢的，你要把钱拿回来，只有一个办法……但不可能啊。"李法山喃喃自语。

"老板，你怎么了？"张白白见李法山沉默不语，忍不住问道："接下来我们该怎么做？"

"小张，给你安排三个任务：第一个任务，你把网上能找到的刑天处理过的案子全部找出来，尤其是类似案件，并分析出他可能的诉讼策略；第二个任务，你把龙城同类型案件被告败诉的案例全部搜出来，看看他们是怎么败诉的；第三个任务，你搜下我们这起案件的承办法官对同类案件的判例，我需要了解他的审判思路，以便于我们的决策。"李法山开始给张白白分配工作。

"好的老板！"张白白亢奋地说，"总算有大仗要打了！"

在成为春山组合助理后，张白白主要做一些基本的文书工作，处理的也都是些没有太多争议的合同类案件，这也是她和在律坛排行榜上有名的律师第一次交手。

"这场官司，我们必须赢。"李法山咬了咬牙。

我一定要证明没了你刘春，我也能赢。李法山心中暗想，他能感受到自己的心脏在扑通扑通地狂跳。

05

案件立案后便等法院排期，在知道是李法山做被告代理人后，刑天的情绪出现了一些波动。

明日就是开庭的日子，刑天如往常一样，晚上九点钟从律所下班。从工位到停车位他一共要走512步，从律所到家他视路况要开四十到四十五分钟。到家后，他会先在地下停车场玩二十分钟数独，然后再回家，挤出一个幸福的笑脸面对老婆孩子。

他的老婆叫张琳，是张太一的侄女，是老板在他二十七岁的时候介绍给他的。如今两人结婚五年，育有一女。

毫无疑问，张琳是个好女人：有一份张太一替她安排的简单稳定的工作，很顾家，也很爱自己。衣柜里的衬衣总是叠放得整整齐齐，西装也都被熨得没有一丝褶皱。

但他每次一看到张琳，就会想起张太一那张精明强干、虎视眈眈的脸。

"祝你们二人永结同心，百年好合！"张太一是两人的证婚人，当他说完这句话时，台下掌声雷动。

"张太一啊张太一，怎么我的人生全是和张太一有关的呢？"刑天突然叹了口气。

"你回来啦！"听到开门声的张琳头也不抬地打了声招呼，继续陪孩子玩儿。

"嗯。"刑天应了一声。

"晚上炖了排骨汤，还剩了些在厨房里，你自己热来喝。"张琳说。

"好。"刑天径直走进了自己的书房。

书房里陈列着很多荣誉证书，分挂在两面墙上。左侧这面墙上挂着"国际记忆大师荣誉证书""全国数独锦标赛第二名""全国大学生演讲比赛第一名""江南省大学生十佳歌手大赛一等奖"……这些荣誉都是他十年前，也就是大学的时候获得的。

他在二十二岁的时候便研究生毕业，然后加入了张太一的团队。

当时刑天是学校的风云人物，连副校长的女儿都对他芳心暗许，可他心气太高，以身体不适为由拒绝了姑娘。

右面这面墙上，则悬挂着他参加工作后所获得的荣誉证书：排最上方的是"龙城十佳青年律师"，往下便是每年的"龙城坤乾律师事务所十佳青年律师"。

刑天来到书房阳台，点燃一根烟。

"小刑啊，你的性格适合做律师，不适合做法官和检察官。"毕业前刑天的研究生导师语重心长地对他说。

"老师为什么这么说？"刑天问。

"你生性自由又才华横溢，不爱受束缚，进体制内腾挪空间有限，不便于你施展抱负，闹市之中好修行，做律师上限无穷，对你来说可能是更好的选择。"老师如此评价道。

如今十年过去，今年他三十二岁了。十年前那个风华正茂、意气风发的青年学子，此时正在阳台上孤独地抽烟。

我自由吗？律师真的上限无穷吗？刑天两年来每天都这么问自己。

他第一次问自己这个问题，是李法山和刘春离所独立后首次打败自己的时候。

两人之前虽然在坤乾所的团队律师里也算小有名气，但刑天确实看不上他们：毕竟是"坤乾之盾"，毕竟是主任嫡系，两个无名之辈怎能入自己法眼。

可谁能料到，两个泛泛之辈竟在独立后如羽化成蝶一般，连自己都打败了。

这不是关键。关键是,他发现两人竟然开始抬起头走路。原来在律所的时候,他们走路从来都是低着头的。

"李法山,明天又要和你打对台了呢。"刑天望着无尽黑夜,自言自语。

06

开庭时间在九点半,李法山和张白白九点就到了法院门口。彼时法院刚开门,门外排队的黑压压一片人随着玻璃门的打开鱼贯而入。

和以前大家都选择私下调解不同,现在越来越多的人选择通过打官司来解决纠纷,这直接导致法院每天都热闹得宛如菜市场。

刑天也有早到的习惯,他远远看到李法山把自己新按揭的二手保时捷停在街边停车位上,便一踩油门开到他旁边的车位,然后漂亮甩尾整齐停下。在和刘春决裂后,李法山便再也没开过二人在最初创业时花七万块钱买的那辆老奔驰。说来巧合,两人当初买那辆车的时候,正是两年前和刑天第一次打对台的时候。

李法山和张白白刚出门便被扬起的烟尘呛到。

"我说刑天,你这也太过分了吧,都是老相识了来这一出?"李法山"呸呸"了两声。

"法山,好久不见啊。"刑天下车笑嘻嘻地说,"哟,换车了,你之前和你家春哥的老奔驰呢?"

"为国家创造GDP,你懂不懂!"李法山说,"不像你,一点变化没有,两年前就开的X4,现在还是X4,你好歹也是新锐榜榜上有名的人物，人家夏秋冬都开大G了，你咋生活过得这么简朴，还是你家张主任不给你钱？"

张白白看了看针尖对麦芒的两人，有点莫名其妙："所以这就开始了？"

刑天冷笑了一声，自顾自走进法院。

其实在"九龙夺嫡"之战中，他和春山组合的合作还是很愉快的。只不过律师这个职业只要开始打对台了，就难免会产生一些敌对情绪。

这次庭审双方当事人都没到场，只有律师在，但旁听席却坐得满满当当。

刑天看下面这阵势，心中暗道不妙。

"李法山，你把这起官司的消息散出去了？"刑天走到李法山旁边问道。

"现在都讲究司法公开嘛，他们想进来，刷个身份证就进来了，我有啥办法？"李法山耸了耸肩，"要怪就怪你们当事人是文化名流，大家都对他的风流韵事感兴趣。"

对马扬鞭这种公众人物来说，名声还是颇为重要的。像这种找小三还钱的案子原本就不太体面，马扬鞭虽然经常上电视，但毕竟不是天天有曝光的明星，只是个文人，要是想低调处理也不是完全不可能。而今李法山把这事捅出来，以这些媒体的春秋笔法，无论官司输赢，马扬鞭他们都已先败一成。

"以前春山组合搭档的时候，这李法山就专门剑走偏锋，喜欢搞些歪门邪道来赢案子，现在刘春不在，正步不知道他有没有学会走，这些庭外风云他却依然一如既往。"刑天开始感到有些被动。

李法山挤眉弄眼地看了眼刑天，然后转过头去和记者们用眼神打起招呼来。

九点十分左右，书记员先到法庭整理电脑，见旁听席人山人海的，一下子惊呆，然后赶紧进内屋告诉了审判员。过了两分钟，审判员身着法官袍和书记员一起走了出来。刑天快步走上前去对法官说："刘法官，今天被告代理人通知了很多媒体来现场旁听，不知道他之前有没有通知过合议庭？"

"没有啊。"刘法官皱着眉头说。然后转过头来冷冷地问李法山："被告代理人，这些媒体是你叫来的？"

"不是，原告代理人口说无凭。原告本身就是公众人物，现在司法公开，媒体知道这个案子很正常，我绝对没有煽风点火的想法。而且我们这个案子法院定的案由是合同纠纷，和个人隐私一点关系都没有。我认为原告代理人适用法律错误，本案仍然应该依法公开审理。"李法山一本正经地回答道。

"嗯……"法官陷入沉吟。

"刘法官，这些媒体不可控啊，要是到时写些对法院不利的内容，恐怕不妥。"刑天进一步劝道。

李法山反驳道："刑律师所言差矣。他们来都来了，就算不能旁听，事情也肯定会报道的。我们这个案子已经成为热点，而且不是敏感案件，如果遮遮掩掩，反而与司法公开的精神背道而驰。"

"好了好了，我知道了。"刘法官摆了摆手，然后对旁听席说道，"台下旁听人员，庭审阶段不准录音录像，把手机调成静音，我们准备开庭。"

听到法官这句话，李法山松了口气，然后回过身来对张白白微微点头。

张白白事前在准备案子的时候就查到主审法官是区法院的明星法官，办了很多影响力颇大的案件，也经常主动接受媒体采访，对媒体并不排斥，今天一看，果不其然。

刑天阴沉着脸坐回原告席。

"全体起立。"九点半庭审正式开始，书记员请审判员进场。审判员从后门重新进入法庭，然后用超快的语速宣读法庭纪律和法庭程序。在这些程序性仪式走完后，他对刑天说："现在由原告方宣读起诉状。"

"我方诉讼请求如下：第一，请求贵院依法判令被告返还原告款项500万元整；第二，请求贵院依法判令被告按中国人民银行同期贷款利率支付原告资金占用利息暂计222409元。（从原告打款之日暂计至今日，实际支付金额应计算至被告还款之日）；第三，本案诉讼费用被告予以承担。事实与理由如下……"

随着刑天对起诉状的宣读，原告方对案件的基本思路也渐渐浮出水面。

"马教授，我们可主张这笔钱是你在龙城事业起步后，由于龙城房屋限购政策的原因，你无法在龙城买房，便委托钟毓秀以自己的名义在龙城买了房子，这笔款项是代付款，而不是赠与款项。现在由于你已经转为龙城户口，要求办理过户，但钟毓秀开始赖皮，于是你出于无奈便向法院起诉，要求偿还相应款项。"在马扬鞭来坤乾所的那天，刑天对他说，"如果我们给法院和公众讲这个故事，那对法院来说，您的起诉是有依据的，对公众来说，您的行为也就可以理解了。"

不打借款，而是打委托付款，这就是刑天的策略。

而就在刑天宣读诉状的时候，坐在对面的李法山心跳开始加速。

这个诉讼思路虽然令人意外，但在他看来，并不强力。因为按照传统的思路，刑天还不如直接打借款好。虽然每个案子的具体情况不一样，但从之前的一些判例来看，只要不是一些1314、520等有明显含义的数字，这么大额的款项，法院还是有判令女方偿还的可能。

如果刑天只打委托付款，那他向法院提交的也就是打款记录，户籍变更证明等基础证据，并没有别的特别之处。要是今天他不额外提交一些有力的证据，那这场官司的情况可以说十分凶险。

但至少从目前的情况来看，他似乎并没有藏牌。

刑天，你葫芦里到底卖的什么药？李法山紧皱眉头。

在刑天读完起诉状后，刘法官转过头来对李法山说："下面由被告进行答辩。"

"针对原告起诉状，被告代理答辩如下。"李法山将桌子上的扬声器扭向自己，"第一，原告方对被告的打款并非委托买房，而是赠与。原被告双方自201A年以来便一直保持着恋爱关系，被告有充分证据证明原告是基于感情将相应款项赠与被告。第二，原告主张委托买房并无事实及法律依据。从动机来看，原告要求被告代为买房的行为本身就是钻政策的空子，不应得到法律的认可和支持；从事实来看，原告也并无证据证明委托买房行为的存在，因此原告的相应诉求不应得到法院支持，被告郑重恳请法院驳回原告全部诉讼请求。"

李法山答辩的时候一直看着刘法官,他发现刘法官在不停翻原告的证据。

"下面我们进入举证阶段,原告有无新的证据进行补充?"刘法官问。

"没有。"刑天说。

刘法官皱了皱眉头:"哦?"

李法山也一惊,也开始低头重新翻刑天之前提交的证据材料,心想:难道有什么我没看出来的玄机?

"那你举证吧。"刘法官对刑天说。

"我们提交的第一份证据,是原被告双方身份证复印件,证明双方诉讼主体适格。"刑天说。

"主体问题在立案时就已经审查过了,你不用再举,而且你方提交的证据本来就不复杂,你全部说完,被告统一质证。"由于刑天原本提交的证据不多,刘法官索性直接让他一并举完。

"好的。我们的第二组证据是原告的户籍证明及龙城的限购政策文件,证明在委托被告付款以前,原告确无购房资格。

"我们的第三组证据是打款记录,证明原告确向被告打款人民币500万元。

"我们的第四组证据是双方的微信聊天记录,证明原被告双方对被告代原告购房的委托购房关系达成合意。"

李法山再次看了看聊天记录,截图里面关键的两句话是:

> 学者马扬鞭:反正我在龙城买不了房,就以你的名义买呗。

毓秀钟灵：老公，钱收到啦！

奇怪。李法山暗想，如果把一个案子做成这样，那只意味着有两种可能：第一，这个律师在捞律师费；第二，这个律师才刚拿律师证。

"被告质证吧。"刘法官说。

"第一份证据，真实性、合法性、关联性无异议。第二份证据，真实性无异议，但不能证明原告的证明目的。原告不具备购房资格并不能直接证明此案是委托购房。第三组证据，真实性、合法性、关联性无异议，同样不能证明原告的证明目的，因为这笔款项实质上就是原告对被告的赠与，打款只是证明了赠与行为的完成。第四组证据，认可真实性，但同样不能证明原告的证明目的。因为这份截图只是断章取义地截取了部分对话，完整对话被告接下来会通过举证向法院明示。"

正常情况下，类似的委托购房的行为需要有书面协议等具备极强证明力的文件来作为证据，现在仅靠一个聊天记录来证明，也没有其余材料进行佐证，刑天的证据链确实弱了些。

"好，现在由被告举证。"刘法官说。

"我们也有一组经过公证的聊天记录证据提交。"李法山拿出一份公证书。公证内容是先在微信搜索栏输入一个手机号，然后搜索引擎弹出"学者马扬鞭"的名字，而这个手机号恰巧是起诉状上原告联系方式的手机号。这样就能证明微信聊天对象就是马扬鞭。然后是微信内容，上面除了有刑天方才举证的聊天信息，还有这么一段对话：

毓秀钟灵：谢谢老公送我房子，老公真好！

　　学者马扬鞭：乖，这是奖励你的，以后也要好好表现。

　　毓秀钟灵：人家什么都依你，还要怎么表现啊……

　　学者马扬鞭：发挥你的想象力。

　　毓秀钟灵：「图片」

「图片」

「图片」

　　是这样吗，老公……

　　不堪入目！不堪入目！李法山在第一次看到这些聊天记录，尤其是照片的时候心里默念。

　　而做律师有意思的地方就在于，你会发现剧情里的桥段就活生生地在你面前。

　　"嗯……"刘法官坐在中间，看着聊天记录不发一语。这就是法律工作者。还是那句话，大家都是受过专业训练的，能在任何内容面前保持严肃。

　　刘法官问刑天："原告代理人要质证吗？"

　　"有。被告提交的这份证据并不能达到其证明目的。这些只是男女之间调情的情话，作不得真的，500万无论对谁来说，都是一笔巨款，这么轻描淡写就赠与他人，既与事实不符，也不合情理。"刑天质证道。

　　李法山闻言忍不住抢答道："对升斗小民来说是巨款，对马扬鞭来说可不是，马教授出手阔绰可是出了名的，近些年也没少授课赚钱，这一点我们提交了一些近年来的新闻报道可以做证，且同一份聊天记录，你用得，我们就用不得？被告代理人这就是'只准州官放火，不许百姓点灯'。"

这句话一说完，旁听席里开始响起一些细碎的笑声。

"旁听人员保持肃静！"刘法官高声维持了下法庭秩序，然后说，"被告是否还有证据要提交？"

"有，一份录音，证明原告是出于赠与的目的将相应款项赠与被告。我们申请法院当庭播放这段录音。"

"有没有文字版？"刘法官问。

"有的，我们刚才已经一式三份提交给书记员了。"李法山说。

"原告是否需要当庭播放录音？"刘法官拿过一份纸质稿后继续问。

"审判长，我想先看下被告提交的文字版。"刑天说。刘法官点点头，然后他便将纸质稿从书记员处拿过去，翻阅了一下，说："不用当庭播放，录音与文字稿内容一致，我直接质证。"

李法山闻言挠了挠头。这份录音的内容大致上是钟毓秀让马扬鞭再给她买辆跑车，马扬鞭说都已经送你一套房子了你还要怎样，等以后结了婚再说。如果这段录音当庭播放，那台下这些记者朋友可就有的写了。

"我们对这份证据的真实性有异议，原告并不记得有过这么一次谈话，且被告也无法证明录音中的男方为原告。"刑天不急不缓地质证道，反驳手段非常常规，并无别出心裁之处。

"好。那我现在问双方一些问题。"举证阶段结束后，刘法官开始提问。

"我先问被告，被告和原告是什么关系？"刘法官看向李法山。

"恋爱关系。被告和原告保持长期稳定的感情生活三年之久。并且在恋爱关系存续期间，原告屡屡告诉被告要将恋爱关系发展为婚姻关系，所以被告也一直对原告非常信任。"李法山答道。

"除了这处房产，平时原告还有送其他东西给被告吗？"刘法官又问。

"大额的没有，但平时会送一些礼物，也会给一些现金。"李法山说。

"原告，被告说的是否属实？"刘法官转过头来问刑天。

"原告与被告确实保持过一段时间的情侣关系，这也是为什么原告信任被告，让被告代名买房还没有签协议的原因。没想到被告出尔反尔，现在反倒不认账了，所以我们才提起诉讼。"刑天说。

"嗯……"刘法官沉吟了一下，然后说，"原被告双方还有无补充，如果没有我就闭庭了。"

"希望法官支持原告全部诉讼请求。"刑天说。

"希望法官驳回原告全部诉讼请求。"李法山看了刑天一眼。

刘法官"啪"的一声敲响法槌。

庭审结束后，张白白马上走上前来兴奋地说："老板！我们赢定了！"

"赢什么赢，法院还没下达判决呢。"他板起脸训道，眼神里却难掩快乐。如果以今天的庭审李法山还不能赢，那这只能说明法院是刑天家开的。

刑天是他自己独立办案以来遇到的第一个强劲对手，他万万没想到事情会进展得如此顺利。

旁听人员纷纷退席准备发稿,而对面的刑天则一个人默默地收拾东西,准备签庭审笔录。

"刑律师,水平有所降低啊。"李法山吊儿郎当地走过去,似笑非笑地看着刑天。

"呵呵。"刑天没有搭话。

"感谢刑律师手下留情,这个官司我就先赢下了。如果我在新锐榜上有所进步,那我得先感谢您。"李法山接过刑天已经签过名的几页庭审笔录,边笑边签字。

"案子还没下达判决,你怎么就这么确定你赢了?"刑天低头继续在余下的庭审笔录上签字,头也不抬地问。

"你自己心里难道还没数吗?我说刑律,你最近脑壳是不是被车撞了,就你今天的发挥,我只能说是执业一年的小萌新水平。"李法山也不知道这句话到底是关心还是奚落,"难道张主任就教了你这?"

说到张太一,刑天似乎被刺痛了一下。他终于抬起头来,严肃地看着他说:"不要得意忘形。"

"我赢了,我拿走律师费,我得意一下怎么了?不像你,别说这场官司输定了,即使赢了官司,你觉得主任会给你分10%?还是20%?"李法山把字签完,便出门接受采访去了。记者朋友们都在外面等着他呢。

"小张,咱们今天晚上吃火锅去!"李法山和张白白说道。

刑天看着李法山大摇大摆离开的背影,内心突然有些空落落的。明天张太一要是知道了今天的消息,他会怎么做呢?

"老板,没想到这场官司打得这么容易。"晚上,张白白边烫鸭肠边对李法山说。

"啊……啊？是啊，是啊。"李法山原本在发呆。

今天上午的庭审虽然比想象中要顺利，但不知怎么的，他心中却一直不安，因为一切来得太容易了。

刑天不可能这么弱啊！难道说，我真有这么强？李法山心有疑惑。

07

"老张！你看看你看看，这就是你们团队给我代理的案子！"次日上午，尽管张太一已经将办公室的门紧锁，马扬鞭愤怒的声音依旧溢了出去。张太一办公桌的电脑上，"马扬鞭婚内出轨嫩模，分手后竟要其还款500万"的标题赫然在目。马扬鞭气冲冲地盯着张太一，眼睛通红，既是因为愤怒，也是因为一晚没睡好觉。

"刑天，你说说这个案子的情况。"张太一面色阴沉地问刑天。

"昨天的庭审我们确实没想到对方会找这么多记者来，现在又是司法公开，又是庭审直播，我们这个案子的确藏不住。"

张太一凝视了刑天几秒，然后对他说："你去把案件卷宗给我找来。"

刑天出门后，他转过头来看向马扬鞭，温和地说："老马，你不要太着急，这个案子现在还没有出判决，我们还有很多操作的空间。你信任我，把这个案子交给我，我就一定不会让你失望。"

"张律师，你可是龙城第一大律师，我能不能求求你对我这个案子上点心？不会律所做大了，就不在乎我们这些老朋友了吧！"马扬鞭余怒未消。很多事情就是这样，如果没有出差错，就算你没亲自操办，问题也不大；可如果出了差错，再小的问题都会成为别人埋怨你的话头。张太一心里十分清楚这一点。

"你这是哪里话，你的案子我都不上心，我就不用干这行了。你放心，接下来这个案子我绝对亲力亲为，具体有什么问题，我俩直接对接。"张太一目光坚定地看向马扬鞭。马扬鞭看着他这么笃定的眼神，叹了口气，然后说："老张，这么多年的交情了，不要让我失望。"

张太一站起身来走向他，然后拍了拍他的肩膀："嗯，回去等我消息。"

马扬鞭走后，刑天拿着一堆开庭材料进门。他原本想坐下，屁股还没碰到沙发，张太一就冷冷地说："我让你坐了吗？"

刑天尴尬地站起身，心脏开始剧烈跳动。

他低头，用余光看了眼张太一，张太一的怒气直冲云霄。

他感受到一片电闪雷鸣的乌云正缓缓飘到自己头顶，万钧雷霆随时可以将自己劈得灰飞烟灭。

这是一种溺水窒息般的压迫感。

"你告诉我，这个案子，你为什么要这么打。"张太一站起身来，铁塔一般的身子遮住了刑天脸上的晨光。

"主任……这个案子……我确实没想到更好的诉讼策略。"刑天觉得自己有点喘不过气。

"你真的只想到这一步？"张太一抬高了声调。

"嗯……"刑天汗如雨下。

张太一走到刑天身后,令刑天如芒在背:"如果你觉得这个案子你有大概率赢不了,你为什么不和我沟通?"

"我可能这次轻敌了。"刑天的声音有一些颤抖。他不知道自己为什么这么怕张太一。

"轻敌?!你做律师十年了你跟我说轻敌?!"张太一闻言暴怒,一脚踢飞刑天面前的椅子,"对方做证据突袭了吗?李法山的风格你不了解吗?做这种公众人物的案子,你一点开庭预案和风险评估都没有吗?刑天,我对你很失望!"

刑天孤零零地站在那儿,瑟瑟发抖,平时骄傲自信的气质消失得无影无踪。

他还记得自己第一次被张太一骂的情形。当时他刚入行三个月,开庭前一天证据还没整理好,也没有通知当事人准备原件。张太一在庭前的焦虑之下,当着整个律所人的面将他骂得狗血淋头,一文不名。那是一直挂着"天才"之名的他自尊心第一次破碎。

从那以后他便发誓,再也不让张太一对自己失望,一次也不行。尽管后来他又不断被骂了很多次,但这几年,张太一已经没再骂过他了。

这陌生的、战栗的感觉,令恐惧之中的刑天突然出了下神。

"我很难想象你会在这种案子上、在这种对手面前栽跟头。李法山这种水平的律师竟然也能打得你刑律师毫无还手之力。你真的太让我失望了。"张太一说。

刑天低声说道:"主任,官司的输赢也不单纯看律师,这个官司我们真的不好打……"

张太一闻言走到刑天面前,盯着他:"你是真的觉得不好打还是假的觉得不好打?"

刑天一时不知道怎么接话。

张太一见他那受惊的样子,又看了他几秒,终于叹了口气说道:"算了,这个案子你不用管了。"

"啊?"刑天一愣。

"这个案子你还是做马扬鞭的代理人,接下来的事你配合就行。"张太一说。

刑天有些困惑地问:"什么事需要我配合?"

张太一没有回他的话,而是拿起话筒对秘书说:"你打电话让隋钧下午过来。"挂了电话后他对刑天说:"刑天,你知道我一直很看重你,你也一直是我认为的坤乾所里最优秀的律师之一。再加上我们于公于私的关系,我更是一直对你抱有厚望,希望日后你能替我撑起坤乾所。但这个案子,你做得很差,你自己出去好好反省一下,没想清楚前不要来找我。"

刑天听着这席话,突然清醒了不少。他还记得自己第一次听到这席话的时候,那感激涕零、肝脑涂地的心情。

但现在这话他已经听太多遍了。

替你撑起坤乾所,替你撑起坤乾所,可是张太一,律师这行,你会干到死吧。别给我画饼了,我只不过是你手下一名打工仔而已。刑天心中不满。

"那我先出去了。"刑天默默转身。

张太一看着刑天沉默的背影,突然叫住他:"刑天,你要记住,身为律师,无论出于什么原因,你永远不能对不起自己的当事人,不然你就不配成为一名律师。"

08

当一家律所发展到一定阶段后,它最大烦恼通常已经不是收入多少,而是四个字:利益冲突。

利益冲突,即根据《律师法》规定,同一个诉讼案件的原被告双方不能交由同一家律所的律师代理。而如果一家律所发展太大,半座城市都是他的客户,这时就难免出现利益冲突的问题。

同一家律所的两个律师,客户之间打起架来了怎么办?

坤乾所就有这样的烦恼。作为龙城律界的龙头老大,它的市场占有率实在是太高了,这直接导致很多官司其实就是坤乾所的律师在窝里斗。

这时你会说律师之间可能存在内幕交易。但其实真打起仗来各为其主,大家主要还是为金主服务,同行都懂,也不会因此结仇。

而为了解决利益冲突的问题,大所往往会另立一些卫星所,即把有利益冲突的案子挂在另外一家律所,但实际上那个案子还是由自己的律师做。

张太一也有自己的卫星所,名为"天行",而那家卫星所的负责人,就是隋钧。

隋钧,29岁,继金凤飞后坤乾所史上最年轻的合伙人,擅长进攻,代理原告胜诉率几乎百分之百,和极擅代理被告的刑天相对,人称"坤乾之剑"。自去年独立并挂职天行以来,张太一将自己不便做的案子都交给了他，而隋钧也不负所托，异军突起，成了龙城律界最耀眼的新星，目前在律界新锐排行榜上已是第二，甚至有评论认为，在没有李法山辅助的前提下，隋钧的排名应该在刘春之上。

是的，并不是只有厚德所有后起之秀，律师这个人才辈出的江湖，永远会有新的传奇诞生。

坤乾所的律师们都知道有这个人存在，但却也都不甚了解。隋钧很神秘，不喜欢社交，平时几乎从不来律所，必要的文书盖章事宜也是交给助理来做，自担任天行所主任后，更是神龙见首不见尾。人们似乎只能在法院才能看到他本人，只能在律师函上看到他的名字。

神秘对一个优秀的青年律师来说，似乎是最好的屏障。

此时的隋钧，正坐在客厅的纯手工地毯上拼乐高。地毯是他前年去新疆办案时买的，一方3万元。客厅的声控音响正放着巴赫的《哥德堡变奏曲》，音乐声中他拼的泰姬陵—穆斯林之花已经雏形初现。隋钧已经用两天的业余时间拼它了，只有在拼乐高的时候，他才会得到片刻宁静。

客厅的桌子上，马扬鞭诉钟毓秀案的卷宗正静静地躺在台灯下。

"小隋啊，对这个案子你有什么看法？"下午张太一把他叫到律所时曾这么问道。

隋钧没有立刻回答他的问题。在静静翻完卷宗后，他才毕恭毕敬地问道："主任，钟毓秀和马扬鞭在一起的时候，马扬鞭离婚了吗？"

张太一微微点头。看来他对这个问题很满意。

"这个案子我就交给你了,刑天已经让我很失望了,你不要再让我失望。"

"您放心。"隋钧合上卷宗,起身告辞,"这个官司我知道该怎么打了。您待会儿把马扬鞭和他前妻的电话给我,其余的就交给我吧。"

张太一"嗯"了一声。

相较于刑天这位脑后有反骨之人,这个优秀听话的年轻人似乎更加讨人喜欢。

江山代有才人出啊!

09

在开庭结束后的这段时间,李法山和钟毓秀心情都不错。钟毓秀看着网上对马扬鞭的谩骂,听着李法山对案情乐观的反馈,整个人都洋溢着迎接胜利的幸福气息。

"李律师,刘鑫果然没推荐错,您真是太棒了!"钟毓秀对李法山不停道谢。

李法山内心得意而表面谦虚着:"哈哈,受人之托,忠人之事,应该的,应该的,正常操作,正常操作。"

这应该是他第一次独享当事人的赞美,以前当事人都是先夸刘春,再顺带夸一夸他。

原来独当一面是这种感觉啊!李法山想。

以前团队作战的时候,打赢了是集体荣誉,现在风光独揽,他才发现猛虎独行的好处。

"嗯，等判决下来了，我必须得好好请您吃顿饭。"钟毓秀不住地恭维。

"好说好说。"李法山嘿嘿笑道。就在这时，坐在门外的张白白突然进门对李法山说道："老板，刚才法院给我打电话，说我们在这个案子里被第三人起诉了，他们要把案子合并审理，让我们找个时间去领材料。"

李法山闻言一惊："什么情况？我们被谁起诉了？案由是什么？"

"我也不知道，对方好像叫胡韵芝。"

"啊！"听到这个名字后，钟毓秀捂住了自己的嘴巴。

李法山转过头来问钟毓秀："胡韵芝是谁？"

钟毓秀叹了口气，然后黯然回答道："她是马扬鞭的前妻。"

"马扬鞭的前妻……"李法山来回踱步，突然说出两个字，"糟糕。"

"李律师，怎么了？"钟毓秀连忙问道。

"从法院给的信息来看，我们遇到一个'有独三'的诉讼。"李法山说。"所谓有独三，即有独立请求权的第三人对原被告诉请的争议标的有独立请求权而将原被告都列为共同被告提起诉讼的情况。依照这个逻辑，胡韵芝可能认为她对马扬鞭给你的500万有相应权利而要求返还。"李法山严肃地对她说。

"钱是马扬鞭赚的，也是马扬鞭给我的，她为什么有权利主张？"钟毓秀连忙问道。

"他给你钱的时候有没有离婚？"李法山问。

"还没。"钟毓秀低声说。

"那她可能就有权利了。"李法山叹道,"根据《婚姻法》司法解释(一)规定,马扬鞭如果在婚姻关系存续期间未经允许处置大额财产,他老婆是可以主张撤销的。再加上他是把钱给你……咱们这个案子,真是越来越复杂了。之前他们的诉状里根本没提胡韵芝,我们便没想到这条路,如今她半路杀出来,我们这个案子悬了。"

钟毓秀见李法山眉头紧锁,心中也愈发忐忑。她小心翼翼地问:"李律师,所以我们的钱还能要回来吗?"

李法山没有直接回答她的问题,而是问张白白:"小张,胡韵芝的代理律师是谁?"

"我马上问问。"张白白说,然后拨通了法院的电话。过了两分钟她挂掉电话对李法山说:"隋钧。"

李法山的面色更加阴沉。

"这个隋钧是什么来头?"钟毓秀问。

"他很神秘,平时几乎不出现在律师内部的各种活动里,所以我们对他的了解也有限。"张白白说,"只知道他是新锐榜上排第二的律师。"

"我很了解他。"李法山在旁突然说,"他大学和我是一个辩论队出来的。我是校队队长,他是我们的替补队员。"

"所以老板,隋钧究竟是个什么样的人?"张白白问道。

李法山沉默了两秒,然后说:"一个瘸子。"

"李律师,我们能赢吗?"钟毓秀再次担心地问。

李法山没有回答。

现在没有头绪的他很想问问刘春该怎么办。他在微信对话框里不停打字，然后删除，如此往返数次后，终于叹了口气，关闭了对话框。

下午三点，小区楼下的咖啡屋，在和胡韵芝沟通完诉讼细节后，隋钧端起了桌子上的咖啡。然后，他拿出iPad，翻出了一个八年前的辩论视频。模糊的视频里，李法山正站在四辩的位置上激情洋溢地进行结辩。他滔滔不绝，台下的观众无不心醉神迷。

"李法山，好久不见。"

镜头扫过观众席，稚嫩的自己正面无表情地看着在台上闪闪发光的他，而旁边那个温婉美丽的姑娘，看着李法山的眼神却闪烁着星光。

"时光荏苒啊！"隋钧不禁一声长叹，嘴角浮现出一丝微笑。

10

又到了开庭的日子。

龙城已经进入深秋，天气阴阴的，法院外的长街上铺满了金黄的银杏叶。

这次庭审的座位安排出现了一些变化：上次开庭时打得不可开交的刑天和李法山一起坐到了被告席上，而原告席上一个青年男子正在闭目养神。关公不睁眼，睁眼要杀人，这个男人虽然不动如松地微眯着眼睛，但偶尔抬眼时，幽不见底的瞳孔还是会令周围人感到不安。

隋钧的西装材质普通，但看着非常整洁，白色的衬衣明显已经洗过很多次了，却依旧给人明亮的感觉，走近时会闻到一股冰冷的清香。

隋钧的座位旁倚着一根陈旧的拐杖，李法山看着这根熟悉的拐杖，五味杂陈，心绪如潮。

由于自幼脚部残疾，隋钧在大学时用的就是这根拐杖，当时他是贫困生，如今十年过去了，他的经济条件已经大大改善，可手中的拐杖却还是没有变。

"法山你好，好久不见。"隋钧虽然表情僵硬，却还是主动地跟李法山打了声招呼。

李法山冷笑了一声，没有回应。

隋钧也没有生气，面色自然地低头整理起开庭材料。

坐在旁边的刑天默默看着二人，露出了一丝不易察觉的微笑。

"大家都是法律工作者，有哪些法律程序你们都清楚，我们就快速过一遍。"这次开庭刘法官没让记者团旁听，所以在程序上没有那么有板有眼。双方都没有申请回避，刘法官直接切入正题。"第三人代理人，说下你们的诉求。"

"好的，法官。"隋钧点头示意，然后不急不缓地说，"第一，请求法院依法撤销原告对被告的500万元赠与；第二，请求贵院依法判令本案诉讼费用由被告予以承担。"

"事实和理由？"刘法官继续问。

"原告在支付相应款项给被告时，正处于原告与第三人夫妻关系存续期间，原告给予被告500万元的行为属于对夫妻共同财产的处分，但第三人并不知情。根据最高人民法院《关于适用〈中华人民共和国婚姻法〉若干问题的解释（一）》第十七条之规定，夫或妻非因日常生活需要对夫妻共同财产做重要处理决定，夫妻双方应当平等协商，取得一致意见。对如此巨额的财产转让，原告并未通知第三人，且在财产转移后半年内原告即与第三人办理离婚手续，第三人有理由怀疑原告在恶意转移财产。

"参照江苏省高级人民法院《婚姻家庭案件审理指南》第三章第四条'夫妻一方将共有财产赠与他人属于对共有财产的处分，因未经配偶同意，故处分行为无效，赠与人的配偶向人民法院主张返还的，应予支持'的规定，该无权处分属于无效行为，款项应予返还。故还请法院支持第三人的诉讼请求。"隋钧不急不缓地对刘法官说道，成竹在胸。

"你们就只申请撤销，不主张对这笔钱进行分割？"虽然多一个诉求就要多花精力审理，但由于已经离婚的原配不主张分割这笔钱的行为着实不符合常理，法官终究还是向隋钧确认。

"暂不主张。财产分割属于另一层法律关系，我们在本案中只要求撤销。"隋钧微微一笑。

"被告意见呢？"刘法官问道。

李法山深吸一口气，然后答道："请求法院驳回第三人的诉讼请求。

"首先，原告与第三人在夫妻关系存续期间财产一直各自独立。原被告双方在恋爱关系过程中，原告一再承诺与第三人毫无夫妻感情，要在和第三人离婚后和被告结婚，且原告与第三人分居已久，并不存在财产混同的基础。

"其次，第三人亦并不能证明该笔打款为夫妻共同财产。根据

《中华人民共和国婚姻法》规定,婚前财产属于一方财产,该方可以独立、自由处分,马扬鞭早在八年前即已成名,当时他和第三人尚未结婚,但已积累了可观财富,是完全有可能有500万的结余的,所以马扬鞭给钟毓秀的打款,是属于马扬鞭对婚前财产的自由支配,不应予以撤销。"

刘法官闻言"嗯"了一声,然后问刑天和隋钧:"原告与第三人是否有签署财产各自独立的协议?"

"没有。"二人异口同声。

"原告与第三人是否做过婚前财产公证?"刘法官又问。

"也没有。"二人不约而同。

"那被告代理人,你是否有证据证明原告在婚前的具体财产情况?"刘法官看向李法山。

李法山说:"调取银行流水明细需要法院这边出具调查函,我们已经申请法院调取证据了,合议庭还没有给我们书面回复。"

刘法官"哼"了一声:"这是你们的举证责任,法院作为裁判方,没有义务帮你们搜集证据。好了,双方有无新的意见补充,如果没有就把书面代理词交给我,休庭。"

庭审结束后,张白白走上前来小心翼翼地问:"老板,我们这个案子会赢还是会输?"

李法山面色阴郁地叹了口气,没说话。

11

刑天的办公桌上摆放着一份新鲜出炉的判决书。洁白的页面上盖着法院的红章，在一大段说理后，写道："1.判决撤销原告对被告的赠与，被告在收到判决之日起七日内将500万元返还原告；2.本案诉讼费用一共×××××元，原告承担×××××元，被告承担×××××元……"判决看得人赏心悦目。

这个案子从表面上看马扬鞭也没讨到多少好处，但从实际层面，他们自己的诉讼目的已经达到了。

就在刑天看着判决书出神的时候，一阵轻微的敲门声将他拉回现实。

"刑律，在呢。"隋钧拄着残破的木杖，一瘸一拐地进门。

"哟，稀客啊！隋律竟然来律所串门了。"刑天笑着让助理倒茶。

隋钧坐下后，没着急说话，而是细细揣摩起刑天的表情。刑天也这么微笑着，看着他不说话。不一会儿，隋钧移开目光，看到了桌子上的判决书："我是来和您谈谈马扬鞭这个案子的。"

"嗯，你说。"刑天看着隋钧的眼睛。

隋钧呵呵一笑，轻飘飘地问："你之前为什么要那么做？"

"怎么做？"刑天疑惑地反问道。

"故意输掉官司。"隋钧的手指在杯口打转。

刑天冷冷地回道："是主任叫你来问我的？"

"不是。"隋钧说，"我就是自己想问。"

刑天"哦"了一声，然后淡淡地说："我没故意，是技不如人，确实没想到通过胡韵芝撤销赠与这一招。"

隋钧凝视了刑天一眼，然后说："刑律，你是想离开主任的团队了吧？"

刑天一愣，然后哈哈大笑："隋律，你别瞎说。"

"我瞎说？"隋钧拄起拐杖，站起身来，"你想听听我对这件事情的理解吗？"

"你说。"刑天起了兴趣。

"最近这两年一直有风声说你想离开主任的团队，你自己也在积累属于自己的案源，但因为主任和你里里外外的这些关系，你一直找不到独立的理由。马扬鞭这个案子，让你找到了机会。

"其实你一开始便知道该这么打，于是你想了这样一个办法：先诱惑李法山，让他打这500万元款项是赠与，通过法院把证据固定下来，然后你自己拿到一个败诉判决，一石二鸟，达到了两个目的。

"第一，张太一会对你失望，认为你不上心，这样你后续要走，他态度也不会再那么坚决；第二，为张太一后续的第二起官司做准备。李法山主张款项是赠与其实对我们是最有利的，如果你一开始不诱使他主张赠与，鬼知道他会用什么思路不还钱，而以张太一的老辣，在你帮他把法律性质确定后，他一定能想到让胡韵芝出面主张撤销，最后赢得官司。诉讼都是唯结果论，只要最后是我们赢，那他对你的放水也不会那么厌恶。你这么做，既让张太一起了放你走的心思，又顺带帮后续胜诉铺了路，还真是好手段。"

刑天凝视了隋钧两秒，然后哈哈大笑："隋钧啊隋钧，你要是不做律师，真可以去做导演了。这么精彩的桥段也就你编得出来。"

"现实往往比小说更精彩。"隋钧冷冷地说，"之前主任还对我说你聪慧有余，心计不足，看来也不全是这样嘛。而我来只是想告诉你，主任并不是不愿意放你走，只不过你手上的事情还没结束，他不能让你走而已。罗鹤那场局即将开始，眼下正是用人之际，等这件事情了了，你想什么时候独立就什么时候独立，想去哪儿就去哪儿，他不会再管，可如果你坏了这件事，他一定不会放过你。"

刑天闻言转身，给隋钧留下一个阴晴不定的后脑勺。

"是主任让你来跟我说这些的？"刑天问。

"你好自为之吧。"隋钧不再多说，起身离开。

"隋钧。"刑天突然把他叫住。

"嗯？"隋钧转过头。

"听说你在准备起诉钟毓秀了？"刑天问。

隋钧目光冷冽，不置可否。

"得饶人处且饶人，做事太绝对马扬鞭和你都没好处。"刑天叹了口气说。

"当事人要起诉，主任又留了暗门，我一当差办事的，有什么办法。"隋钧阴恻恻地笑了一下，跛着脚关门离去。

12

在拿到一审败诉判决后，李法山立即上诉，可由于关于赠与的事实清楚，证据确凿，二审维持原判，他还是败诉了。

此时的他、张白白和钟毓秀正齐齐坐在苍白的会议室里，面前的桌子上放着冰冷的终审判决。钟毓秀的肚子大得非常明显，看样子过段时间就要临盆了。

"李律师,我们还能申请再审吗?"钟毓秀很低落。

李法山叹了口气,实事求是地说:"可以,不过申请再审期间不影响原判决执行,而我们这个案子,通过再审审查的可能性也比较小。"

钟毓秀沉默了一会儿,然后红了眼睛。她生性温顺,不是那种骂得出声的性子,所以满腹委屈只能自己一个人往肚子里咽。

"毓秀姐。"张白白看她泫然的样子一阵心疼,然后将面前的纸巾递到她面前。钟毓秀一把推开。

钟毓秀想不明白,为什么自己辛苦伺候了马扬鞭这么多年,放弃了自己的事业和尊严,到头来还得把钱全部退给马扬鞭。

她爱马扬鞭吗?在一开始马扬鞭追求她时,她认为自己是爱的。她只是一个普通家庭出身的女子,大专毕业,受教育水平有限,除了美貌,自己似乎一无所有,身边的朋友也大多素质平平。平时追求自己的异性虽然不少,但说白了,无非是想和自己有段露水情缘,真正爱自己的着实寥寥无几。

就在这时,一个电视上经常露面的,知识渊博的明星教授出现在了自己的面前。他温柔、体贴、渊博、智慧、包容,还有很多财富,令她如入云端。

在马扬鞭刚刚出现在她生命中的时候,她是幸福的,在她有限的认知里,她笃定地认为婚姻是改变一个女人命运的关键,而马扬鞭就是上苍赐予自己卑微人生最美好的礼物。

后来她发现事情并不如自己想象中的美好。

她知道了马扬鞭当时还有婚姻。但她天真地认为只要自己对马扬鞭足够体贴，三十年媳妇总能熬成婆，自己有朝一日终能上位。可随着相处时间的增多，她才意识到情况并非如此——马扬鞭不仅丝毫没有为了自己和老婆离婚的迹象，还又找了很多女人，她自己只不过是马扬鞭身边无数金丝雀中平平无奇的一个而已。

"自古才子多风流，男人三妻四妾是很正常的，我需要爱情来滋润我的写作，我爱你，但我希望你理解我的苦衷。"马扬鞭总这么对她说。

钟毓秀一开始也用这套逻辑说服自己睁一只眼闭一只眼，但一个男人到底爱不爱你，平时是感受得到的。

钟毓秀绝望而无助，甚至想通过怀孕来拴住马扬鞭，但她万万没想到的是，马扬鞭在早年间和前妻生了两个孩子后就给自己做了输精管结扎以便风流，她是不可能怀上他的孩子的。

难道我这辈子就只能被这个不爱自己的男人豢养，孤独终老吗？钟毓秀不想这样，她想有人真的爱自己，她想做妈妈。

于是她和马扬鞭提了分手，直到迎来了这起官司。

很多家庭出身普通的女性可能有着嫁入豪门以实现阶层跃升的美梦，这种事如果你遇到一个未经世事的年轻富二代，把他迷得神魂颠倒还有可能，可如果你的对手是白手起家、早就熬成精的千年狐狸，就纯属痴心妄想了。

对马扬鞭这种功利到近乎刻薄的人来说，钟毓秀最值钱的"资产"就是注定会随着时间贬值的美貌，不适合合伙，只适合租赁。而这场官司，归根结底只是在合同结束后，马扬鞭觉得在这场关系里给钟毓秀的对价太高，后悔了，想要一些钱回来。

李法山心中也是难受。

这是他独立后第一次独自挑大梁,然后就直接迎来失败。对他来说这无疑是职业生涯的一次重大打击。

就如同一个之前一直用"满分笔"考试得第一的孩子,总以为自己会考一辈子第一,也以为自己没了"满分笔"考试也没问题,直到有一天,"满分笔"消失了,他才明白原来自己的成绩是不及格。并且他知道,尽管他一直在做风险提示,但当败诉结果真的出来时,当事人是不可能不对律师心怀怨念的。

"我问心无愧,尽力就好。"这几天他这么安慰自己。

所有律师在败诉的时候,都会用这句话安慰自己,但在一件"唯结果论"的事情面前,一个人究竟要努力到什么程度,才能坦然说出自己问心无愧呢?

如若自己思虑再周全些,早点想到对方会祭出原配来要求返款,并做足防备,情况会不会不一样?

如果刘春在,情况会不会又不太一样?

李法山一直认为自己是个没心没肺的人:除了人民币一切都不在意,我收你律师费,帮你办事情,至于你们当事人之间的悲欢离合,至于你自己的心理感受,与我有什么关系。

这时他才明白,他之所以这样认为,只是因为他没输过。

李法山和钟毓秀在办公室无言地坐着,李法山动了动嘴唇,欲言又止,终于还是开口说:"其实这套房子现在已经涨到了700万,你把它卖了以后还是赚的。"

"嗯。"钟毓秀抹了抹眼泪,终究还是说话了。

"孩子的事情你打算怎么处理?"李法山问,"如果这孩子是马扬鞭的,我们是可以起诉要求马扬鞭支付抚养费的。"

"谢谢了,李律师。"钟毓秀面无表情地说,"这个你就别操心了,我知道该怎么做,我先走了。"

钟毓秀离开后,办公室的低气压迟迟没有散去。

律师是不可能完全游离于案件和当事人之外的,当当事人伤心绝望的时候,如果你能做到无动于衷,那只能说明你不是一个好律师。

张白白在旁边低声说:"这法院也真是的,一点不通情理,人家这么好看一小姑娘,白白陪这个老渣男睡了三年,法院居然还判马扬鞭把钱要回去了。哪有这样判的!"

李法山虽是眼神黯淡,听到这句话却也冷笑了一声:"可在别人眼里,这又何尝不是一个为了攀附权贵而破坏别人家庭的物质的女人呢?你凭什么在明明知道对方有妻室的情况下还保持这种暧昧关系?难道真的只是因为爱情?"

张白白一时语塞。她咬牙说道:"老板,你怎么能这么说我们自己的客户呢!"

"我不是在指责自己的客户,我只是想告诉你,法院不靠道德判案。道德就是任人打扮的小姑娘,如果世间所有事情用道德就能说清楚,就能定纷止争,那还要法律做什么?法律就是法律,我们输了不要全然把锅甩给法院。一定是我们自己有哪些地方还没有做好。"

李法山不是在批评客户,他是在批评自己。

"一定是我们自己有哪些地方没做好吧……"

李法山不会知道,那天是他最后一次见到钟毓秀。

13

一年后的某一天,李法山在微博上刷到一条信息:"今晨一女子在龙城国际小区跳楼去世,其生前曾是马扬鞭女友。"

"怎么回事?!"李法山后背一凉。他赶紧点开页面,发现叙述寥寥。

在犹豫许久后,他拨通了刘鑫的电话。

在输了钟毓秀的官司后,李法山和刘鑫所在公司的顾问合同自然没达成。刘鑫接到电话态度虽然冷淡,但还是给李法山道出了事情的原委。

在返还房款案结束后,马扬鞭委托隋钧起诉钟毓秀及一家名为"龙城扬秀经贸有限责任公司"的公司,要求返还货款1600万元。原来,在和钟毓秀恋爱期间,马扬鞭在张太一的授意下,以钟毓秀的名义设立了这个一人有限责任公司,并与这家公司签订了买卖合同,然后向银行申请消费贷款。银行见是马扬鞭贷款,合同也确实存在,也就将款项如数贷出。马扬鞭将款项打给这家扬秀经贸有限公司后,又让钟毓秀将款项转到了一家法定代表人为张泽天的公司名下。

《公司法》第六十三条规定,在发生债务纠纷时,一人有限责任公司的股东有责任证明公司财产独立于股东自己的财产,如无法证明的,应对公司的全部债务承担连带责任。根据这条法律,马扬鞭完全可以刺破公司面纱、找钟毓秀要钱。因此,马扬鞭便以买卖合同纠纷为由将扬秀公司和独任股东钟毓秀列为共同被告。由于货物并未实际交付,合同并未履行,公司又是空壳公司,法院最终判决钟毓秀对1600万承担连带责任。

钟毓秀本就有产后抑郁症,在拿到判决结果后更是悲痛欲绝。在背负巨额债务的情况下,她又委托了另外一名律师起诉张泽天所在公司要求不当得利返还,将1600万还给自己。

张泽天公司的代理律师还是隋钧。

在收到法院传票后,隋钧立马采取拖延战术,先是提管辖权异议,异议裁定驳回后又申请复议,复议后又提起反诉,不停延长诉讼时间。与此同时,法院也开始查封、拍卖钟毓秀在龙城国际小区的房产,隋钧更找了一家专业的催债公司天天前去骚扰。

这些催债公司是怎么做的呢?他们不拘禁你,拦你、打你、骂你都不做,只是跟着你。上班跟着,上厕所跟着,走到哪儿,跟到哪儿,然后对所有认识你的人说你是老赖,并把"欠债还钱"喷在你家门口的外墙上。

而更狠辣的是,钟毓秀的律师通过调查发现,张泽天原来是一个来自大凉山的目不识丁的农民,就算承担责任,他也不具备任何偿还能力,同时,隋钧也通过运作转移了公司的所有资产,当钟毓秀想要保全该公司名下的财产时,该公司早已空空如也。

是的,意思就是,即使钟毓秀赢了这起不当得利的官司,由于对方是空壳公司,她也拿不回1600万。

她被从头到尾设计了。

最终,钟毓秀不堪压力,跳楼自杀。

挂掉电话,李法山抬头望天。天空晴朗,惠风和畅,万事万物都如此美好,似乎这个世界从来便与悲苦无关。

地球从来都以自己的节奏旋转着,沉默,缓慢,从不以人的心情与意志转移。那些泪眼蒙眬中的天地同悲，只不过是受害者的自欺欺人。

这春光大好的人间，每天都有人被埋葬。

他觉得自己该找一个故人聊聊了。

14

在接到李法山的电话后，隋钧约了他到一家偏僻的日料店。这家店不大，不点菜，只卖套餐。李法山到的时候，店里只有隋钧一个人，他已恭候多时。

"法山，你来啦。"隋钧表情平静，深不可测的眼睛埋藏在高耸的颧骨里。尽管已经竭力控制了，可他看向李法山的眼神还是流露出一丝猫捉老鼠的戏谑。

李法山眼见隋钧这一副胜利者的模样，心中怒气滚滚。他闷声"嗯"了一声，坐在了隋钧身旁。两人面前是一个鱼缸，里面有一条花鲷鱼静静地游着。隋钧向日料店老板打了声招呼，老板微微点头，然后将鱼从鱼缸里取出来，简单清理后，当着二人的面将鱼身上的肉全部剔掉，只剩鱼头和鱼尾。

老板将鱼切片做成刺身摆放在二人的餐盘上，然后将鱼放回鱼缸。而那条割得只剩苍白骨架的鱼，则继续撑着累累白骨在鱼缸里游来游去，诡异的样子看得人不寒而栗。

"新鲜，你试试。"隋钧开心地拿起筷子，将一片刺身蘸了蘸调料放进嘴里。

李法山没有动筷子，只说了两个字："恶心。"

"是吗？可味道确实不错。"隋钧转过头来对李法山说，"这在日本叫作'泳骨'，要求在剔肉的时候不能过多损害鱼的血管，以防鱼失血过多而死，对厨师刀工要求极高，全龙城我也就找到这家店能做，你别浪费。"

李法山看了他一眼，皱着眉头问："你不觉得这很变态吗？"

隋钧耸了耸肩："还好吧。人类是杂食动物，要想吃肉，伤害其他动物的生命是必然的，你大惊小怪作甚？你没吃过猪肉吗？"

"我否定的不是你吃肉，我否定的是你对血腥的欣赏。"李法山说，"在将一只鱼千刀万剐后再把它放回鱼缸，与其说这是在吃饭，不如说是在享受凌虐本身。"

"暴力也是一种美，很多美味都是从残酷中诞生的。"隋钧静静咀嚼着生鱼，"而且，冷血动物是否具备痛觉本身就有争议。子非鱼，就别再替鱼担心了。"他边说边在调料里多加了些芥末。

李法山凝视了隋钧两秒，然后直截了当地问："马扬鞭和钟毓秀后面这个买卖合同的案子是你做的吗？"

"判决书上代理人确实写的是我的名字。"隋钧不置可否。

"所以是你鼓励马扬鞭赶尽杀绝？"李法山继续问。

"我们从不帮当事人做决定，只不过马教授请主任做了这么多年的法律顾问，主任自然会尽心尽力给他生活的方方面面留点后手，我看见了，问他要不要起诉，他说必须起诉，所以我就起诉了。"隋钧津津有味地吃着鱼。

"主任一开始就有这样的算计？"李法山惊讶地问。

"不然你以为马扬鞭为什么每次离婚都离得这么稳稳当当，这次让胡韵芝配合，胡韵芝也老实配合？"隋钧笑着说。

李法山紧皱眉头:"后续这个官司对他来说是毁声誉的事,而且你们也知道钟毓秀根本拿不出这1600万,你们这个官司既无必要,还非常愚蠢,目的完全就是在逼她。你作为他的律师,是有义务提醒和阻止他的!"

"法山,你对案子不了解,不要乱说。"隋钧见他情绪开始波动,脸上虽不动声色,心里却只觉享受。在他眼里,此时的李法山,就是那条只有累累白骨却仍在鱼缸里挣扎的鱼。

"你把马扬鞭当什么了,娱乐明星?他是靠学识吃饭的,不是靠什么良好的公众形象。就算你之前请的那些记者把他写烂、写臭,他的书还是有很多人愿意买,只要他节目做得精彩,收视率还是会很高,他该拿的报酬一分都不会少。实在不济,老老实实回去做学术也是可以的。而且,钟毓秀似乎在和马扬鞭接触期间有了其他人的孩子。我觉得这个拿来做做文章也不错,大家看了后对马教授应该也会有更多理解。"

"钟毓秀都死了,你还不放过她?"李法山面有愠色。

"并不是每个人遇到这种事情都会选择自杀,死不死是她的事,我只对我当事人的利益负责。"隋钧冷漠地看着李法山。

李法山一时语塞。

隋钧眉宇间尽是邪气:"钟毓秀的死,如果要说该谁负责,那分锅的人可不少,硬要排名,你的名字肯定排在我前面。咱俩都是一路人,你就别在这惺惺作态了。"

"隋钧,我们是律师,法律是我们用来保护当事人的武器,不是用来伤害他人的武器。"李法山看着眼前血腥的美味,低着头说,"如果这1600万确实是钟毓秀用了,而且确实是用于货物交易,马扬鞭打这个官司无可厚非。可如果这1600万只是马扬鞭利用钟毓秀过手套贷,你还让马扬鞭打这个官司,就是为虎作伥,用心险恶。律师不是你这么做的!"

隋钧扑哧一笑:"可是当我们在用法律保护己方当事人的时候,难道不是一定会伤害到对方当事人吗?李法山,你我都知道,你今天跟我说这么多,只是因为你不愿接受自己的失败。"

李法山涨红了脸:"你不过就赢了这一场官司,你就觉得你比我强了吗?"

"嗯,我真得感谢你,让我知道你比我强,毕竟上大学时你让我做了三年替补。"隋钧收起了笑容,表情逐渐狰狞,"感谢你教我用场外因素赢比赛,感谢你让我知道胜利就是正义,感谢你让我明白赢家通吃,感谢你让我决定学法学。今时今日,此时此刻,我都得感谢你呢。"

李法山目瞪口呆地看着隋钧。这一瞬间他突然开始思考另外一个问题:当初那个被自己耍得团团转的小弟,怎么突然就骑到自己头上来了?

在李法山的记忆里,隋钧当年只是一个自卑、沉默、心机深沉的贫困生。如今却变成了这副邪气凛然的模样。

隋钧拍了拍李法山的肩膀,拄着拐杖,起身离去。"我还有事,先走一步。账已经结过了,你等会儿吃完直接走就行。"

偏僻幽暗的日料店里,只剩下一个沉默的厨师,一条在水里游荡的血肉模糊的鱼,和一个失败的人。

钟毓秀死后,只需再过几年,就没有人会再记得她;如果有,那公众记忆里对她唯一的注脚,就是"马扬鞭那个自杀的小三"。

小三、马扬鞭……是这些名词活活逼死了她,而她死后却又注定与这些词捆绑在一起。如果她泉下有知,不知心中会做何感想。

只要马扬鞭还在继续输出作品,还在著书立说,他的人生就不会结束,他就会一直在"赶尽杀绝"的价值观指导下健健康康、身心愉快地活着。至于公众形象,不就是花些钱洗白的事吗?不就是惺惺作态的事吗?不重要的。

他是学者,尽管是知名学者,但却终究不像明星般要对公众形象负那么多责任。

法院依法判决,律师秉公收费,至于这一地的鸡毛,最终风一吹就散了。

世界欣欣向荣,仿佛什么都没有发生。

李法山看着眼前鲜美的鱼肉,突然觉得很累。

就在他魂不守舍的时候,张白白打来电话:"老板,你听说了吗,今天所里关于刘春律师的爆炸新闻?"

"怎么了?"李法山问道。

"刘律师签下康银集团了,一年顾问费150万。我听行政说,主任好像今年打算把他升为合伙人。"张白白激动地说,"刘律师可真厉害,连康银集团都能签下来。这可是我们龙城最知名的企业啊!而且如果他今年升为合伙人,应该就是我们厚德所最年轻的合伙人了。你要不要去恭喜他一下?"

李法山没有回答,挂掉了电话。

自进入千禧年以来,龙城市政府出于经济转型的目的,在城市的南边开辟了一大块土地作为高新区,通过宽松友好的经济政策招商引资，使这片区域如同上海的浦东新区一样，从一片荒地变得高楼林立。

而在这无数高楼里，一栋名为康银大厦的高楼尤为醒目。此楼为龙城地方明星企业康银集团所建，高六十六层，是龙城的地标建筑。其中，大厦的第六十六层并未对外出租，而是整整一层楼都被打造成了康银集团董事长龙行之的私人宅邸。龙行之将这层楼打造成了一个穷奢极欲的天堂，然后在此会宴八方宾客。

"刘律师，和罗鹤的这场较量，我就交给你了。"从落地窗俯瞰整个龙城，龙行之已经对眼前开阔亮丽的夜景见怪不怪，"你知道，把这么重要的事情交给一个年轻人做挺需要勇气的。"

"龙总，我一定尽力而为。"刘春在他旁边微微笑道。

在交通事故发生一年后，刘春身上的伤已几乎痊愈，只在脸上留下一道浅浅的、长约八厘米的疤。由于这道疤是在脸颊偏后的位置，不是非常醒目，所以他也没有刻意通过做手术把它去掉。

除了这道疤，刘春头上的白发越来越多了。

"隋律师，感谢感谢，多亏你我才赢得了这个案子啊！"在拿到撤销赠与那起案子的二审判决后，马扬鞭高兴地请隋钧吃饭。

"都是主任指导有方，我也只是执行而已。"隋钧客气地回应道，然后说，"对了马教授，我做案子的时候发现我们似乎有个办法能让钟毓秀再赔我们1600万，这样那套房子涨价的部分我们都能要回来，不知道你感不感兴趣？"

"哦？"马扬鞭惊讶道。在听完隋钧的策略后，他犹豫地问："这样啊……可现在舆论都在骂我，我这么做是不是不太好？"

"舆论嘛，多是虚妄，风一吹就散了，我也有办法帮你处理，可1600万，赢了就是落在自己的腰包，这可是实打实的利益。"隋钧看着马扬鞭举棋不定的脸，露出了真诚而踏实的微笑，"当然，这只是我个人的想法，到底怎么做还得马教授自己考虑。"

失独者的哀歌

"妈,我终于可以当母亲啦!"在龙湖郊区的一栋别墅内,一个二十五六岁的姑娘在挂了电话后兴奋地喊道。姑娘的母亲听到这句话后,心里既开心,又欣慰,嘴里不停说着"好好好"。姑娘的丈夫则更是高兴,闻言跑过来一把抱住她连亲了两口。

"干吗呢!"虽然已经结婚三年,但毕竟父母还在,姑娘挣脱丈夫的怀抱,脸上微微泛红。

"来,今天我们全家一定要喝两杯,好好庆祝一下。"姑娘的父亲也很开心,招呼他们赶紧坐下。

"爸,我今天开了车来的。"女婿表情略显犹疑。

"不碍事。"老丈人边说边把他面前的小酒杯倒满。

01

在李法山输了钟毓秀的案子后,他的名字已经彻底消失在律界新锐排行榜之中。这场"原配斗小三"的案件似乎证明了一个事实,那就是李法山没了刘春是真不行。

说这件事情对李法山的内心没有产生影响是不可能的。除了客观上委托他的当事人越来越少,在主观上他自己接案子也开始变得畏畏缩缩起来。

婚姻官司,一审离不了会败诉啊,不接;股权纠纷,几个股东之间关系太复杂了,不接;物业纠纷,赢是能赢,但律师费太低,也不能提升我的排名,不接。

爬得越高,摔得越惨,李法山现在一看到卷宗,脑海中就会浮现出钟毓秀那张彷徨无助的脸。

伴随办案数越来越少而来的,是越来越多的空闲时间。一个人在没有事情做的时候,时间总会过得很慢。

为了打发这段时间,李法山开始郑重思考自己在做律师之余要做点什么:出国留学?这基本等于断炊了;做点生意?做什么一时半会儿也想不出来;认认真真谈个恋爱?这世间美好的女子那么多，在一棵树上吊死未免也太过可惜。

思来想去，他终于想到了一个消磨时间的好办法——写小说。

为此他先写了三万字发给出版社，本来满心期待编辑看了会涕泗横流，没想到她只是冷冷地回了一句话："对不起，这本小说内容低俗，我们不能出版。"

李法山无比愤慨："这个充满正能量的、一个男人和十个女人之间灵与肉的爱恨情仇故事，说是当代《红楼梦》也毫不为过，你怎么能这么肤浅地评价它呢？！"

编辑冷冰冰地回道："李老师，您的作品无论从哪个角度来看都不适合出版。"

"亏你还是编辑呢，不懂艺术。"李法山生气地将稿子投往其余多家出版社。

然后编辑们都给出了相同的结论。

而与此相对的，是他必须面临的账单。除了房贷和车贷，自从近两年收入提升后，他的日常开销也水涨船高，由奢入俭难，要节流难度不是一星半点：西装，最近穿的都是价格上万的定制款，也没法一下子换回几百块的便宜货；奢侈品，本来只看上了三千多的袖扣，结果逛着逛着突然发现四万多的袖扣也很好看；吃饭，约会去人均消费低于400元的地方也没戏；手机，以前都用的苹果，现在换成老人机也说不过去。

于是李法山开始每天批评自己："法山啊法山，你看看你自己，才赚了几个臭钱就被消费主义洗了脑，之前穷得叮当响的时候不也挺开心的吗？东西能用就行，买那么贵的干吗？辛辛苦苦赚的钱，难道就这样被那些万恶的资本家骗去了？"在批评完自己后，由于太闲，他又忍不住开始刷购物网站，结果一不小心买了个800元的杯子。

眼看着银行卡里的余额越来越少，他开始愈发焦虑。

难不成哪天老夫也得去裸贷？李法山心想。

之前未结的案子在一个一个做完，新的案子又没有再接，李法山眼瞅着就快山穷水尽了。但一想到要自己独自面对案子，他又心里没底。就在这时，又是一年过去，律所年会到了。

厚德所作为龙城新晋的龙头所，今年业务量达到五个亿，和坤乾所比差两个亿。其中厚德所独立律师人均业务量为73万，即如果你一年没为律所赚到73万的律师费，那你就拖了组织后腿。

当然，这73万并不是硬收入。如果扣去律所的管理费用及各项税费，签了73万律师费的律师实打实到手的收入有55万左右。

劝人学法，千刀万剐，平均年收入55万，兄弟，来不来？

如果来，那你就被骗了。

不看中位数看人均都是耍流氓，律所真正的大头，永远是那些高级合伙人拿着。一个高级合伙人的年业务量按1000万算，一个青年律师年业务量按10万算，平均下来，可不就505万了吗？

如果看中位数，厚德所一名普通独立执业律师一年的业务量也就50万左右。

由于涨势喜人，厚德所决定包下一艘豪华邮轮，在海上开年会。用李天主任的话来说，这么做的寓意是希望律所来年"扬帆起航，再创新高"。

不得不说，这事儿虽然浮夸，但大家都很高兴：自己辛辛苦苦做个案子还要被律所抽这么多血，大过年的律所让我爽爽不过分吧。

甲板上摆满蛋糕与香槟，船舱内有歌舞表演，老中青三代律师们有的带着自己的发妻，有的带着自己二婚的新欢，有的带着自己可能昨天才认识的情人，整整齐齐在碧海蓝天间放纵狂欢，释放自己一年来工作的压力，期待自己明天会更好。

李法山也不例外，他带了婧哥登上了邮轮。婧哥是他一直以来的好战友，前凸后翘，热爱自由，帮李法山当了不少次僚机，也解决过不少办案中的问题。这次闲着也是闲着，她就跟着李法山一起来了。

两人就这么有一搭没一搭地在甲板上闲聊，就在这时，张白白穿着泳衣走了过来。泳衣比较传统，但依旧难掩火辣的身材。

李法山见她身体优美的弧线，不禁瞪直了眼睛，婧哥见状意味深长地用手臂撞了他一下。他咳嗽了两声，和婧哥解释他们只是单纯的工作关系，然后用余光扫到了独自倚在邮轮栏杆上的刘春。

很多同事过去和他打招呼，他礼貌性地回应后便继续看向大海。天大地大，待在角落的他像一片孤独的叶子。

李法山心中一动，想去跟他打个招呼，但一想到他把自己一脚踢开的无情，咬了咬牙，和婧哥转身走向游泳池。

就在这时，厚德所主任李天挽着自己的太太和女儿来到了甲板上。

李天是最早一批从法院出来做律师的法官，今年五十七岁，一年的业务量超过3000万，于龙城律界传奇榜上雄踞第三，在龙城司法界绝对是一等一的人物。多年前他和张太一闹掰以后，拉着几个原坤乾所的高级合伙人自立门户，才有了如今的厚德所。现在厚德所蒸蒸日上，和坤乾所二虎相争，斗争日益激烈，整个龙城律界，包括所内的律师都在纷纷揣测，这场长期的战役究竟会在什么时候，以什么方式结束。

律所虽然组织相对松散，但对老大还是不敢有丝毫怠慢的，大家见李天一家来了，纷纷恭敬地打招呼。李天对大家也回以微笑致意。

令大家意外的是，在看到刘春后，李天竟主动向他走去。

"刘律师你好啊。"李天向刘春打招呼道。

李法山远远看着主任热情地向刘春介绍着自己的家人，又想了想自己此时落魄的处境，心中涌起一种异样的情绪。

晚上的年会酒宴是今天的重头戏，大家回到船内，盛装出席。一桌八人，各有桌牌，离舞台越近则越接近律所核心。李法山和婧哥坐在中后段，勉强能看清舞台上人的表情，而刘春则坐得非常靠前，和一众合伙人坐在一起。餐桌上摆放着红酒、龙虾、鲍鱼以及各种各样名字烦琐且非常昂贵的食材，整个大厅都洋溢着属于成功的欢腾。

在李天热情洋溢、承前启后又毫无营养的演讲后，舞台上开始了各项表演。除了律师自己组织的节目，律所也邀请了不少专业的歌手和舞团共襄盛举。其中最大牌的当属著名歌星薛德傲。自刘春和李法山帮他打赢了官司，他们公司便一并签了律所的常年法律顾问，今天律所邀请，他见也没有其他通告，就前来捧场了。

李法山知道刘春是薛德傲的歌迷,当薛德傲在台上唱完那首《情浅浅雨烈烈》后,李法山开始寻找刘春的表情。刘春静静地坐在那里,没有开心,也没有不开心,只是淡淡地鼓掌。

　　"下面,我们开始今天最重要的环节——合伙人晋级仪式!"节目演出过半,主持人走到台上开心地对大家说。

　　"在过去的一年里,我们所有很多优秀的律师通过自己杰出的才能和不懈的努力,得到了客户和同行的认可,也为我们律所做出了突出的贡献。厚德所向来是个无比重视人才,也愿意和人才一起合作的、包容的律所,今天,经过合伙人会议决议,我们正式邀请以下四位同僚入伙,成为厚德大家庭更坚实的一分子!"

　　台下掌声雷动。

　　厚德所的合伙人主要分为两档,一档是普通合伙人,一档是高级合伙人。普通合伙人的入伙要求是连续三年业务量过百万或一年业务量过三百万,而高级合伙人的入伙要求则不仅仅是业务量达标这么简单,而是必须得到现任所有高级合伙人的一致认可。

　　"他们分别是,张泽瑞、夏敏、康颖、余涌!"

　　雄壮的音乐响起,司仪开始对四人去年的战绩赞不绝口。在夸奖完毕后,四人微笑着走到台上。他们年纪都在三十五岁左右,走到今天这一步,总的来说属于按部就班。

　　台下众人在鼓掌之余,也不禁开始窃窃私语。

　　"我知道,大家是不是觉得名单上好像少了一个人?"在四人接受合伙人证书和奖杯走到台下后,司仪开始做作地提升语调。

　　"是的,我们今天,其实还有一位合伙人需要任命,但主任要求，必须单独任命，那就是，我们厚德所建所以来最年轻的合伙人，刘春！"

音乐声喝彩声同时响起，屏幕上升起"最年轻合伙人"六个字，聚光灯也打在了刘春一个人身上。

周围人都纷纷向他表示祝贺，他微笑着起身向大家表示感谢，然后走到台上。

司仪热情地将话筒递给他："刘律师，作为我们律所最年轻的合伙人，你现在有什么想跟大家分享的吗？"

刘春接过话筒，看向台下。

台下无数同行，用各种各样的眼神看着他，有赞赏的、不屑的、羡慕的、嫉妒的……终于，他在一双双眼睛中看到一双最为复杂的眼睛。

在和那双眼睛接触的一瞬，那双眼睛便躲闪开来。

"感谢李天主任和各位合伙人的栽培，感谢各位同事平时的帮助，感谢客户的信任，我今天能晋升为合伙人，和诸位平日的提携和认可息息相关。我会在接下来的工作中再接再厉，争取不辜负律所和客户对我的期待。"

刘春的发言面面俱到但中规中矩。在他发言完毕后，台下响起了鼓励的掌声。

又过了一会儿，表演结束，律所主任李天走到舞台上，从主持人手中接过话筒。

"朋友们，接下来我们要进行大家最期待的环节了。"李天话音刚落，全场掌声雷动，欢呼雀跃。

婧哥在旁有些莫名其妙："什么环节大家这么兴奋？"李法山

面无表情地说:"当然是发钱的环节了。"

厚德所每年年会都有一个传统,那就是由合伙人在微信群里给大家发红包。去年厚德所有二十五个高级合伙人,五十个普通合伙人,高级合伙人最低发10000元,普通合伙人最低发6000元,律所一晚上发了55万元的微信红包,今年律所有一个人从普通合伙人晋升为高级合伙人,五个人从独立律师晋升为普通合伙人,所以高级合伙人有二十六个,普通合伙人有五十四个。

"据我所知,今年大家可都挣了不少钱,尤其是合伙人们,业务可是好得不得了哦,所以大家说,今年合伙人发的红包要不要涨啊!"李天大声问道,眼神笑眯眯的。

"涨!涨!涨!"合伙人的数量永远没有在贫困线上挣扎的初级律师多,律师助理们山呼海啸,合伙人们不禁尴尬地沉默起来。

"那我今天就起个头,我先定个规矩,后面发红包的高级合伙人红包金额不能低于我,普通合伙人金额不能低于我的一半。"李天边说边在手机上输入。过了一会儿,一个大红包出现在微信群里,份额为一百个,每个金额200元。

哇!全场陷入欢呼。

李天发了2万的红包,照这个数字,今天所有合伙人发在微信群里的红包总额将不低于106万。

眼见李天这么财大气粗,婧哥赶紧让李法山以家属名义把自己拉进群。在眼疾手快抢到一个200元的红包后,她非常亢奋:"你们律师可真有钱啊,你平时在我面前哭什么穷!"

"这些高级合伙人一个个富得流油,一年少说五六百万的收入是有的,发个2万的红包对他们来说都不是事儿。"李法山"呵呵"

了一声,"但我是真穷。"

律师这个职业,有资产,无负债,做得好,雪球滚起来了就是印钞机,做不好就只能顿顿啃苞谷。

此时他并没有抢红包的亢奋,仿佛这沸腾的一切都和自己无关。想到自己那点可怜巴巴的业务量,这一切可不就和自己无关吗?

红包金额毕竟五位数,合伙人们在发之前多少是有些扭捏的,但鼓噪发红包本身就是活动的乐趣之一。随着红包一个接着一个地发出,全场的欢腾也一浪高过一浪。

李法山看着群里那让人眼花缭乱的大额红包,只觉热闹是他们的,自己什么都没有。

终于轮到了刘春发红包。刘春微微一笑,在群里发了个规规矩矩的1万块。

李法山下意识地点开,分到200元,全场最佳手气。

红包大潮结束,李法山光这么有一搭没一搭地抢都抢到了四千多元,而一旁的婧哥眼疾手快,竟抢到了一万元之多。

"兄弟,啥也不说了,以后律所每年年会你都必须让我参加。"婧哥的脸已经兴奋到潮红,"早知道当初我也学法律了。"

"你如果真这么想,那你才是太天真。"李法山叹息了一声。

"怎么说?"婧哥问。

"法律行业,是一个人才最为重要但又最为廉价的行业。你知道现在龙城大学法律系毕业生刚进律所一个月多少钱吗? 3000元。一个刚出道的律师,一年包括年终奖十三薪,年收入三万九顶天了。李天让高级合伙人发这么大红包,说白了就是劫富济贫,逼高级合伙人多接济下可怜的小律助们。"

婧哥有些不信:"啊?你们律师贫富差距这么大?"

"我这么给你算笔账吧。去年李天一个人的业务量是2400万,他团队一共二十人,分为四档,一个主管律师,四个分管律师,八个律师助理,七个实习生。主管律师是团队核心,肱股之臣,统筹全局,我们满打满算,一年给他算100万,分管律师一年30万,律师助理一年6万,实习生不要钱。你算算,他2400万的业务量,团队成本一共多少? 268万。并且我可以很负责任地说,是主任慷慨,这待遇在合伙人里算开得非常高的了。正常合伙人会把团队支出控制在总收入的7%左右。"李法山开始给婧哥做数学题。

"他是主任,律所点子扣得少,律所有盈利还要分钱,到头来每年2000万左右的现金收入,比不少上市公司赚得还多,对他来说,两万块的红包算什么呢?并且,他只发了两万,但所有合伙人加起来就上了一百万,明天登上《律坛春秋》新闻头条,说厚德所年会光微信红包就发了一百多万,骗得无数法学小年轻乃至法院法官来律所求职,这广告打的,能不好吗?"

婧哥闻言啧啧称奇:"你们做律师的真是算得太精了。"

"做律师,必须是人精,不是人精的律师不会是好律师。"李法山冷笑了一声。

发完红包,律师们转场到甲板上,开始了非常商务的互相敬酒。薛德傲专门走到刘春面前和他握手合影,在简单和李天、姚赢等合伙人打了招呼后便提前离场了。刘春也只是进行了简单的应酬便早早回到了自己的房间。

李法山心情郁闷,开始来者不拒地喝酒。婧哥在旁边刷着手机，心不在焉地劝他少喝一点。

"李律师，我来敬您一杯！"一名李法山从未见过的律师前来给他敬酒。

"干。"李法山也没问他名字。

"我是周德建。您和刘律师一起做的薛德傲那个案子，堪称经典，我一直在反复揣摩啊！"周德建拍着他的肩膀说道。

"嗯。"李法山回答得非常敷衍。

"不过师兄如今成了合伙人，却把师弟给扔了，你说可气不可气。"周德建似笑非笑地看着李法山。

李法山本就心情郁闷，听到这句话一愣，然后突然非常凶狠地盯着周德建："周德建，别以为我不知道你，不就是新锐榜上常年在三十左右徘徊的低能律师吗？你要是有那么多工夫，好好想想怎么不让你的年华集团给你解约吧。就你这水平还想来奚落我？滚！"

周德建没想到李法山反应这么大，在劈头盖脸的辱骂下顿时面色涨红，都是法律工作者，在这喜庆的场合动手也不太合适，他不禁僵在当场。

秀才遇到兵，没办法。

同桌的其他律师看不下去，开始解围，于是他赶紧找了个台阶在别人的劝解下骂骂咧咧地离开："老子再怎么排三十名，也比你个不入流上不了榜的律师强！"

李法山余怒未消，坐下来继续喝闷酒。

"吃枪药了，这么生气干吗？"婧哥给他倒了杯水。

李法山冷笑了一声："有些人就是既蠢又坏，自己没两把刷子，就想通过毫无意义的奚落他人来找存在感。遇到这种人，我完全不惮以最坏的恶意去攻击他。"

"你是杀鸡儆猴，通过骂他让那些想看你笑话的人离你远点吧？"婧哥笑了笑说。

李法山不置可否。他是想通过周德建告诉别人他不好欺负，可这些人不当面说，难道就不会背地里说吗？

李法山咬了咬嘴唇，独自离开了大厅。

为什么每个人都觉得，没了刘春我就什么都不是？李法山郁郁寡欢。

甲板上空空荡荡，夜空中明月高悬。海风凛冽，在这苍茫的大海上，李法山只觉得自己是个漂泊无依的可怜虫。

就在这时，婧哥也从厅内走到了甲板上。

"你就不能让我一个人静静吗？"李法山颇为不耐烦。

"法山，你怎么了？"婧哥轻轻叹了口气。海风凛冽，她缩了缩身子，李法山见状，哼了一声，将大衣披在她身上。

婧哥见他没有回答，便接着说："你还记得你大一参加辩论新生赛的时候吗？"

李法山闻言不禁摇头一笑。

"我还记得当时你们队在决赛时遇到了史上最强的管院队，有个叫隋钧的特别厉害，而你傻不拉几，为了追花想容，还夸下海口说自己必胜。结果呢，你出了个损招，在比赛当天让我帮你把他们队另外一个主力骗到郊区，他们无奈，直接让一个从没打过比赛的小姑娘上了场。说到这，我至今都还记得那个辩论队的酒醒后吓得差点尿裤子的样子。"

婧哥看向李法山，李法山望向远方，不知道心里在想些什么。

"那个想尽一切办法都要赢的你去哪儿了呢？法山，我知道现在的你并不是真正的你。"

是啊，我到底怎么了呢？

李法山也不知道自己到底怎么了。

"要不是咱俩兄弟一场，就凭你今天说这一句话，我非得追你不可。"李法山打了个岔。婧哥"呸"了一声，和他一起仰望海上的星空。

星空无语。

李法山脑海中突然浮现出一句《霸王别姬》里的台词。这部电影是他很多年前看的，如今经过时间一次又一次的磨洗，他能记住的也就只有这么一句台词了："人这一辈子，得自个儿成全自个儿。"

02

年会结束后的第二天，姚赢叫李法山去了自己办公室。

姚赢也是厚德所的高级合伙人，刘春和李法山刚来厚德所的时候拜的是他的码头，姚赢平时自己忙不开的案子，通常会交给他们做。

"老姚，找我来干吗？"李法山大大咧咧地坐在办公桌前的椅子上。他刚来律所的时候在姚赢面前还是挺恭敬的，但在一起合作了几个案子，甚至在"九龙夺嫡"之战里有了些许交锋后，他俩的关系也在不知不觉中平等了些。

姚赢皱了皱眉头。他毕竟是年入千万的高级合伙人，除却身份不讲，论经验谋略，老谋深算，整个龙城律界他看得上眼的还真没几个，在此情形下，李法山这个小小的专职律师在自己面前这么没大没小终归令他有些不高兴。但这就是李法山的性格，天不怕地不怕，混不吝。这种性格也有这种性格的好处，久而久之，和你接触的那个人就真的习惯和你平等对话了。这种自然而然和上位者平等沟通的能力，也不是每个人都有。

姚赢开门见山："最近分给你的案子你怎么都不接？"

"最近啊，忙着约会，分身乏术。"李法山撇了撇嘴。

姚赢不禁微微一笑："那你还打不打算接案子了？"

李法山嘿嘿凑上前去看着姚赢："咋，又想给我这个灾区人民送温暖了？"

姚赢说："日行一善是我每天保持快乐的秘诀。"

"你有那么多小弟帮你打工，怎么偏偏就想到我了？"李法山并没着急答应。

"这个案子可能会比较复杂，交给其他律师我不放心，就想问问你感不感兴趣。"姚赢说。

"什么案子？"李法山问。

"一个关于继承受精胚胎的案子，我们是被告，还有点意思。"姚赢从抽屉里取出一个文件夹，推给李法山。李法山打开文件夹翻了翻，突然意识到这个案子非常适合自己：有噱头，容易提升排名，并且看着法律关系似乎也没那么复杂。

"律师费多少？"他抬起头问道。

"能分你4万。"姚赢也不啰唆。

"接！"李法山一口应了下来。

"你确定？"姚赢似笑非笑地看着他。

"这有啥不能确定的。我好久没活动活动，是时候重新出山了。"李法山开始做广播体操。

"好。"姚赢微微一笑，"哦对了，你想知道这个案子的原告代理律师是谁吗？"

"谁？"李法山无所谓地问了一句。

"坤乾所的花想容。"姚赢突然笑出了声。

"姚赢，我操！"李法山叫出声来。

03

人类最奇怪的地方就在于，他们总会隔三岔五陷入关于存在主义的自我怀疑。

花想容经常在想，自己活着究竟是为了什么。

她今年三十一岁了，依旧单身。

作为龙城律界新锐榜排行第五的律师，车、房、钱，她什么都不缺，想要的包自己也能眼睛都不眨地买到。如果有男人想用金钱来讨她的欢心，那可能性只能约等于零。

尊重？她也不缺尊重。律师做到她这个地步，她已经能自由选择自己的客户，如今她服务的当事人，全是对她非常尊重的当事人，她走到哪里，都会有人恭恭敬敬地叫她一声花律师。

她在龙城这座城市过着光鲜又体面、自由而有尊严的日子，但她却并不快乐。

对于一个什么都不缺的人来说,想让她快乐真的太难了。

她也健身、打拳,隔三岔五出去旅游,过着所有中产阶级都在过的健康的生活,但为什么要这么健康,她似乎也不明白。

她细细数了自己这两年为数不多的快乐并进行总结,然后发现,似乎只有在打赢复杂官司的时候,自己才会获得些许愉快的感觉。

或许这就是我热爱这份工作的原因吧。花想容想。

她打官司早已不是为了赚钱,只是为了证明自己还活着。

"想容,最近感情状况怎么样啊?"周围的朋友和同事总这么问她,而她的回应也只是微微一笑。

还能怎样呢?人到中年,爱情比金子更少。

最近她手上最有意思的官司,是一个受精卵争夺案。

上个月,一对悲痛欲绝的老年夫妇来到律所请她代理这起奇怪的案件。这对夫妇男的叫周自恒,女的叫孙惠美,都是退休老师,他们的儿子叫周天。

"周老师,您是想问什么案子呢?"律所行政给周自恒夫妇倒茶,花想容坐在他们侧方,眼神关切。

在和当事人谈案子的时候,坐在哪里也很有讲究:如果你和一个人面对面坐,他们心里会自然而然对你产生对抗情绪,不利于案件的沟通;如果你坐在当事人侧方,他们会更容易对你产生亲近感。

"谢谢。"周自恒低声说了句,然后直接切入正题,"花律师,我们想要回孩子的受精卵。"

"哦?受精卵?"花想容觉得很奇怪。

"是的,受精卵,我们儿子的受精卵。"周自恒笃定地说。

"您慢慢讲。"花想容摊开笔记本。

"情况是这样的。"周自恒喝了口茶,深吸一口气,然后说道,"两年前,我儿子周天通过相亲认识了一个女孩儿,她的名字叫黄碧云,在银行工作。俩人彼此都很有好感,所以在认识三个月后就结婚了。我儿子和儿媳妇婚后感情生活总体上也很和谐,但就是一直没有怀上孩子。

"他们两口子都很喜欢小孩儿,所以在今年,他们便决定去龙城第二医院做试管婴儿。在两个月以前,医院给黄碧云打电话说手术成功了,他们做出了四个受精卵,黄碧云只需要找个时间去医院植入就可以。"周自恒平静地说道。

"嗯,您继续。"花想容边做笔记边说。

"在知道这个消息的那天晚上,我儿子正陪黄碧云在娘家吃饭。"说到这里的时候,周自恒的声音开始有些颤抖,"那晚,黄松鹤他们和我儿子喝了酒……"

"哦?"花想容问,"黄松鹤是黄碧云的父亲?"

"是的。"周自恒的眼睛因为愤怒变得通红,"那天我儿子开了车,他竟然让我儿子喝酒!"

听到这里,花想容在笔记本上写下"酒驾"两个字。

"黄松鹤他们现在住在龙城郊区'白云间'别墅区,从小区开车十几分钟就有段没有路灯的小路,在聚会结束后,周天带黄碧云回家,然后在路上就出了车祸撞到了树上,然后两个娃儿就这样没了!"

一旁的孙惠美听到这里,眼眶也红了起来,泪珠子眼看就要掉下来。

花想容赶紧将桌子上的纸巾抽出来递给两位老人,两位老人低声说了声"谢谢"。在接过纸巾后,孙惠美似乎没了顾虑,不禁接连啜泣起来:"花律师,我们就周天这一个孩子,你说他死了我们活着还有什么意思啊!"

花想容看着这二位失独的老人,受到他们悲绝情绪的感染,一时也开始心有戚戚。

对这对本分的老人来说,他们这辈子本就没什么成就,到了这个岁数,功名利禄更是浮云,人生念想只剩子孙后代。如今白发人送黑发人,这份悲怆花想容虽不能感同身受,但也可以明白。

老来丧子,人生还有什么比这更痛苦的事呢?

花想容没有继续询问案情。她安静地坐在旁边,心疼地任由两位老人心情平复。等过了几分钟,会议室的哭泣声变小,花想容才继续问:"所以周老师,你们想要现在存在医院的受精卵?"

"是的。我们想要。"周自恒用纸巾擦了擦眼角,恢复了镇定,"我们查过了,受精卵只要植入人体就能生育小孩,我们想要那几枚受精卵。"

"我有必要先提醒你们一下,代孕在我国是违法的。"花想容说道。

周自恒似乎早就想过这个问题。他无所谓地说:"没关系,我们先要到再说,要是国内违法,我们就带到国外去生。"

"嗯……"花想容没有再深问。对律师来说,这种问题听到了也得当作没听到,"我能问下受精卵有多少枚吗?"

"四枚。"周自恒说,"这四枚我们全都要。"

"全都要?"花想容重复了这三个字。

"是的,全都要。"周自恒说到这里开始咬牙切齿,"一枚都不给黄松鹤那个狗东西。"

"好的,我知道你们的诉求了。"花想容继续问,"这个人工胚胎的协议付款了吗?"

"付了的。"周自恒说,"签协议的时候周天他们便已经付完全款。"

"你们手上有协议吗?"花想容合上了笔记本问道。

"有,有的。"周自恒让孙惠美从包里拿出一沓材料。

花想容接过材料,看了下然后说:"周老师,我们可以主张拿到受精卵,但是要全拿,还是有些困难。"

"周天和黄碧云通过医院来做试管婴儿,我们可以将之理解为他们和医院形成了一个医疗服务合同,周天在付款后,便有权要求医院完成服务,享有对医院的债权。在此情形下,由于周天夫妇已经过世,我们可以主张继承这份债权,对受精卵进行分割。"

"花律师,我们全要。"周自恒再次强调。

"如果对方也主张要受精卵,我们四颗全要很困难。"花想容看着周自恒的眼睛说,"《继承法》规定,如果去世的人生前没有立遗嘱,那其财产便适用于自然继承,即父母、配偶、子女作为第一顺位人平均分割。现在他们夫妇双亡,根据法律规定,我们可以主张分到其中两颗。"

"不!我一颗都不想给他们!"周自恒越说越气愤,"是他害我孩子出车祸死的,他有什么资格分!"

"我们可以在诉求中这么主张,我也会尽力,但四颗全拿到的可能性确实不大，法律风险我必须跟您提示到。"花想容不为所动。

"花律师，如果您能给我要到四颗，律师费我翻倍！"周自恒咬牙切齿。

花想容看着他那悲愤的脸，叹了口气。她想说这不是钱的问题，但话到嘴边，也觉多说无益。

她心里感叹的是，他为什么会这么恨黄松鹤呢？到底是因为黄松鹤是周天车祸丧生的罪魁祸首，还是他只是需要一个出口，一个目标，一个理由，来告诉自己本不需要面对这一切？

"我会想办法。"花想容只能这么说。

04

李法山站在一棵古朴的榕树下。这棵树至少有一百年的历史了，树大根深，当年修路的时候，施工队想着此树存活百年不易，在当地居民的劝告下给路修了个小弯以避开此树，也正是这个小弯导致了周天和黄碧云的死亡。榕树的树身上蹭掉了一大块皮，李法山蹲在地上，掰扯着斑驳破碎的树皮，陷入沉思。

"黄总，我看了下警察的化验记录，上面显示周天在当晚喝了一些酒？"李法山对身旁的男人问道。这名男子身着深色唐装，花白的头发梳得一丝不苟，不怒自威。

"嗯。"黄松鹤说，"那天医院打电话过来说试管婴儿成功了，我们一家人比较高兴，便喝了几杯。"

"周天开车了啊？喝酒是谁提的？"李法山问。

"谁也没提，我们原本就打算在那天喝几杯的。"黄松鹤面不改色。

"哦?"李法山皱起眉头。

"是的,那天本来是周末,他们本打算喝完酒后留宿的,所以开了车也不打紧。"黄松鹤解释道,"后来酒喝到一半,周天想着去医院要带上身份证和一些其他材料,便一意孤行要回去,好第二天直接去办理。我一直劝一直劝,他也不听,后来没办法,想着小周平素酒量还可以,加上当天喝得也不多,就由着他去了。"

"你们就没想着帮他找代驾吗?"李法山问。

黄松鹤闻言叹了口气,说:"李律师,你看看周围。这里本就是龙城郊区,荒郊野岭的,没什么代驾。大晚上的,司机也不在,保姆又不会开车,没人能帮忙。"

"哦……"李法山应了一句。

"这个情节会对案子有影响吗?"黄松鹤问。

"还是有一定影响的。"李法山站起身说,"我还是要再次提醒您,四颗全要的诉求法院支持的可能性比较小,我们分到两颗的可能性比较大。"

"难道就没有其他办法?"黄松鹤闻言皱起眉头,"倒不是为了和他们争口气,而是如果试管婴儿要成功,四枚最为稳妥,一枚两枚很有可能失败。他们要多少钱我都给。"

李法山看着眼前的黄松鹤。尽管他此时神色自若、相对镇定地和自己讨论着案情,但眼睛里的血丝和眉宇间难掩的疲倦早已出卖了他。

"黄总,这不是钱的问题。"李法山叹了口气继续说道,"如果钱能解决问题,这个官司也就不存在了。"

钱买不回你女儿的命，也买不回你孙子或者孙女的命。

"《继承法》的规定我之前已经跟您说过了。我们这个案子的关键，其实是通过诉讼确定继承您女儿对医院的债权，进而与对方对受精卵进行分割。"李法山说，"医院毕竟也是公立单位，这种情况他们估计也是第一次遇见，自己不敢做主，不通过官司确权，别说周自恒要和您抢了，医院给不给都不好说。"

"你的意思是，医院那边还可能会找我们麻烦？"黄松鹤皱起眉头。

"我看了下周天夫妇和医院签订的一系列材料，其中有一些条款对我们确实不利，但他们一般不会找碴儿，毕竟医院和我们又没仇，把受精卵给我们对他们也没什么坏处，他们只要法院判决这个形式。"李法山说。

"所以李律师，我们接下来怎么办？"黄松鹤问。

"先开庭吧。至于后面周自恒愿不愿意都给我们，我们下来再和对方沟通。"

"嗯……"黄松鹤沉吟了一下，然后说，"可是周自恒他们现在已经拒绝和我们沟通了。之前一打电话就骂，现在更是电话都打不通。"

李法山闻言犹豫了几秒，然后叹了口气，说："好，我知道了，我可以先和对方律师联系。"

李法山有多久没和花想容联系了呢？

掐指一算，上一次见面应该是一年半以前在国盛集团顶层的会议室。

当时正是轰动全省的国盛集团"九龙夺嫡"之战最白热化的时候，每个人都心怀鬼胎，最后还死了一个人。在一片肃杀之中，李法山根本没心思想男女之事，但和花想容为数不多的几次对视，还是令他心中一颤。

可能于旁人眼里，他和花想容只是曾经有过一段情的初恋男女，可只有李法山明白，他们彼此间到底经历和见证了什么。

时光荏苒，又是一年半过去了。李法山手上堆积了许多廉价的爱情，花想容又老了两岁。

他不再是那个一意孤行的稚气少年，她也不再是那个会在凤凰花开时相信明天会更好的青葱少女。

时间就是这样，一天一天、一年一年地过去，一点都不等人呢。

和黄松鹤分开后，李法山心绪如麻，他行驶在国道上，看着货车、轿车、面包车一辆一辆从自己身边驶过。

自从刘春离他而去后，他时常觉得天大地大，这世界却就此只剩自己一个人了。

他把车停在了道旁一片空旷的地面，点燃一根烟。

终于，在发了一会儿呆后，他在手机上按下一串早已烂熟于心的电话号码。

"喂，花律师，我是李法山。"

05

李法山和花想容约在一间咖啡屋见面，花想容点的美式咖啡，李法山点的橙汁。虽然是非正式见面，两人却依旧穿得非常商务，李法山西装笔挺，花想容也涂了深色口红。

"想容，好久不见。"李法山本想表现得公事公办一些，嘴巴却控制不住，直呼其名。

"李律师，有什么事一定要见面谈？说吧。"花想容笑得非常职业。

李法山干笑了两声，然后说："没啥，就是老朋友聊聊天。你最近过得怎么样？"

"还行，身体总体健康，万事还算如意，就是时间有点紧。"花想容说，"如果只是叙旧我觉得就没必要了，如果是案子那我还能再坐会儿。"

李法山闻言一愣，然后索性直奔主题："周自恒那个案子，你们有没有调解意向？"

花想容低头喝了口咖啡："调？怎么个调法？"

"那四颗受精卵我的当事人都想要，愿意支付一定的费用。"李法山终于开始进入角色，"不知道你们当事人这边有没有什么想法？"

"我会如实把你们这边的意思转述给当事人。"花想容面无表情地说，"不过李律师，平心而论，你认为这事有可能吗？首先，我的当事人本身是人民教师，也算知识分子，不是那种为了五斗米折腰的人；其次，你们当事人明知周天开了车还劝酒，对交通事故负有直接责任，现在你们竟然想着用钱就能解决问题？"

"如果不是周天执意要回家，他们那晚会出车祸？"李法山反问道，"悲剧发生，黄松鹤也痛失爱女，也会心痛。怎么说着说着好像就只有周自恒是受害者似的？"

花想容感到空气中开始有了火药味，便笑了笑说："李律师，我知道你这次约我见面不是为了吵架的，至于法律我们大致都清楚，两边如今都是失独老人，到时法院平均分配，于法于情都公平，如果你们仗着自己有钱就想都要去，那就不用多想了。"

"所以你的意思是？"李法山问。

"我们双方老老实实把法律程序走完，让医院配合把受精卵给我们，我们不多想，你们也别多想，这个案子就算了了，大家都轻松。"花想容看着李法山的眼睛。

李法山也看着花想容。他想从花想容的眼睛里找到一丝情意，但他无论看得多深，里面都干干净净的，只有距离。

"可是受精卵如果低于四枚，受孕是不保险的，这你应该知道吧？"李法山问。

"那你们愿意让步吗？"花想容反问。

李法山眼睛一暗，叹了口气："好，你的意思我明白了。"

"嗯。还有什么要聊的吗，没有我就先走了，稍晚还有一个会。"花想容作势要起。

李法山犹疑了一会儿，终究问道："你最近还好吗？"

花想容闻言一愣。她看了看李法山，李法山孤零零地坐在那里。

"我嘛，还是那样，活着，努力让自己活得更好，也就如此而已了。"花想容微微动容，"你和刘春究竟怎么了？"

李法山听到这个问题，心中泛起苦笑。

"没什么，就是想法不同，散伙了。"他如是说。

花想容话在嘴边，吞吞吐吐后还是安慰道："法山，我知道你这段时间过得不如意,但以前那么难的日子你都撑过去了,我相信这次你也会撑过去的。你一直很优秀,你要战胜自己的心魔。"

李法山动了动嘴角,但最终没说什么。

花想容走后,他开始继续喝桌子上的橙汁。

人生如浮云,总有聚散。

06

龙城的秋天阴冷而绵长,在潮湿的天气下,无论你穿得多厚,寒意总能如同女人冰冷的小手般越过重重屏障伸进你衣服里去。开庭那天下雨,尽管打着伞,李法山的衣服在走进法院时也不知不觉变得湿漉漉的。黄松鹤和他的爱人柳玉这次也来到了庭审现场,过了一会儿,花想容和周自恒夫妇也一起走了进来。

黄松鹤见周自恒他们也来了,微微起身跟他们打招呼,周自恒见黄松鹤也在,狠狠盯了他一眼,然后坐在了与他相对的另一边。

花想容坐上了原告席,与李法山遥遥相对。李法山看着花想容在代理人席位上认真整理资料的样子,恍若隔世。

这并不是两人第一次在法庭上看到对方。

"法山,我刚才的庭审表现怎么样?"七年前花想容第一次以执业律师的身份独立开庭,李法山专门翘了课前去旁听。当时他看着花想容在原告席位上认真又紧张地读质证意见的样子,觉得她既傻又可爱。

"你那字正腔圆的播音腔抖得都快成R&B了。"李法山对她无情嘲笑,"我说花队,你再怎么说以前也是我校辩论队队长,是见过大场面的人,怎么在法庭上这么弱小无助?"

"我把你叫来是为了让你这样嘲笑我的?"花想容涨红了脸,"你个小屁孩懂个啥,辩论赛和法庭辩论完全是两回事。法庭辩论,不出错是关键,有时话越少越好。"

四年前李法山第一次开庭,花想容也来了庭审现场。她看着李法山在开庭前一直紧张地看着地面喃喃自语,还神情凝重地站起来在法庭里念念有词地来回踱步,只觉得好笑。

"花老师,你觉得我刚才表现得怎么样?"庭审结束后李法山问花想容。

"我发现你开庭有一个明显的特点。"花想容对他说。

"什么特点?"李法山问。

"废话比较多,开庭全靠吼。"

多年过去,花想容已经成为非常成熟的花想容,而李法山也不再是那个伤害全凭音量的李法山。

就在他愣愣地出神的时候,法庭里突然走进一个熟悉的身影。

此人一瘸一拐,步履蹒跚,脸上挂着云淡风轻的笑容,可无论怎么看,都难掩阴狠。

"隋钧?!"李法山心中隐隐觉得不妙。

"李律师,我们又碰面了。"

07

隋钧看了看原告席,又看了看被告席,招了招手,然后对被告席上的李法山说:"我坐你旁边?"

原来龙城第二医院的顾问律师就是隋钧。

"我们这有点挤,你坐这恐怕不太合适。"李法山冷笑了一声。

"哦,没关系。"隋钧嘿嘿一笑,也没有争,而是坐到了旁听席第一排靠近被告席的位置上。

花想容看到隋钧出场,心中也开始有了些许不安。

隋钧素来在律界以心狠手辣、赶尽杀绝闻名,马扬鞭一案更是让他有了"毒士"的花名,只要是他染指的案子,结局通常惨烈。坊间现在都传他有反社会人格或其他精神类疾病,往往对其敬而远之。如今他掺和进来,案子恐怕就没这么简单了。

更何况,三人在大学时代也颇有渊源……

李法山看着隋钧,只觉五味杂陈。

实事求是地说,在马扬鞭的案子里,李法山已经被他打得留下了心理阴影。

开庭时间到,法官进场。他看隋钧坐在旁听席,便说"第三人和被告坐一起吧,这个案子你们还是很重要的。"隋钧应了一声,然后坐在了李法山身边。

李法山阴沉着脸,给他让出部分位置,隋钧笑着说了声"谢谢"。

"那我们就开庭吧。"法官敲下法槌。

在宣读法庭纪律等前置程序结束后,原告方开始宣读起诉状。

"原告方诉讼请求为:第一,请求贵院依法判令现在第三人处保管的受精胚胎(四枚)所有权归原告所有;第二,本案诉讼费用由被告予以承担。

"事实与理由如下:原告儿子周天于20××年3月2日登记结

婚，于20××年7月6日取得生育证明。同年8月，周天和被告女儿黄碧云与第三人龙城第二医院签订《医疗服务合同》，施行体外受精——胚胎移植助孕手术；医院在治疗过程中，成功获得四枚受精胚胎。20××年12月20日22时20分许，由于被告明知周天开车还逼其饮酒，周天与黄碧云发生车祸当场身亡，四枚受精卵如今依旧由第三人保管。故根据法律规定、风俗习惯和本案实际状况，胚胎的所有权应由原告行使，故原告郑重请求法院将四枚受精卵判予原告，请求法院判如所请。"

花想容不急不缓，绵里藏针，果然和当年那个初出茅庐的小姑娘不一样了。

"原告方的诉求并无事实和法律上的依据。"李法山答辩道，"首先，周天与黄碧云的死亡与被告无关。试想，被告作为死者黄碧云的亲生父亲，怎么可能让周天酒驾以置女儿于危险的境地呢？恰恰相反，在事故当天被告再三挽留周天夫妇，劝其在家中留宿，是周天一意孤行要求在酒后驾车回家，才导致事故的发生。"

在说到这里的时候，周自恒忍不住激动地破口大骂："你放屁！"

"原告保持肃静。现在还没轮到你发言！"法官开始维持法庭纪律。

此类场景李法山见得多了，所以并未在意，而是继续说："其次，目前并无法律规定胚胎应全数由原告继承，因此原告的相应主张，并无法律依据。

"最后，无论是全中国，还是具体到龙城，也均无由男方家庭继承夫妻双方共同财产的习俗，因此，原告在诉状中所说的风俗习惯，亦无事实上的依据。

"综上所述,被告还请驳回原告诉讼请求。"

李法山答辩完毕后看向花想容。花想容眼神冰冷。

"第三人代理人,你的意见呢?"法官问隋钧。

隋钧挪过扬声器,戏谑地看了李法山一眼,然后说:"审判长,我们认为,受精卵并非法律意义上的财产,本案不适用于《继承法》,原被告双方均无权对受精胚胎主张所有权。"

在听到隋钧这句话后,李法山和花想容均惊讶地皱起眉头,两对老夫妇也更是开始诧异地交头接耳。

李法山心中那丝惊疑的裂缝开始不断扩大。

其实他在庭审开始前就一直隐隐觉得哪里不对,就像后背有一处地方很痒,但具体痒在哪儿一直找不到一样。原本和花想容的沟通让他怠于思考这个问题,而隋钧现在却似乎找到了这起案子的"阿喀琉斯之踵"。隋钧的这句话揭开了神秘的一页,让他开始突然意识到这起案子远远没有看起来这么简单。

是的,如果受精卵本身是个不可交易的"物",那很明显,李法山和花想容二人基于债权的请求权基础就都错了。

"事实与理由。"法官开始沉吟。

隋钧对李法山惊怒的表情恍若未察,而是自顾自地说道:"法律上关于财产的规定,主要体现在《继承法》第三条。

"第三条规定,遗产是公民死亡时遗留的个人合法财产,包括:(一)公民的收入;(二)公民的房屋、储蓄和生活用品;(三)公民的林木、牲畜和家禽;(四)公民的文物、图书资料;(五)法律允许公民所有的生产资料;(六)公民的著作权、专利权中的财产权利;(七)公民的其他合法财产。

"根据上述法律法规的精神，可继承的合法财产，必须同时包含两个要素。第一，合法性，第二，具备交易性，即能通过一定对价来获得。而本案中，施行体外受精—胚胎移植手术过程中产生的受精胚胎是具有发展为生命的潜能、含有未来生命特征的特殊之物，不能像一般之物一样任意转让或继承，故其不能成为继承的标的。

"我们通俗点来说，受精胚胎，从医学的角度来讲，只要进入母体就能发育成婴儿，具备鲜明的生命特征。如果受精胚胎都能当作可以交易的财产，那其本质上就和买卖人口无异了。"

"嗯……"法官陷入深深的思考。

是啊，受精卵可以拿来交易吗？

李法山和花想容的头脑也在迅速转动。

受精卵的性质确实是他们之前从来没有认真思考过的问题。

很明显，由于隋钧的半路杀出，现在庭审战场的局势已经彻底改变：一场原本是李法山、花想容你死我活，隋钧坐山观虎斗的好戏，牌打到一半，隋钧突然抢了地主。

李法山看向花想容，发现花想容也正看着他。

她对李法山缓缓眨了眨眼睛。

"下面由各方进行举证。"法官决定先继续推动庭审进程。

由于一开始都没想到隋钧会突然将军，双方并没有准备任何针对医院的证据和书面材料，所以在法院调查过程中，隋钧不紧不慢，托腮看着二人举证质证，嘴上挂着戏谑的怪笑。

隋钧知道，二人现在心里那根弦已经开始绷紧了。这个原本只是走程序的案子，现在因为自己的加入，好像变得有趣了很多。

"我方提交的第一份证据是《医疗服务合同》及付款证明,证明原告儿子周天与第三人存在医疗合同关系,周天已经付清全款,第三人应该依照合同约定完成胚胎移植手术,相应受精胚胎归周天和黄碧云共同所有。"花想容举证道。

"被告发表质证意见。"法官说。

"对该份证据的真实性、合法性、关联性无异议。"李法山说,"该份证据也恰恰证明了被告有权对受精胚胎主张相应权益。"

隋钧也慢悠悠地质证道:"我们也对证据的真实性、合法性、关联性无异议,但是这不能证明原告的证明目的。根据合同相对性原则,医院只对患者负责,不对患者的父母负责。受精胚胎具备人身依附属性,依据有关法律规定,我们不能转交他人。"

"我们提交的第二份证据是病历、准生证……"花想容深吸一口气,开始继续举证,"证明目的为周天夫妇在因事故身亡前已经成功实施试管手术,四枚受精胚胎目前在龙城第二医院处保管……"

"我们提交的第六份证据是交通事故认定书及从派出所调取的询问笔录。"在举到第六份证据时,花想容看了眼李法山。李法山偷偷翻了个白眼。

"根据交通事故认定书,机动车驾驶人周天在案发时血液内酒精含量为67mg/100ml,系饮酒驾驶。而在询问笔录中,被告明确承认,当晚他曾邀周天一起饮酒,被告对周天夫妇的死负有直接责任。《中华人民共和国继承法》第七条规定,故意杀害被继承人的,继承人丧失继承权。根据该条规定的法律精神,由于被告对周天夫妇的死存在重大过错,其不应分得相应受精胚胎。"

听到这段话后,黄松鹤深吸了一口气,而他旁边的柳玉则直接哭出来,说:"你乱讲!"

李法山立刻反驳:"我想提醒原告代理人,只要稍有常识的人都会明白,无论从主观方面、客观方面还是生活逻辑,本案都并不存在所谓的故意杀人,本案根本不涉及刑事程序,原告代理人的此番言论,完全是信口开河。在不存在所谓故意杀害的情况下,你们援引《继承法》第七条的行为,在性质上是张冠李戴,在行为上是强词夺理,法院不应予以支持。"

黄松鹤微微点头,花想容微微咳嗽了一下。

"第三人,你有什么证据要提交?"李法山提交的证据和花想容差不多,在他举证完毕后,法官开始问隋钧。

"我们提交的第一份证据也是《医疗服务合同》。合同第十三条明确规定,受精胚胎只能由周天和黄碧云二人亲自领取并进行手术,其他人无权领取。因此,根据合同规定,第三人不能将受精胚胎交由二位处理。"隋钧也拿出了合同,"同时,合同第三条也明确表明,本次医疗手术是以周天和黄碧云的生育为目的。在此情形下,既然他们夫妇都已不幸亡故,合同目的已经无法实现,医院亦不用再继续履行相应债权。

"我们提交的第二份证据是《胚胎和囊胚冷冻、解冻及移植知情同意书》。同意书中第一条明确规定,胚胎和囊胚只能移植给黄碧云,并且胚胎不能无限期保存,目前该中心冷冻保存期限为一年,首次费用可保存三个月,如需继续冷冻,需补交费用,逾期不予保存;如果超过保存期将视为周天、黄碧云选择同意将胚胎丢弃。

"这两份证据是想证明,鉴于受精胚胎的特殊性,原被告双方无权获得受精胚胎的所有权。再加上在案发后三个月内周天夫妇客观上没有续费,在周天和黄碧云不幸离世的情况下,医院依照程序,应将胚胎作为医疗废物予以处理。"隋钧继续举证。

"你们已经将胚胎当医疗废物处理了?"法官惊讶地问道。

"还没有。鉴于原告已经起诉,医院出于人道主义精神的考虑,目前依旧在对四枚胚胎进行保存,我们只想表达,我们有将它们作为医疗废物处理的权利。"隋钧面无表情地说。

装什么好人!李法山心中不禁暗骂。

"原被告双方有需要质证的吗?"法官看向李法山与花想容。

"法官,为了便于本案审理,在原被告双方质证前,我还想向法院陈述一份卫生部颁布的规定。"隋钧似乎有些意犹未尽。

"你说。"法官示意他继续。

"根据中华人民共和国卫生部令第14号文件《人类辅助生殖技术管理办法》第二十二条之规定,开展人类辅助生殖技术的医疗机构违反本办法,有下列行为之一的,由省、自治区、直辖市人民政府卫生行政部门给予警告、3万元以下罚款,并给予有关责任人行政处分;构成犯罪的,依法追究刑事责任:

(一)买卖配子、合子、胚胎的;

(二)实施代孕技术的;

(三)使用不具有《人类精子库批准证书》机构提供的精子的;

(四)擅自进行性别选择的;

(五)实施人类辅助生殖技术档案不健全的;

(六)经指定技术评估机构检查技术质量不合格的;

（七）其他违反本办法规定的行为。

"根据该办法，第一，受精胚胎属于既不能买卖、又不能交易的特殊物，也无法用金钱来衡量，和财产的可交易的价值属性存在根本差异，因此不能用作继承。

"第二，我们试问，原被告双方在拿到受精卵以后，到底要拿来做什么呢？是放在家里看着，还是拿去代孕？代孕在我国是违法行为，背后有深刻的伦理原因，我们作为医院，决不能坐视不管，纵容违法行为的产生。因此，从原被告双方诉讼的深层目的来看，我们也不能将受精胚胎交予原被告。"

"嗯……"法官低头翻阅隋钧递上来的文件。

李法山的脸色迅速沉了下来。

是的，如果法院认定受精胚胎并不属于《继承法》规定的继承范围，那本案就根本不必打了。

若将李法山和花想容的诉讼体系当作一栋大厦，隋钧现在是要将这栋大厦连根拔起。

"第三人的意见我们不敢苟同。"花想容迅速反驳，"首先，受精胚胎确实属于《继承法》第三条规定的可继承的财产范围。我们不可能让立法者在短短一则条文中穷尽可继承的所有财产名称，为了防止挂一漏万的情况发生，该条款也明确说了还包括'其他'财产以作兜底。受精胚胎就属于其他财产的范畴，可以继承。

"其次，第三人并不能妄自揣测我们到底要将受精胚胎作何使用。原告想获得受精卵，只是用作寄托哀思，而并非用于人工代孕，我们现在什么违法乱纪的事情都还没做，医院就在这里给我们安欲加之罪，这可一点不符合'疑罪从无'的法律精神啊。"

"'疑罪从无'都来了,你们这是违法,又不是犯罪,激动什么?"隋钧盯向花想容。

"这叫举重以明轻,你毕竟不是科班出身,懂都不懂。"李法山在旁吐槽隋钧。

"好了好了。"审判长敲了敲法槌,"被告,法言法语。"

"我们也不认同第三人观点。"李法山换了个说法。

事出紧急,由于针对隋钧的诉讼突袭,李法山在庭审进行过程中一时难以找到合适的法律依据,于是他决定转移战场。

"法官,今天原被告双方也来到了庭审现场。请您好好看看他们。我方当事人黄松鹤今年六十有三,而柳玉,上个月刚在丧女之痛中度过了自己的六十大寿。至于原告当事人,如果我没记错,分别是六十二岁和六十一岁。老来丧子,其命何辜?!法官,我不知道您有没有孩子,我就想问,父母之心,您是否能充分体谅?人生过半,物欲浮华不过是过眼云烟,所求不过含饴弄孙,其乐融融,而今他们儿女双亡,失去的不仅仅是两条生命,毁掉的还是两个家庭。现在,唯一支撑他们活着的,不过就是存放在第三人处的那几枚被第三人视为'医疗废物'的受精胚胎而已。法律不外乎人情,如果法律不能保护人类最珍贵的感情,那它就不是正义的法律。如果判决不能达到抚慰人心的效果,那它又怎能算是一份健康的判决呢?!"

李法山越说越动情,一股悲怆的情绪渐渐塞满他的胸膛。

他也不知道为什么,其实他说这段话的目的,只是基于理性,想从人伦的角度出发进行陈述。可当他说到一半的时候,一种基于道德的力量突然从冰冷的理性中喷薄而出,将他牵引到感性的光辉之中。

原被告四人听到这段话时大多已经泣不成声，只有黄松鹤还在那里强忍眼泪。

李法山啊李法山，你的废话怎么还是那么多？花想容心里想着，嘴边泛起一丝复杂的微笑。

是啊，人世匆匆，所图为何？

学生时代时，你总以为爱情大过天，要是失恋了，那可真是天都塌下来了；出来工作打拼，所想无非名利，以为人生所求不过富贵荣华，平步青云后就是人生巅峰；而只有到了老态龙钟时，你才会发现，唯一能让你感到幸福的，不过是身边人。

四位老人因为一场车祸，已经没有了生命中最重要的人。而我李法山呢？我这被诅咒的一生啊，到底是什么驱使我走到现在？李法山心中五味杂陈。

法庭一片寂静。

其实按正常逻辑来讲，法官是不允许律师在庭审时讲这么多煽情的内容的，但明显大家的情绪都被李法山带进去了，所以法官也没有打断。

就在这时，安静的法庭突然出现啪啪的鼓掌声。掌声非常突兀，但也似乎一下子让大家都回过了神来。

鼓掌者正是隋钧。

"Good speech。"隋钧边鼓掌边说，"合议庭，在看完被告代理人的表演后我想郑重提示原被告代理人，法院是个讲法律和法理的地方，如果靠煽情就能胜诉，那以后开庭干脆都让当事人坐在那里哭算了。

"但是，这样明显是不行的。为什么不行？虽然每个人有每个人的难处，但法律也有法律的规定。我们医院能不能将受精卵给原被告？从操作层面来讲，当然可以，甚至我们还能因此节省一笔储存费用。但我们为什么不给呢？因为如果我们给了，第一，就是在与卫生部的规定为敌，将受精卵给想要却不属于他们的人，至于他们要拿受精卵去进行所谓的寄托哀思，还是买卖、代孕，我想诸位心里应该比我更清楚；第二，这是在挑战最基本的医学伦理。诸位有没有想过，为什么卫生部会出台这个规定？因为如果受精卵作为具有强烈人身属性的伦理物是可以买卖、可以继承的，那是不是人体器官也能买卖，也能继承？如果器官也能买卖，那会有多少奸商恶人铤而走险，冥冥中又会有多少人因此丧命？

"我想提醒合议庭，这绝对不是一个简单的判定受精胚胎能不能继承的判决，而是一个注定要推翻很多法律规则和伦理规则的判决。

"所以，合议庭到底是做一个明显违背法律规定，但却让原被告都皆大欢喜的判决，还是要做出一个让原被告双方都痛苦，但却符合法的精神的判决，决定权在审判长您的手里。而我个人认为，不被接受、不被理解，是司法机关乃至法律永恒的宿命，但也是一个秉公断案的法官永恒的光荣。"

隋钧越说背挺得越直，原本沉默到近乎猥琐的气质顿时烟消云散，就像一棵逐渐挺拔的青松，愈发气宇轩昂起来。

三个原龙城大学辩论队的队友，在这一瞬间都似乎找到了一丝熟悉的感觉。

庭审辩论和校园辩论最大的区别是什么？

无论是庭审辩论还是校园辩论，目的都是为了说服，只不过校园辩论是为了说服评委和观众，而庭审辩论是为了说服法官。

但二者最大的不同就在于，校园辩论的武器是道理、逻辑和表达能力；而庭审中，道理就是法律规定，武器就是证据。在此情形下，如果你于法有据，证据翔实，话越少越好。

在隋钧发言完毕后，庭审现场陷入了另一种安静。

两人的交锋，让审判长陷入了为难。

"今天的庭审就到这里，下来三方将代理词交给我，休庭。"他敲下法槌。

08

在签完庭审笔录后，李法山与花想容对视了一眼，百感交集。

刚才两人在隋钧的逼迫下渐渐携手，无疑在无形中重新拉近了两人的距离，而这场唇枪舌剑的交锋，则更让人恍惚想起了彼此的青葱岁月。

"李法山，你还是老样子。"花想容的笑容里五味杂陈。

李法山苦笑了一声，说："是啊，隋钧也还是老样子。"

虽然法官并没有当庭宣判，但理性和感性都告诉他，法官是偏向隋钧那边的。

因为法律规定就摆在那里，法官判隋钧赢能做到于法有据，判李法山和花想容赢却需要勇气。

就在这时，黄松鹤和柳玉走上前来，感激地拉住了李法山的手："李律师，谢谢你。"

李法山执业以来从来没有遇到过这种场景。他有些不自然地和黄松鹤握着手,然后说:"黄总,这个官司法官要怎么判还……"

"嗯,我知道,我只是想说声谢谢。"黄松鹤说,"刚才您在庭审上的发言,很令我们感动,您是懂我们的。之前姚律师说案子由您主办,我还不太放心,现在我放心了。"

这是李法山第一次在案件还没有赢的时候就收到当事人衷心的感谢。

李法山在这份感谢中,似乎体味到了一些他之前从来没有产生过的感受。

到底什么样的律师会被当事人信任和尊重呢?能赢的律师?可又有哪个律师能保证自己绝不会输?

或许真正优秀的律师,是那个永远牢牢和当事人站在一起,然后竭尽全力的律师吧。

想到这里,李法山开始陷入自责。

毫无疑问,如果案件败诉,他是有重大责任的。

"这个案子可能会比较复杂。"李法山突然想起姚赢在把案子交给自己时说的这句话。当时他对这句话并没有上心,看来是道行太浅,没有找到这起案子的案眼。

他原本以为敌人是花想容,却万万没想到真正的敌人是医院。

唉,这个案子不会又要输吧。李法山暗叹。

医院强硬的态度确实令他和花想容始料未及。

和这种体制内的单位打交道,诀窍就在于让领导免责。出现了医患纠纷,家属主张赔偿是吧?不好意思,即使医院明知自己有责任,也不敢拍板说赔偿多少,只能直接起诉,法院说赔多少医院就赔多少；在这起案子中，医院本着"多一事不如少一事"的原则，家属要受精胚胎？不好意思，医院也没先例，家属可以起诉，法院说给医院就给。这个案子不涉及财产，在此情形下，医院的强硬，说白了隋钧本人的主观意志起了很重要的作用。

隋钧这人，心眼怎么就这么坏呢！李法山心中既恼又怒。

也不知他是对隋钧的"坏"恼怒，还是对自己无法阻止隋钧做坏事的"无能"恼怒。

隋钧在签完庭审笔录后，走到法院门外一辆银白色的别克凯越面前，按下了车钥匙。这辆车价值也就10万左右，和他的收入是严重不匹配的。但他和大多数律师不一样，在外人看来，他并没有花太多钱在外在和物质上，开便宜的车，穿便宜的衣服，戴便宜的手表。有时客户会因此对他投以不信任的眼神，他貌似对此并不介意。

但他真的不介意吗？

其实隋钧并不是天生残疾，他在八岁以前左脚都是健康的，直到有一次在田间玩耍，他在蹦跳时不小心踩到了一颗陷在泥凼里的铁钉。当时家里穷，也没重视，父母就随意请村里的赤脚医生进行了简单处理，后来伤口感染，脚骨破裂，他也因此落下了病根。

在二十五岁以前，隋钧没有过过一天好日子。十五岁初中毕业，家里本想着让他读完初中便出去打工，但是班主任舍不得这个镇上的状元，在他中考成绩出来后自掏腰包让他读的高中。高考考上龙城大学后，他也是靠助学金和勤工俭学读完了大学。原本他的成绩是可以保研的,但他实在不想再过没有收入的日子了,所以才大学一毕业就进入律所。

在刚进律所的头两年,他也穷,也没钱,在一个合伙人的团队里每个月到手也就2000元,后来独立后由于办案成绩优异,他在坤乾所青年律师评比大赛中崭露头角,引起了张太一的注意,他的人生才因此改变。

以他如今的收入,他早就可以花天酒地了。而在收入刚刚暴增的那一年,他也确实过过一段大把大把撒钞票的日子:买最贵的衣物,戴最靓的手表,住最大的房子。现在他住的这套装修奢华的150平方米的大平层,就是在他收入陡增的第一年按揭买下的。

他穷了太久,他过了太多抬不起头的苦日子,他迫切渴望通过奢侈品和高消费抹平自己内心深处的自卑。

可他渐渐发现,这股自卑,他怎么都抹不平。

因为律师的身份,他经常和精英阶层打交道,那些富裕家庭出身的人言谈举止间展露出的自信和从容,他怎么都学不会。

他太在乎了,他太在乎别人对自己的看法。对于别人的评价,他做不到淡定,在上位者面前,他做不到从容,而旁人有意无意看向自己那只跛脚的目光,则更是在无时无刻地提醒他,自己就是低人一等。

隋钧常想,如果自己投胎在一个有钱人家,他的左脚现在应该还好好的,一点问题都没有。

这份不可能的"如果",令隋钧心怀痛恨。

虽然他已经靠自己的努力和勤奋跻身精英阶层,可他还是痛恨。他恨自己费尽千辛万苦都不一定能拥有的东西，有的人却什么都不做就得到了。

因为未来他可以改变，但过去，他改变不了。

不公平，这个世界不公平。

他想看到那些无忧无虑的眼睛痛苦，他想看到从容者窘迫，他想让每一个令自己感到自卑的人都死无葬身之地。

最终，在意识到外在的荣华富贵无法令自己掩盖过去后，隋钧开始换了一种方式生活。

他把令他自卑的东西捡了起来，当作盾牌。他开始过清教徒般简朴的生活，一日三餐、穿衣打扮，都是简简单单。

至于赚的钱都放到哪儿了？捐给慈善基金了。在遥远的大凉山间，有一所名为"隋想"的希望小学。

其实他并不喜欢小孩，也并没有什么善心，只是在自己不需要钱的情况下，他觉得该把钱用在最能帮助自己的地方。

慈善是世界上最好的公关。

律师大多是自私的，因为他们很多都是经过艰辛的考学和入行初期贫困的煎熬才走到这一步的，他们深知自己财富的来之不易，不会轻与他人。在此情形下，隋钧捐助希望小学的风声不胫而走，本就神神秘秘的他开始在律界享有美名。之前所有人都在通过他的蛛丝马迹猜测他的灵魂到底是什么形状，而到了现在，人们都认为至少他是个正派、无私的好律师。

这个"光辉"的形象在一定程度上也消解了他办案时的极端与狠辣。

有慈悲心的人品质都不会太差，越来越多的客户开始找他代理案子。只有他自己能感受到，在这朴实无华的表象背后，自己那颗疯狂跳动的、病态的野心。

李法山啊，李法山。

回到家后，隋钧又开始坐在客厅拼乐高。今天他拼的是《星球大战》里的"千年隼"。这套玩具很复杂，但他已经拼了半周。

隋钧卡在一个地方很久了，他仔细端详着眼前这尚未成型的宇宙飞船，拿着积木的手在微微颤抖。

他还沉浸在方才的庭审中没缓过劲来，李法山和花想容的身影一直在他脑海中交织。

从上大学以来，李法山便是隋钧迈不过去的一道坎儿。

隋钧从来都觉得自己比李法山聪明和优秀，可不知道为什么，自己总是因为各种各样的原因输给他：自己热爱的辩论队，李法山是队长；自己暗恋的校花，是李法山的女朋友。甚至在面对上司和领导时，每当自己感到紧张与窘迫时，李法山那天不怕地不怕和上位者谈笑风生的样子，都令隋钧嫉恨。

而在律师行业，李法山一开始竟也莫名其妙地比自己处处领先。

为什么，这是为什么呢？

为什么明明他比李法山更努力，更勤奋，李法山却从来都比自己强。

隋钧知道，这一切都是因为，他是龙城大律师李青云的儿子，他的出身就和自己不一样。

直到刘春和李法山分道扬镳，直到钟毓秀的那个案子，隋钧才通过一场胜利，完成了一次对自己的救赎。

真好，李法山，没了你爸，没了刘春，你果然什么都不是。隋钧心中长舒一口气。

但是，这还不够，这一点都不够。

我一定要打击你，一直一直打击你，直到把你碾成粉末，让你这辈子再也站不起来。

我要成为你永恒的阴影。

一想到这里，隋钧的喉咙里挤出几声干涩的笑声。

09

庭审结束后，李法山查阅了国内外类似的案例，也和几个知名学者进行了多次讨论，在一周内写出了六千字的代理词提交到法院。代理词提交后，他多次打电话和法官沟通，法官总说知道了知道了，过了一个月，法院通知他去领判决书。

李法山签了材料收转证明，刚领到判决书便迫不及待翻到最后一页。判决书写道：

> 周天与黄碧云因自身原因而无法自然生育。为实现生育目的，夫妻双方至龙城第二医院施行体外受精—胚胎移植手术。现夫妻双方已死亡，双方父母均遭受了巨大的痛苦，周自恒、孙惠美主张周天与黄碧云夫妻手术过程中留下的胚胎作为其生命延续的标志，应由其负责保管。
>
> 但施行体外受精—胚胎移植手术过程中产生的受精

胚胎为具有发展为生命的潜能、含有未来生命特征的特殊之物，不能像一般之物一样任意转让或继承，故其不能成为继承的标的。同时，夫妻双方对其权利的行使应受到限制，即必须符合我国人口和计划生育法律法规，不违背社会伦理和道德，并且必须以生育为目的，不能买卖胚胎。周天与黄碧云夫妻均已死亡，通过手术达到生育的目的已无法实现，故两人对手术过程中留下的胚胎所享有的受限制的权利不能被继承。综上，对于周自恒、孙惠美提出的其与黄松鹤、柳玉之间应由其处置胚胎的诉请，法院不予支持。故法院依照《中华人民共和国民法通则》第五条、《中华人民共和国继承法》第三条之规定，判决驳回周自恒、孙惠美的诉讼请求。案件受理费80元，由周自恒、孙惠美负担。①

看完这段话，李法山叹了口气，瘫坐在法庭的旁听席上。

又输了。

李法山已经快忘记一场酣畅淋漓的胜利是什么感觉。

他感觉自己头顶上已经有了一面看得见也摸得着的天花板，天花板每天都在往下压一点，让他从伸展变得局促，从局促变为弯腰，再从弯腰变为动弹不得。

为什么想赢一个案子就这么难呢？

以前他从不珍惜胜诉后那酣畅淋漓的滋味，老天啊，如今为

---

① 本故事发生在《民法总则》出台之前，故以旧法作为审理依据。

了尝一口，李法山甚至愿意在自己的光头上文身。

就在这时，花想容也走进了法庭。

"你也是来领判决的？"花想容问。李法山点了点头，然后把手上的判决书递给她。花想容接过判决书也是迅速翻到最后一页，过了一会儿，她和李法山一样，深深叹了口气。

和前男友一起打官司就是晦气。

"你打算怎么办？"花想容终究还是开口问。

李法山冷笑了一声，说："还能怎么办，跟当事人说咱们一审败诉了呗。"

"我的意思是，你对这个判决本身是怎么想的？"花想容坐到了他旁边。

这个问题稍稍把李法山从沮丧中拉了出来。

是的，这个案子目前只是一审，并没有到不可挽回的地步，如果他们没有在十五天内提起上诉，判决书才会正式生效，可如果在十五天内提起上诉，把案件拉进二审，那他们就还有赢的可能。

但不可否认的是，一审的判决结果对二审法官的判断肯定会产生影响，二审改判的可能性单从概率来讲，其实没有那么高。

"你认为这个案子法官判得对吗？"花想容见李法山迟迟不出声，便进一步问。

李法山陷入了沉思。

他可以确定的是，二审肯定是会打的。姑且不论自己的想法，以黄松鹤夫妇和周自恒夫妇对案件的态度，在知道结果后他们肯定会上诉，毕竟这事直接关系到他们后半生的希望。

但作为律师，如果上诉，自己还能从哪些角度来想办法呢？

"我先说，这个案子，我不服，我肯定要继续打。"花想容态度坚决，"如果你和我有一样的想法，我们就合作。"

"哦？"李法山转过头来饶有兴趣地看着花想容，"那你打算怎么赢？"

"这不是赢不赢的问题，是该不该的问题。"花想容说，"就跟我们以前打辩论一样，在刚开始拿到辩题的时候，心里都会有一个朴素的想法，然后我们会查资料、找依据、构建逻辑和论点，但到了最后，还是会回到我们一开始那个朴素的想法上。

"而这个案子最朴素的想法就是，法律不能仅仅因为一个苍白的规定，就让失独老人再次丧失人生的希望，如果老人败诉了，那不是老人错了，而是法律错了！"花想容扬起了英气的剑眉。

"不是老人错了，而是法律错了……"李法山喃喃。

突然，他一拍大腿，说了两个字："有了！"

花想容眼见李法山无端兴奋，莫名其妙地问："啥有了？"

"我知道二审该怎么打了！"李法山开心地对花想容说，"想容，谢谢你，太谢谢你了。"

"谢我什么？"花想容虽然比较惊讶，但李法山这么说，她心里也有一丝开心。

"谢谢你告诉我，怎么用自己的方式赢。"

花想容看着李法山大放异彩的眼睛，虽然还是没摸着头脑，但也被他的情绪带动起来。当年的李法山同现在一样，喜怒形于色，想到一个好点子，整个人就会高兴得蹦起来。

在拿到判决书后的半个月，隋钧不出所料从法院那边得到了原被告双方均上诉的消息。

隋钧微微一笑。他其实是愿意看到李法山上诉的，因为这样他便又多了一个打击他的机会。

宇宙飞船已经被他组装完成，他站在远处静静欣赏了一会儿，又坐到近处好好观察了一下，然后艰难起身，从角落的柜子里取出一个锤子。

他扬起锤子，对着飞船狠狠砸下。

还有什么比将这个自己大学时代的宿敌彻底打垮更有趣的事情呢？

最令一个嗜血的猎人愉悦的，永远不是猎物本身，而是猎物在坠入陷阱后的挣扎与绝望。

可他没想到的是，半个月后，他接到了龙城第二医院王院长的电话。

"隋律师，我们之前受精胚胎的那个案子怎么样了？"

隋钧温和地答道："王院长，一切顺利，一审我们赢了，对方虽然申请了上诉，但现在法院正在移交材料，还没确定开庭时间，有消息我会随时告诉您的，您不用担心。"

"嗯，好。但今天突然有国家电视台的记者要采访我，问我这个案子的事情，我该怎么回复啊？"王院长言语中难免惴惴。

"哦？国家电视台？"隋钧心中一紧。

如果是龙城电视台，他们随便打发一下也就过去了，可国家电视台就不好说了，人家可不管你地方这些大大小小的关系。如果医院不接受采访，那就少了张摆事实讲道理的嘴，到头来极有可能对己方不利。

"怎么国家电视台突然要来采访?"隋钧连忙问。

"想容,你刚才说得最对的地方,就是这个案子背后,其实有着一个非常朴素的道理。"李法山自信地对花想容说,"那就是,法律不外乎人情。

"这个案子只要是普通人听了,都会对两对老人产生悲悯之心:在本该乐享天伦的时候老来丧子,人生还有比这更悲痛的事情吗?而你、我、隋钧、法院却在一审时过度执着于法律规定和一些玄之又玄的医学伦理,思维局限于专业本身,反而将案件复杂化了。我们现在要做的,就是不仅要打感情牌,还要把感情牌打到底。"

花想容皱起眉头答道:"律师要做的不就是把当事人的感性诉求法律化吗?打太多感情牌在法庭上没用。"

李法山嘿嘿一笑:"在法庭上没用,可在法庭外呢?"

"你的意思是……"花想容似乎明白了他想做什么。

"是的,我们做法律这一行,最容易陷入'专业障',那就是看事情先看法律依据,而事情背后的逻辑和缘由,我们往往会忽略。如今不仅我们要破除专业障,法官也要,而叫醒一个睡着的人最好的办法,不是把梦境设置得曲折离奇,而是泼一盆水,抽一耳光,直接通过外力让他醒来。这件案子比任何案件都更需要舆论的倒逼。我们现在要分工合作。首先,我们得迅速做双方当事人的工作,让他们放下成见,携手共同解决问题;其次,你负责做法律研究,将这件事情的理论基础夯实,这样我们在开庭的时候才能给法官充分的审判依据;而我,则联系各大媒体报道此事,不仅让法官,也让大家一起来评评理。"李法山有条不紊。

花想容闻言有些犹疑:"媒体愿意跟进这件事?"

李法山嘿嘿一笑:"以我对媒体的了解和在媒体圈的人脉,这件事新闻价值很高,问题应该不大。"

花想容见他说这话时吊儿郎当的样子,一下子便懂了个七七八八。她冷笑道:"看来这几年李律师涉猎还挺广泛啊,连媒体圈的朋友都有了。"

"怎么,你吃醋了?"李法山似笑非笑地看着花想容。花想容"呸"了一声。

"咳,大家都是为了梦想辛苦打拼的年轻人,彼此欣赏是很正常的事嘛。"

"王院长,这个采访可能会对案件产生不利影响。"隋钧沉下声音,"咱们这个案子原本好好的,怎么突然连国家电视台都惊动了?他们肯定是带着目的来的。背后的原因我需要一点时间调查。在此之前,您最好不要接受采访。"

王院长听后觉得有道理,但也很为难:"可他们明天就要过来,如果我不去,谁去合适?"

"如果您信任我,让我去。"隋钧笃定地说。这种晓之以理,动之以情的机会,那些刻板的医生可不一定会,他觉得还是得自己来。

王院长沉吟了一会儿然后说:"这件事情直接让律师出面可能不太合适,这样,我让张院长去吧,我估计后续他们会主动采访你，隋律师就别别着急了。"

听到这句话，隋钧突然意识到自己说错话了，暗叫不妙。

王院长这话的意思，无非是隋钧挟了私，想出名，所以才以可能存在风险为由不让自己去。但隋钧的提示又有一定道理，所以他最后选择把平日素与自己不睦的张副院长推上去。如果采访成功，那是医院严守规定，他王院长运行有方；如果采访失败，则是他张副院长不懂规矩，水平低下，和他老王没半毛钱关系。

这老狐狸，太讲政治，反而误事。隋钧不禁暗骂。

其实隋钧也犯了很多律师都会犯的错误：对顾问单位的内部情况不太了解，或不太在意，到头来不仅做事不方便，还容易丢了单子。

两周后，国家电视台《法律讲堂》节目播出了一集名为《失独者的哀歌》的节目，节目里周自恒夫妇潸然泪下，黄松鹤夫妇强忍哀痛，令无数观众泣不成声。而与此相对，医院代表张院长那句"如果谁让医院通融医院都可以不顾规矩通融，那医院还开不开了"则直接引爆了舆论，让医院成为众矢之的。

"我们坚定地认为，法律不外乎人情，一个健康的法律，一定蕴含着社会对每一个个体的慈悲，而一个健康的判决，一定是兼顾公序良俗与社会效果的判决。我们充分信任法官能做到成全两方家庭的父母心，做出兼具情与法、令人信服的裁断。"此时，电视机中黄松鹤的代理律师李法山义正词严，虎目含泪，圆润的光头在阳光的照射下耀眼夺目。

不仅仅是公众舆论被引爆，学术界也开始对案件展开激烈的讨论。法学毕竟也是人文学科，在理论的大厦建成后，学术研究说白了就是八个字:"修修补补,推陈出新"。如今好不容易遇到一个公众关注且又有研究价值的案子,各派人物自然不甘人后,就受精胚胎能否继承形成了"主体说"、"客体说"与"折中说"三种学说。但尽管百家争鸣,他们的研究结论却殊途同归,那就是应该允许双方父母得到受精胚胎。

眼见局势发生这么迅猛的变化,明眼人都明白,这个案子要改判了。

至于两方家庭,其实关于法院究竟会怎么分配受精胚胎的问题,由于李法山和花想容两个人都打足了预防针,所以周自恒夫妇和黄松鹤夫妇其实是有平均分配的心理预期的,但他们万万没想到半路杀出个程咬金,如今别说四颗了,可能连两颗受精胚胎都要不着,所以也一下子慌了神。周黄两家在周天夫妇丧生以前关系很是不错,亲家公亲家母那一声声叫着,根本不存在什么芥蒂,所以在情势的逼迫下,李法山和花想容在提出两家人通力合作,然后平均分配受精卵后,他们很快便同意了下来。

而随着合作的达成,李法山与花想容见面的次数也愈发多起来。

"想容,好在我们这个案子有你在,不然这么多研究论文谁愿意看啊!"李法山对着眼前复杂艰深的学术之海望洋兴叹。

花想容坐在李法山对面记着笔记:"很难想象有你这么不爱学习的律师。"

"不爱学习怎么了。如果不是我,案子会发展到今天这个局面?"李法山扬起下巴。

花想容微微一笑:"倒也是,如果没你和你那前女友,这个案子也不会引起这么大关注,而这些专家学者写的文章,客观上节省了我很多理论研究的时间。"

"不是女友,是朋友,我还要说多少遍。"李法山纠正道。

两人坐在一个咖啡屋靠窗的座位,桌上咖啡温热,窗外春光正好,花想容用五颜六色的笔在打印出来的文件上涂涂画画。

李法山看着这幕场景,感觉回到了以前和花想容一起上自习的时候。当时他还叫花想容学姐,而花想容对眼前这个穷追猛打的学弟,总是既好气又好笑。

"这应该是我们第一次合作做案子吧?"李法山问。

花想容低着头"嗯"了一声。

"采访一下花想容同志,和英俊潇洒的李律师合作是一种怎样的体验?"李法山身体前倾,嘿嘿一笑。

花想容抬起头冷冷看向他:"体验就是李律师比较聒噪,和以前没什么两样。"

"是是是,我闭嘴。"李法山拿起手机,不再多言。

花想容埋头继续写了一会儿,然后装作不经意地问:"你和你那个记者朋友是怎么认识的?"

"之前有个案子她采访我,聊的时候觉得非常投机,就成朋友了。"李法山在手机屏幕上左滑右滑。他正在玩一个交友软件:两个人彼此看对方照片,喜欢就右滑,不喜欢就左滑。如果两个人都右滑,就匹配成功,可以聊天了。

如果单论颜值,李法山肯定是不适合玩这个软件的,但他在里面却如鱼得水,颇受欢迎。原因除了他给自己加上了头发,还在于他假装不经意地在照片上露出自己保时捷车标的一个小角。

"那你怎么没和她长期交往啊？"花想容还是没有抬头。

"因为她只是需要我，她并不爱我。"李法山轻描淡写地说。

花想容一愣。

她看着李法山现在依旧玩世不恭，心中泛起一丝带着愧疚和辛酸的同情。

她可能是世界上唯一一个知道李法山所有过去的女人。在很久很久以前，她本以为自己会和他相依为命，地久天长。

她心中涌出了无数话，但在心中百转千回后，真说出口的却终究还是一句："明天开庭很多媒体会跟进，你还是好好准备吧。"

"你放心吧。"李法山滑到一个心仪的女生，开心地一拍大腿。

10

开庭时间在上午九点半，九点钟的时候法院门外便黑压压地挤满了各大媒体。周自恒夫妇、黄松鹤夫妇在花想容、李法山的陪同下穿过重重人海通过安检。

"周老师，说点什么吧！"有媒体对周自恒喊道，"您对今天的庭审有信心吗？"

周自恒闻言转过身来，看着眼前的长枪短炮，心情逐渐激动："感谢大家的报道与支持，我相信法院会给我们一个公正的判决！"说完后他深深埋头鞠了一躬。

花想容看到此情此景，心中也是五味杂陈。这段时间应该是这对老人最为开心的一段时间。

在媒体曝光本案后，黄松鹤夫妇还好，商人出身，本能的低调,只接受有限的采访;而周自恒夫妇是知识分子家庭出身,比较好名,虽然他们在镜头面前痛哭流涕,但不停闪烁的镁光灯还是令他们产生了一种非常原始的亢奋。

旁人的悲悯和感同身受,在一定程度上确实能起到抚慰人心的作用。

但正如鱼的记忆只有七秒,人的热情也大概只有七天,在热度过去后,尘归尘,土归土,该由他们承担的,还是得自己承担。而有的当事人接受不了这种大浪退去后的失落,反而会得到另一种来自"被公众遗忘"的伤害。

没有人永远是主角。

"花律师,我们走!"周自恒昂首阔步,气宇轩昂。花想容紧随其后。

或许公众关注和同情带来的能量能适当冲抵一些丧子之痛吧。她想。

进入法庭,李花二人发现隋钧已经早早到了,正坐在座位上闭目养神。

"隋律师好啊。"李法山笑嘻嘻地坐到了隋钧旁边。

"李律师好。"隋钧睁开眼睛微微笑道。

"不知道今天开庭隋律师又准备了什么霹雳手段?"李法山嘲弄地试探道。

"一切按法律办事就是了。"隋钧不再多说。

就在这个时候,书记员走了进来。他坐在电脑面前,边整理文档边提醒大家:"今天合议庭会当庭宣判,大家开庭时长话短说。"

听到这句话，隋钧皱起眉头。

这是一个非常重要的信号。

合议庭一般是不会当庭宣判的，而是会在庭审结束、双方提交代理词后，充分参考双方意见再出具判决书。在此情形下，当庭宣判大概率意味着一件事情，那就是：判决书其实已经写得差不多了。

隋钧深吸一口气，静静地等待着开庭。

九点半，随着书记员一声"全体起立"，三名审判员身着法袍走进法庭。

法官年约四十，叫伊拉克，是龙城市中级人民法院民一庭的庭长，由于本案在全国影响巨大，院长命令他亲自坐镇。二审较一审相对会快些，因为二审已经过了法定举证期，虽然不乏律师提交新证据，但新证据毕竟较少，所以法院调查环节还是节省了不少举证质证的时间。在此情形下，双方主要是对核心争议点进行辩论。

"根据双方上诉状，合议庭将本案核心争议点归纳如下：第一，原被告双方是否有权获得对受精卵的监管权和处置权；第二，受精卵的监管权和处置权该如何分配。原被告双方对本案的核心争议点是否有异议？"伊庭长问道。

隋钧敏锐地听出了争议点中的变化。他说："有异议。"

"有什么异议？"伊庭长似乎有些不高兴。

"根据《最高人民法院关于民事诉讼证据的若干规定》第三十四条第三款，当事人增加、变更诉讼请求或者提起反诉的，最晚应当在举证期限届满前提出。①原告在一审时的诉讼请求是要求获得受精胚胎的所有权，而非对受精胚胎的监管权和处置权，如今法院审理程序已经到了二审，过了法定变更诉讼请求的期限，因此对本争议焦点的归纳，第三人无法认同。"

其实明眼人都看得出来，法院主动在归纳争议焦点时将原告诉请"对受精卵的所有权"变更为诉请"对受精卵的监管权和处置权"的行为，是在帮助原被告双方。

因为如果诉请对受精卵的所有权，就涉及"受精卵是否为可转让的物"的法律争议，而对此争议的讨论，一审的判决结果对两对老人并非有利。可如果是诉请对受精卵的监管权和处置权就不一样了：一方面，法院规避了对法律争议的讨论，既减轻了法官说理压力，又把原告拉出了被动的战场；另一方面，拿到对受精卵的监管权和处置权，虽与继承受精卵的所有权在字面上不同，但从实质上来讲就是医院将受精卵移交给老人，在权利实现上并没有什么区别。法院这么做，其实就是在主导案件朝有利于原被告双方的角度进行。

在听到隋钧的异议后，伊庭长问："你是被告吗？"

"不是，我是第三人。"隋钧微笑着回道。

伊庭长闻言板着脸回道："那你瞎起什么劲。"

隋钧阴狠地咬了咬牙，没再多说。

在训完隋钧后，伊庭长问坐在他旁边的李法山："那被告代理

---

① 本故事发生在《最高人民法院关于民事诉讼证据的若干规定》修订前，故以旧法作为审理依据。

人有没有异议?"

其实变更诉讼请求是李法山、花想容和合议庭在前几天沟通后一致得出的结果,所以面对隋钧的当庭被斥,李法山不禁偷笑。听到伊庭长的问询后,他立刻回道:"被告无异议。"

"那就好。"伊庭长看了他一眼,然后说:"根据《最高人民法院关于民事诉讼证据的若干规定》第三十五条之规定,诉讼过程中,当事人主张的法律关系的性质或民事行为的效力与人民法院根据案件事实作出的认定不一致时,人民法院应当告知当事人可以变更诉讼请求。我现在结合案件事实,将案由变更为监管权和处置权纠纷,并告知原告变更诉讼请求。原告是否同意?"

花想容干练地回答道:"同意。"

"好,那我们首先对第一个争议焦点进行讨论。"伊庭长继续推动案件进程,"原告陈述上诉理由。"

庭审前进的车轮无情地从隋钧的脸上呼啸而过。隋钧面不改色,只是深吸了一口气。

"原告上诉理由如下:第一,原审法院认定受精胚胎并非可继承、可转让的物并无法律依据。我国法律目前并未明确规定受精胚胎不可继承,而《中华人民共和国继承法》第三条亦明确表明'其他财产'也可作为继承的标的。在此情形下,根据民法'法无禁止即可为'的原则,受精胚胎的监管权和处置权应归原告所有。

"第二,龙城第二医院并无处置受精胚胎的权利。根据第三人与周天夫妇所签订的《医疗服务合同》的约定,医院只对周天夫妇手术后剩余的胚胎享有处置权,如今夫妻双亡,他们的权利并未行使,而该份权利的行使,亦不应由第三人窃取。因此,原告作为周天的第一继承人，享有获得受精胚胎监管权和处置权的权利。综上所述，原告郑重请求合议庭支持原告全部的诉讼请求。"

花想容有条不紊地陈述道。她父母原本是省里的干部，耳濡目染之下她本就带着端庄从容的气质，这份气质与庄严的法庭总是相得益彰。

坐在对面的李法山看着花想容从容不迫的样子，突然觉得她很美。

美丽在不同的年纪有不同的含义。可能对二十岁左右的女性来说，美丽就是青春、是漂亮，是相信明天会更好的明艳，而在三十岁的女性身上，美丽就是成熟，是智慧，是岁月带给她的无限风情。

花想容是那种会美一辈子的女人。

伊庭长微微点头，然后问李法山："被告的上诉理由呢。"

"上诉理由与原告基本一致，只补充一点：被告作为黄碧云的父母，亦依法享有对受精胚胎的监管权和处置权。"李法山言简意赅。

"第三人的意见？"伊庭长又问隋钧。

"不同意原被告双方的上诉理由。"隋钧扶了扶自己的金丝眼镜，"第一，如同我们在一审时所言，受精胚胎是特殊的伦理物，并不具备继承和转让的属性；第二，卫生部的《人类辅助生殖技术管理办法》已经明确规定了受精胚胎不能交易，也明确规定禁止人工代孕。根据该官方文件的精神，原被告双方将受精胚胎从医院处拿走的行为，既违背了法律规定和医学伦理，又存在人工代孕违法的可能，不应被法院所支持。"

李法山闻言在旁边"呵呵"了一声，然后低声回了四个字："老生常谈。"

"合议庭，我方不同意第三人意见。"李法山反驳道，"卫生部规定胚胎不能买卖、赠送和禁止实施代孕，但并未否定权利人对胚胎享有的相关权利，且这些规定是卫生行政管理部门对相关医疗机构和人员在从事人工生殖辅助技术时的管理规定，第三人不得基于部门规章的行政管理规定对抗当事人基于司法所享有的正当权利。意思是，卫生部的这把尚方宝剑，是拿来斩你们医院的，不是来规范我们消费者的，第三人不要张冠李戴，混淆是非。"

"第三人还有想说的吗？"伊庭长问隋钧，"注意，不要重复发言。"

隋钧动了动嘴唇，但却也没说什么，只说了句："没有其他意见，只请法院驳回上诉，维持原判。"

听到隋钧说这句话，李法山和花想容均是一愣。

他们本以为隋钧会背水一战，但却万万没想到，他竟然就此戛然而止。

难道是因为他见法院态度明显，就不再徒劳挣扎了？但这不符合隋钧的作风啊。李法山心想。

两人都不禁在揣测隋钧葫芦里到底卖的什么药。

伊庭长"嗯"了一声，继续问："原告呢？"

"没有其他意见，希望合议庭依法改判，支持原告全部诉讼请求。"

"好，那休庭十五分钟，十五分钟后我们恢复庭审，当庭宣判。"法官敲响法槌。

在中途休息的间隙，李法山忍不住转过头来问隋钧："隋钧，不科学啊！你到底在想什么阴招呢？"

"什么阴招？我没有阴招。"隋钧笑着说，"倒是你，李法山，竟然又用这种场外因素，逼得二审法院不得不站在你这边，真是好手段啊！"

李法山嘿嘿一笑，说："这哪儿能叫逼呢，现在无论是公众舆论还是学术探讨都支持我们，于情于理于法法院都该改判，只不过一审法官水平有限，理解不了'法不外乎人情'这句话而已。"

在一场斗争中，我们常把影响成败的因素分为两个字，其中一个叫"术"，另外一个叫"势"。

什么叫术？术就是技术，是手段，是知识，是聪明。在这场受精胚胎争夺战中，一审时李法山被隋钧的"术"打了个措手不及，到了二审，他开始借"势"，然后胜机便出现了。

而所谓"势"，说白了，就是趋势，是道理。

什么是道理？

杀人偿命，欠债还钱，这就是道理。

失独老人老来丧子，"不能让人绝后"，这就是每个人心中最本能的道理。

至于买卖器官，医学伦理，这些所谓的道理都太大，太遥远，难以让人们产生共情。

真正能激起共情的，永远是站在你面前的这两对无依无靠、孤零零的老人。

十五分钟后，伊庭长和另外两名审判员回到法庭。

全体起立。法官当庭宣读判决。

本院认为，公民合法的民事权益受法律保护。基于以下理由，上诉人周自恒、孙惠美和被上诉人黄松鹤、柳玉对涉案胚胎共同享有监管权和处置权：

1.周天、黄碧云生前与龙城第二医院签订相关知情同意书，约定胚胎冷冻保存期为一年，超过保存期即视为同意将胚胎丢弃，现周天、黄碧云意外死亡，合同因发生了当事人不可预见且非其所愿的情况而不能继续履行，龙城第二医院不能根据知情同意书中的相关条款单方面处置涉案胚胎。

2.在我国现行法律对胚胎的法律属性没有明确规定的情况下，结合本案实际，应考虑以下因素以确定涉案胚胎的相关权利归属：

一是伦理。施行体外受精—胚胎移植手术过程中产生的受精胚胎，具有潜在的生命特质，不仅含有周天、黄碧云的DNA等遗传物质，而且含有双方父母两个家族的遗传信息，双方父母与涉案胚胎亦具有生命伦理上的密切关联性。

二是情感。白发人送黑发人，乃人生至悲之事，更何况暮年遽丧独子、独女！周天、黄碧云的意外死亡，致其父母承欢膝下、纵享天伦之乐不再，"失独"之痛，非常人所能体味。而两人遗留下来的胚胎，则成为双方家族血脉的唯一载体，承载着哀思寄托、精神慰藉、情感抚慰等人格利益。涉案胚胎由双方父母监管和处置，既合乎人伦，亦可适度减轻其丧子失女之痛楚。

三是特殊利益保护。胚胎是介于人与物之间的过渡存在，具有孕育成生命的潜质，比非生命体具有更高的道德地位，应受到特殊尊重与保护。在周天、黄碧云意外死亡后，其父母不但是世界上唯一关心胚胎命运的主体，而且亦应当是胚胎之最近、最大和最密切倾向性利益的享有者。综上，判决周天、黄碧云父母享有涉案胚胎的监管权和处置权于情于理是恰当的。当然，权利主体在行使监管权和处置权时，应当遵守法律且不得违背公序良俗和损害他人之利益。

因此，周自恒、孙惠美和黄松鹤、柳玉要求获得涉案胚胎的监管权和处置权合情、合理，且不违反法律禁止性规定，本院应予支持。依照法律规定，判决如下：

一、撤销一审法院民事判决；

二、周天、黄碧云存放于龙城第二医院的四枚冷冻胚胎由上诉人周自恒、孙惠美和被上诉人黄松鹤、柳玉共同监管和处置；

一、二审案件受理费共计160元，由上诉人周自恒、孙惠美和被上诉人黄松鹤、柳玉各半负担。

本判决为终审判决。

随着法官法槌落下，周自恒夫妇和黄松鹤夫妇都不禁红了眼眶。他们望向彼此，一种如愿以偿的幸福感紧紧包围在四老中间。

真好。

法院真好，法律真好，法官真好。

律师也真好。

谢谢你们，给四位老人留下了最后一点生的火种，活的希望。

如愿以偿的不只四位老人，还有李法山。

在法官宣读完判决书后，他并没有坐下，而是一直站着，就这么站着，静静感受着当下发生的一切。

赢了，终于赢了，自己终于赢了。

他渴望这场胜利真的太久太久，他需要证明的事情也真的太多太多。

我李法山，没有刘春也可以赢。

在签完庭审笔录后，隋钧温和地对李法山说了声"恭喜"，然后收拾东西静静离开。

花想容和李法山看着隋钧离去的背影，都不禁开始愣愣出神。

我们真的就这么赢了隋钧了吗？

这一切来得太不真实。

"想容，谢谢你。"李法山轻轻说。

"怎么又谢我了？"花想容微笑着问道。

"你让我明白，我想做刘春太久了，以至于我差点都忘了我是李法山。"

听到这句话后，花想容突然意识到，自己原来还是那个能真切影响到李法山的女人，自己还可以在他层层铠甲、重重坚冰下的内心留下改变的印记，这令她内心产生一种久违的异样情绪。她定了定神，然后温柔地说："法山，你要相信自己，你在我心里一直很优秀。"

李法山闻言也微笑着转过头来对她说："你也还是那么一如既

往的美丽。"

此时此刻,在胜利的光辉下,在欢腾的法庭上,两人抚摸着回温的过往,内心都不约而同地产生出一股强烈的冲动。

就在这时,周自恒夫妇和黄松鹤夫妇高兴地走了上来:"李律师,花律师,谢谢你们,你们辛苦了!"

两人回过神来,各自露出会心的笑容:"不辛苦,应该的。"

11

由于案件巨大的影响力,在李法山、花想容胜诉后,两人在龙城律界新锐排行榜的排名都直线上升。花想容一跃超过隋钧,摘得榜眼,仅次于刘春,并成为继刘春和李法山的前老板金凤飞后又一个在新锐榜上位列前三的女性。而李法山也终于重回榜单,在新锐榜上排到第十八名。

"李法山律师通过这起案件既证明了自己,也告诉了所有人:他还是那个剑走偏锋,会帮当事人想尽一切办法赢得胜利的优秀律师。虽然他的专业素养有待提高,但我们可以充分相信,他依旧有能力,也有手段帮助信任他的当事人获得他们想要的果实。"

李法山看着最新一期《律坛春秋》杂志对自己的评价,忍不住破口大骂:"呸!写的什么玩意儿!谁专业素养低了,这段话谁写的,有种让他站出来和我好生比比!"

"哎呀,得了得了,能让你上榜已经不错了。"张白白在旁边嗑着瓜子。前段时间刘春业务拓展太快,人手不够,而李法山手里又一点活没有,所以张白白便去刘春那里帮手了。

"你这小丫头片子,风吹两面倒,谁厉害就跟谁,现在见我起势,知道过来跟我混了?"李法山"认真"地批评道。

"得了吧,我是看你一个人孤苦无依,怕你分身乏术,百忙之中抽出空来看看你。刘律师那里事情太多了,生意兴隆,你这和他比起来,是真的只能叫门可罗雀。"张白白不屑地回答道。

李法山"哼"了一声,然后扭扭捏捏地问:"他那边……有那么忙吗?"

"忙,可忙了。"张白白叹了口气,"而且忙的都是一些莫名其妙的案子,甚至有的案子还是免费做的。"

"免费做的?"李法山皱起眉头,"顾问单位的?还是法律援助的?"

"都不是,就是免费做的。"张白白也不得其解,"也不知道是从哪里揽的活。"

"奇了怪了。"李法山疑窦丛生。他一直觉得刘春自从车祸后言行就变得很奇怪,但又不知道问题究竟出在哪里。

他想继续问下去,不过旋即又摇了摇头。心中默念,李法山啊李法山,如今刘春的事和你又有什么关系呢,你可真是咸吃萝卜淡操心。

"所以你打算怎么庆祝一下自己久违的胜诉?"张白白还是笑着说。

"约姑娘看场电影吧。这几天《把妹达人》上映了,我还没去看呢。"

"这小说也能改编成电影?"张白白惊讶地问。

由于前几年《把妹达人》这本书在网上确实太火,出于好奇她也忍不住看了几章,结果令她瞠目结舌:此书讲的是男主角王昊和自己身边的众多女人恋爱的故事。有书粉统计,全书连载五年,共五百万字,从开始到完结,王昊一共和108个姑娘谈过恋爱。

"是啊,万万没想到这电影还能过审。所以,我必须带着批判的眼光去电影院一探究竟。"李法山义正词严。

《把妹达人》的作者名叫杨顶天,也不知是真名还是笔名,反正要么他爸是金庸迷,要么他是金庸迷。

张白白翻了个白眼:"呸,你就是想去电影院做美梦吧!"

就在这时,李法山的电话突然响起,是姚赢打来的。

"喂,老姚啊,哈哈,正常操作正常操作,本来就是该赢的案子嘛。嗯,明早有空。

"啊?当事人叫什么名字?

"杨顶天?就是写《把妹达人》的那个杨顶天?!"

在判决正式生效后,周自恒夫妇和黄松鹤夫妇一行四人喜气洋洋地来到龙城第二医院,准备交接四枚受精胚胎。黄松鹤已经联系好国外的代孕机构,只要受精胚胎到手,他们立刻便可将之移送越南进行生育。

可当他们来到医院的时候,却发现医院门口混乱不堪。

"同志,这是怎么回事?"黄松鹤连忙抓住一个医务人员问道。

"昨晚医院发生医闹,一个患者在医院纵火,全院的人和消防车忙活一晚上了。"医务人员说道,脸上难掩疲倦。黄松鹤心中产生一股不祥的预感,然后迅速拿出电话打给医院科室的负责人:"喂,刘主任,我是黄松鹤,我们来办交接手续了。"

"啊,老黄啊,唉,唉……"刘主任欲言又止。

黄松鹤心跳加速:"怎么了?"

"昨晚医闹,有个精神病纵火,受精胚胎储存室也被殃及,现在那四颗受精胚胎……"

"没了?"黄松鹤连忙问,冷汗唰的一下全冒出来了。

"不,不,还剩了一颗。老黄,对不住,真的对不住啊……"刘主任连连道歉。

周自恒在旁见黄松鹤霍然变色,心也提到了嗓子眼。

"老黄,怎么了?什么情况?"他急切地问道。

黄松鹤挂掉电话后痛苦地闭上眼,陷入沉默。

只剩下一颗……

"老周,受精卵只剩下一颗了。"

当他睁开眼时,再看周自恒的眼神已不如之前那么亲切。

小说家的救赎

在漆黑一片的电影院里，一个戴着鸭舌帽的男子正独自坐在角落，表情随着光影的变幻阴晴不定。

他朝左边看了看，坐在自己旁边的一位青春靓丽的姑娘已被剧情感动得不停啜泣。她靠在自己男朋友肩上，男朋友轻轻抱着她，看似心疼，其实已忍不住打了个哈欠。

电影结束已是凌晨。灯光亮起，他扫视了一下全场，女观众们眼睛都红红的，而男观众则几乎面无表情，意兴阑珊。

鸭舌帽男子打开辣椒影评，电影目前评分为7.0，刚刚及格。

他又打开贴吧，发现所有粉丝都在骂自己。

走在午夜空无一人的大街，男子从出电影院到现在一直沉默不语。

终于，在走了二百三十四步后，他突然吼了一嗓子："操！"

骂声久久回荡，甚至惊醒了道路两旁的声控灯。

胡十黑，你把我的小说彻底毁了。

01

尽管江湖上一直流传着关于杨顶天的传说，却很少有人真正见过杨顶天。他从来不参加任何线下见面活动，在唯一一次官方记录的杨顶天出席的网络文学颁奖礼中，上台领奖的也只是一个戴着口罩的青年男子。你不知道这个人究竟是不是杨顶天，即使是，你也看不到他的庐山真面目。

但网上一直有人言之凿凿地说自己曾亲眼见过他：在八眼桥、三里屯、芭堤雅、拉斯维加斯，杨顶天漫游世界，花天酒地。而杨顶天却从未正面回应过这些目击证明："希望大家多关注我的作品，而不要太关注我个人。"这是他对自己神龙见首不见尾的行为的简要回答。

"这才是真正文豪的风范啊！"李法山看到这句话时立即起立鼓掌。

如今，自己总算要见到传说中的亿万宅男的偶像杨顶天老师了。

在出门以前，李法山陷入两难：其实他手里有全套《把妹达人》实体书，整整二十五本——他在想自己是把二十五本都拿到律所去求签名呢,还是只拿一本签名。在纠结许久后,他决定买一本杨顶天的新书《撩妹圣手》。

李法山和杨顶天约的是上午十点在律所见面。一般情况下,当客户到所时,李法山都要摆摆谱,让张白白先到会议室接待客户,然后他再出现。可这次不一样,他在九点五十八的时候就准时坐在了会议室的椅子上。

等了两分钟,一个戴着Hello Kitty鸭舌帽、相貌平平的男人走进了会议室。

"请问是李律师吗?"男子试探性地问道。

"是的。您是杨顶天老师的助理吗?"李法山露出了职业的微笑。

"不,我就是杨顶天。"

男子身高约一米七五,长了一张大众脸,气质干净,不见油腻,穿着也看得出是奢侈品的最新款。但就事论事,如果不是这一身名牌和那顶帽子,把他扔到大街上,就如同把泥菩萨扔进河里,瞬间消失不见。

"您就是杨顶天……老师?"李法山难以置信。

他仔细打量了一下眼前的这名男子,左看右看,除了头上的那顶鲜艳的粉红色帽子,着实看不出半点特别。如果给他递上一个茶杯,他和坐办公室的公务员没什么两样。

在他的心中,杨顶天应该是一个"潘驴邓小闲"般的人物。

男子低头"嗯"了一声。

张白白见状也愣住了,然后忍不住扑哧一声笑了出来。李法山狠狠瞪了她一眼,然后对杨顶天说:"杨老师,您坐。"

就在这时，张白白看到杨顶天头上那顶和他气质严重不符的帽子，说："杨老师，您今天戴的这顶帽子真好玩。"

"哈哈，是吗，因为我还挺喜欢Hello Kitty的。"杨顶天微微笑道，显得非常和善。

"你为什么会喜欢Hello Kitty啊？"张白白好奇地问。

"因为我有一个曾经很在乎的朋友，她很喜欢Hello Kitty。"杨顶天的眼神里突然闪过一丝忧郁，"她最喜欢的数字是7。"

"哈哈，我最喜欢的数字也是7！"张白白笑着回道。但在笑完后，她隐约听出背后有一个悲伤的故事，又有点心有戚戚地"啊"了一声。

李法山在旁看了看杨顶天，又看了看张白白，突然想起《把妹达人》里王昊惯用的"把妹三板斧"：先在着装上准备一个独特另类的装饰创造话题，然后用话题引出对自己有利的故事，最后再用冷读术和姑娘建立情感连接。

难道这才刚进门，杨顶天就开始对张白白下手了？！

李法山意识到这一点后，心里连呼了三声情绪复杂的"不好"：一方面，他对杨顶天出神入化的技巧佩服得五体投地；另一方面，他深知以张白白傻白甜的性子，不出三个回合肯定就被杨顶天拿下了，但她毕竟是自己的助理，他不能眼见自家的小白兔遇到大灰狼还袖手旁观。

"小张，今天上午行政催我们整理今年案子的几个结案卷宗，你去整理一下。需要的时候我再叫你过来。"李法山吩咐道。

"哦，好。"张白白收拾了一下，起身离开了。走前她又看了一眼杨顶天头上的Hello Kitty鸭舌帽。

张白白走后，李法山微笑着摇了摇头："杨老师，你可真厉害。"

杨顶天回头望了一眼张白白出门的背影，然后回过头来笑着说："哦？"

"我也是你的忠实读者，如果不出意外，在半小时后也会是你本案的代理律师，我知道你刚才在做什么，她是我助理，我希望我们和你能保持相对单纯的工作关系，不要将一些不必要的因素带入对案件的处理中。"

李法山面色冰冷。

杨顶天一愣，然后哈哈大笑："对不起，惯性，下次我注意。"

"那就好。"李法山边说边打开笔记本，"那我们开始吧。你想起诉胡十黑？"

"是的，他毁了我的作品。"言归正传，杨顶天渐渐严肃。

"怎么说？"李法山问道。

杨顶天冷笑了一声，然后问："前几天上映的电影你看了吗？"

"看了。貌似现在票房不错。"李法山说。

"你刚才说你是我的忠实读者，你能跟我说说你看了电影后到底怎么想的吗？"杨顶天继续问。

"嗯……从一个爱情片的角度，拍得还是可圈可点的，可人物和剧情似乎和原著有些八竿子打不着。"李法山字斟句酌地回道。

"岂止八竿子打不着，他完全是在侮辱我的作品，侮辱王昊！"杨顶天气得直拍桌子，"在小说里，整整五百万字，王昊从来没爱过任何一个人，也从未对任何一个女人说过'我爱你'。他就是个猎人，猎人只会将猎物吃掉，怎么会爱上猎物呢？你会爱上你眼前的这盘回锅肉吗？不会！可是在电影中呢，王昊一开始学习把妹技巧竟是为了追求和自己青梅竹马、隔壁家的任君爽，并且在追到手后竟然还向她求婚了。王昊怎么能结婚？而且就算要结婚，任君爽只是小说108个女人中平平无奇的那一个，王昊怎么能和她结婚？！"

李法山突然意识到尽管自己平时也自诩风流，但至少还有底线，和杨顶天比还是差远了。把女人比喻成"眼前的一盘回锅肉"，这例子除了"令人发指"，李法山再也想不到别的词汇来形容，要是挂网上估计杨顶天早被喷死了。

当然，小说横空出世后，舆论从来就没有停止过对杨顶天的攻击，而且这种攻击在一定程度上还增加了《把妹达人》的影响力。

"客观地说，这一点确实奇怪。"李法山附和道。其实他一开始也很惊讶，毕竟《把妹达人》里的价值观极具争议，书籍能出版本身就是一件令公众感到不可思议的事情了，如今居然还被拍成电影上线。他带着问号进了电影院，在走出来后便释然了：果然，导演胡十黑把一部"爱情不过是欺骗"的小说改成了"爱情就是一切"的电影。

"但你有没有考虑过，胡十黑这么改其实会减少舆论对你的批评，而且也是电影过审的要求？"李法山问。

"减少对我的批评？不，他大大增加了舆论对我的批评！"杨顶天越说情绪越激动，"电影拍得这么纯爱，喜欢的人会夸我吗？不，全是他胡十黑的功劳，他不过是借了小说的影响力给自己作嫁衣罢了，讨厌我的人还是会讨厌我。可贴吧上那些真正喜欢我的书粉呢？你看看，全都说我为了点臭钱就随便把小说扔出去拍了。我最核心的那批粉丝全都在骂我！"

"所以你的诉求是？"李法山开始在笔记本上记录。

"第一，我要求胡十黑和亿至影视公司为糟践我作品的行为进行书面道歉；第二，我要求他们将电影下线，不准发行；第三，我要求他们赔偿精神损失费1000万。"

"你能将你和亿至集团的著作权转让合同给我看一下吗？"李法山边记边问。

"可以。"杨顶天拿出了几份合同。

李法山看了下合同，惊讶地问："你20万就把影视改编权给卖了？"

杨顶天叹了口气："七年前我开始在奔腾中文网上连载《把妹达人》，连载了半个月，奔腾公司见小说热度还不错，就直接用20万把所有权益都买断了。当时穷，也没想到小说影响力能这么大，看到20万当场就签了。亿至集团是通过奔腾公司转授权获得的影视改编权。"

"可惜。"李法山说。

"是啊，我可是整整出了二十五本，且不论IP[①]影响力，如果影视改编权还在我手里，我就算拆开卖也能卖不止千万了吧。"杨顶天说，"所以我看到有人说我只想赚钱就恼了，因为实际上我并没有拿到多少钱。"

---

① IP，即知识产权（Intellectual Property），指"权利人对其智力劳动所创造的成果和经营活动中的标记、信誉所依法享有的专有权利"，一般只在有限时间内有限。各种智力创造比如发明、外观设计、文学和艺术作品，以及在商业中使用的标志、名称、图像，都可被认为是某一个人或组织所拥有的知识产权。

"不过后来你不是又在写新书了吗？我还买了呢。新书应该能卖不少钱。"李法山在考虑什么时候把书拿出来请他签名。

"嗯，新书的影视改编权卖得还不错。"说到这里杨顶天脸色略略缓和。

李法山没有再继续问问题，而是低头仔细研究起合同来。

"李律师，你觉得这个案子怎么样？"杨顶天等了几分钟，有点百无聊赖地想抽根烟，但看了看墙壁上"禁止吸烟"的标识，又缩回了手。

李法山没有回答，而是继续认真地看合同。

其实他已经听到杨顶天的问题了，他是故意不回答的。

按照自己的节奏走，这也是向当事人表明自己专业的一种方式。

又过了一会儿，李法山终于抬起头说："这个案子我们可以打。"

"哦？是吗？"看得出杨顶天来了精神。

"是的。我看了下合同，你在将《把妹达人》著作权里关于财产权的所有权益都卖给奔腾公司后，奔腾公司被亿至集团收购，影视改编权也就到了亿至集团手里。在亿至集团拥有小说改编权的情况下，他们有权将小说拍摄成电影并做出一定程度的改动，从这个角度来看，我们要求电影下线，很难。"李法山笃定地说。

"那我们能怎么办？"杨顶天连忙问。

"我们可以从另外一个角度出发，那就是……"李法山微微一笑，开始给杨顶天详细分析起来。

杨顶天听完后眼前一亮："别出心裁。"

李法山对这个评价有些哭笑不得。想夸专业就说专业吧，还来句"别出心裁"。作家都这样吗?

"但是这个案子也有很多难点。"李法山实事求是地说。

"何出此言?"杨顶天问。

"第一,是改编权的尺度。因为改编人在再创作的过程中,肯定会对原著进行一定程度的改动,毕竟如果只是照搬照抄,那也就不存在'改'这个字了,尤其是你这还不是从一本书改成另一本书,而是将一本书改成一部电影,完全换了一种艺术表现形式。在此情形下,法院是可能基于保护改编权的角度,驳回我们的诉请。"

"第二呢?"杨顶天问。

"第二嘛,就是亿至集团了。"李法山微微叹了口气,"我们的对手并不简单。"

亿至集团是国内目前影视行业的巨头之一,在娱乐圈很有影响力。

"呵,他们确实家大业大,但李律师你不用担心,我会和他们干到底。"杨顶天"哼"了一声。

李法山饶有兴趣地品着杨顶天的这句话。

可以毫无顾忌地和行业龙头斗,看来他已经在影视圈找到了另外一个非常有力的合作伙伴。

"除了他们公司自身的影响力,还有一点。据我所知,他们的法律顾问是龙城大学法学院的门泊舟教授。"

"门泊舟?好名字。什么来头?"

"他是我国知识产权法的顶级专家,同时,也是我一位老朋友的硕士导师。"李法山说到这里,目光开始有些失神。

他还记得，四年前，他的前老板交给他和这位老朋友一个著作权纠纷的案子。由于确实百思不得其解，这位老朋友说明天去问问自己的硕士导师，门教授应该能帮他们想办法。

李法山后来才知道，门泊舟是龙城大学的知识产权学科带头人，这人脾气大，从不给本科生上课，这是李法山第一次感受到本科学历的尴尬。

如今，这位老朋友已和自己分道扬镳，一飞冲天。

"那你有没有把握？"杨顶天忐忑地问。

李法山没有直接回答他的问题，而是反问："杨老师，您是怎么找到我的？"

"姚律师说你是这方面的专家，之前你打的薛德傲的那个抄袭的案子，我也听说了，确实厉害。"杨顶天说。

"那就相信我。"李法山说，然后说了一句那位老朋友在两年前说过的一句话，"这个案子不简单，但如果连我都赢不了，那应该就没人能赢了。"

其实李法山说这句话的时候心里的底气并没有那么足。他还达不到那位老朋友说这话时那种舍我其谁的风采。

但不重要。在战胜隋钧后，他觉得自己不再迷茫。

他期待着能再次通过一场酣畅淋漓的胜利彻底证明自己。

杨顶天闻言一愣。

一个优秀的作家一定是一个善于观察人类的作家，一个水平高超的情场老手也一定是一个能敏锐感受到每个人内心波动的老手。在李法山说完这句话后，他没有闻到充足的自信，但他闻到了无穷的斗志。

该不该交给他呢？杨顶天陷入了犹豫。

其实在见李法山之前他也接触了另外两个律师。其中一个女律师以不合适为由拒绝接受委托，另一个律师虽然比较积极，但他能感受到自己的案子在这位律师眼里，只是无数点缀自己履历的钻石中平凡无奇的那一个。

他想起了姚赢把李法山介绍给自己时两人的对话。

"姚律师，他还这么年轻，这个案子交给他能行吗？"杨顶天举棋不定。

姚赢微笑着反问："你知道我是怎么判断一个人能不能成事的吗？"

杨顶天问："怎么判断？"

"一看他最认真对待的作品，二看他失败后的眼神。"姚赢开始低头喝茶，"前者能看出天赋，后者能看出韧性。这两者李法山都有。"

片刻后，杨顶天问道："李律师，不知道费用怎么算呢？"

经过最后的议价，杨顶天决定将案件交给李法山代理。本案前期费用15万，如果后期法院判令亿至集团和胡十黑赔偿杨顶天，李法山将可从赔偿金额中拿到10%的风险费用。杨顶天是个爽快人，在合同签订后便让自己团队的财务迅速转了款。

签订完合同，李法山将《撩妹圣手》拿了出来，请他签名。

杨顶天看到书后先是一愣，然后哈哈大笑。

"杨老师，我有个问题一直想问你。"李法山说。

"什么事？"杨顶天在书上签着名。

"你真的和书中的王昊一样吗,你从来没爱过人?"

这是个比较私人的问题,照理不应该从律师的嘴里问出来,但这个问题确实困扰李法山太久了,虽然他自己也是个游戏人间的好手,但还是不相信这个世界上真有人能对爱情无动于衷。

"李律师,有的人生下来就是残疾,同样,有的人生下来便不相信爱情,这些都是注定的、没办法的事。"杨顶天微微一笑,将书放到李法山手里,"王昊是王昊,我是我,但王昊身上有'我'的一部分。"

李法山心中一动,是啊,有的人生下来便不相信爱情,我不也是吗?

02

李法山在很长一段时间内都认为,这个世界上最好的职业就是大学老师:每周就上几堂课,工作除了应付应付就完事的教学就是写论文,除此之外福利保障充足,申请到课题还能赚些外快。最关键的是,他们有大量充裕的时间做副业或者做自己想做的其他任何事。

龙城大学法学院的老师们自己注册成立了一家"龙大律师事务所"对外承揽案件。虽然这家律所因为老师们兼职的性质一直没有做大,但这并不妨碍它赚钱——很多当事人都因看重龙城大学老师的专业水平及龙大法学院在全国的影响力而花重金请求律所代理案件。在此情形下,据《律坛春秋》统计,龙大律师事务所的人均业务量为153万,在龙城律界高居首位。

也正因如此，李法山在读书时还真没见过法学院里除了个别老学究，还有哪个老师是穷的：出入宝马香车，兼之长期的诉讼带来的锐气，每次来上课他们都会引来无数学生和其他系老师的羡慕。要是这个老师长得帅些，或是课讲得不错，那他会更受学生的欢迎。

门泊舟今年六十有一，博导，名字经常出现在法学教材中，影响力大到能直接参与立法，是知识产权法领域的中流砥柱。四年前曾有另外一所985学校的法学院想挖走他，条件任他开。该院院长曾说过这么一句话：如果门教授能来，我们法学院的排名至少能上升十名。

但门泊舟最后还是婉拒了他的邀请，原因令人瞠目："我很喜欢龙城的桂花，如果离开龙城，我会失去整个秋天。"

门泊舟有三个"绝不"：绝不给本科生上课，绝不接律师费50万以下的单子，绝不在课程考试中给学生"优"。

这样的老师，你要请他做法律顾问那是请了个爷爷，所以亿至集团除了聘请门泊舟，还雇用了一个自理能力比较强的法务团队，只在遇到比较棘手的官司时才会把门泊舟请出来。

此时的门泊舟正坐在亿至集团总部大楼的会议室里。

"门老师，您说这个案子可笑不可笑。"集团的法务经理叫关山月，也是龙城大学毕业的，他和门泊舟说话的时候毕恭毕敬，一点甲方的气场都没有。

门泊舟看着手上的这纸诉状，眼神意味深长："有意思。"

关山月手里也有一份诉状复印件："我们明明买了这部小说的改编权，有权对内容予以改动，辣椒评分也不错，甚至可以说拯救了小说的口碑,现在他反而说我们毁了作品,要我们赔礼道歉?"

门泊舟并没有回应,而是看着诉状上委托代理人的名字微微出神,心想:李法山……原来是这小子。你可真是什么案子都敢接。

关山月见门泊舟一直没说话,试探地问道:"门老师,您说我们这案子该怎么处理?"

"小关,这不是一个简单的案子。"门泊舟终于开口,"关于著作权中的改编权,其边界一直没有一个成熟的案例供大家参考,我们这个案子有巨大的学术价值。"

关山月一听门泊舟张口闭口就是学术,一时哭笑不得:"是是是,学术价值自然是有的,但门老师,我们老板主要想知道,这个案子我们能不能赢啊?"

门泊舟皱着眉头看了关山月一眼,"哼"了一声:"你们每年花60万请我喝茶,不就是让我专门解决这种复杂案件的吗?这种有争议的案子,输赢都不是必然的,你都工作多少年了,居然还在这问我能不能赢?我门某人既然受人之托,就会尽心帮你们做,如果你们不放心,可以另请高明。"

关山月闻言一愣,心里骂了门泊舟千百遍,但嘴上却还是连声称是。

门泊舟见他这唯唯诺诺的样子,"嗯"了一声,然后说:"但除了解决这个案子,我们可能还要主动发起另一起诉讼。"

"哦?什么诉讼?"关山月问。

门泊舟从自己的公文包里拿出一本粉红色的书,封面上《撩妹圣手》四个字赫然在目。门泊舟毕竟是法学界大拿,身上寡淡沉静的学者气质是非常浓郁的,而这本书里里外外透露着一股轻浮和油腻,关山月看着门泊舟拿着这本书的样子,只觉违和好笑。

"我看了下,这本书的男主角也叫王昊。"门泊舟说。

"是的,但这本书的影视改编权不在我们这,在文化传媒手上。他们去年拍了同名电影,辣椒评分4.2分。"关山月回答道。

门泊舟点了点头,露出意味深长的微笑:"那我们就先从这开刀。"

关山月似懂非懂:"门老师,您的意思是?"

"这个案子我们要打两个官司。"门泊舟说,"小关啊,我们不能头痛医头,脚痛医脚。"

什么是诉讼呢?

诉讼就是一场战争,是手段,而不是目的。为了获得利益,有的人喜欢打游击战,有的人喜欢打阵地战,而赢得战争最大的关键就是,思路要活跃,不要只想着兵来将挡,水来土掩。

有时防守是最好的进攻,有时进攻是最好的防守。

学术界门阀之争的激烈程度不亚于任何一个行业,如果你认为门泊舟混到如今地位靠的只是学术水平,不懂律师之间的心机算计,那就大错特错了。

03

在有惊无险地度过"九龙夺嫡"之战后,"笑面军师"夏秋冬算是过了两年太平日子:业务稳中有进,今年的律师费已经达到了500万,同时,自己也顺风顺水地通过了坤乾所合伙人大会的选举,成为坤乾所新晋的合伙人。当然,更令他高兴的是,他终于跳出三界外,不在五行中,成功脱离律界新锐榜,晋升到律界传奇榜。尽管目前他只排在传奇榜第二十八名,影响力却也远高于新锐榜上排第一的刘春了。

为了庆祝自己完成质变,夏秋冬原本带了团队到热带的岛屿游泳,但今早文化传媒法务经理打来的一通电话却打破了他假期的宁静。

他看着手机上公司传来的诉状,微微皱起了眉头,心想:公司什么时候惹到门泊舟这个老家伙了。

原告:龙城奔腾文化有限责任公司

被告1:杨天天(杨顶天是其笔名)

被告2:前进出版社

被告3:龙城好书传媒连锁有限公司

被告4:龙城文化传媒集团股份有限公司

诉讼请求:

1.请求贵院依法判令被告前进出版社、杨天天立即停止出版发行中文简体纸质图书《撩妹圣手》过程中侵犯著作权及不正当竞争的行为;

2.请求贵院依法判令被告龙城文化传媒集团股份有限公司停止对电影《撩妹圣手》的复制、发行和传播;

3.被告前进出版社、杨天天共同在《龙城晚报》刊登声明、消除影响;

4.被告龙城好书传媒连锁有限公司停止销售《撩妹圣手》纸质图书;

5.被告前进出版社、杨天天、龙城文化传媒集团股份有限公司共同赔偿原告经济损失及合理支出共计人民币1000万元(其中合理支出包括律师费50万元、公证费6000元)。

事实与理由:

200A年,原告与被告杨天天(笔名杨顶天)签署《著作权转让协议》,享有对原告创作的作品《把妹达人》的财产权。其中协议5.6条约定,在该协议有效期内及协议履行完毕后,被告杨天天不得使用其本名、笔名创作任何一个与《把妹达人》名称相同或相似的创作作品,亦不得将《把妹达人》中的人物、情节沿用到日后创作的作品中。

在协议签订后,200B年,被告杨天天未经原告允许通过被告前进出版社出版发行了小说《撩妹圣手》,书中大量沿用了《把妹达人》的人物和情节设定,且在图书封面中印有"《把妹达人》新传奇"的宣传语,构成对原告的严重侵权。被告龙城好书传媒连锁有限公司作为《撩妹圣手》图书总代理,负责该书在全国的销售工作。20AB年,被告龙城文化传媒集团股份有限公司发行的同名电影《撩妹圣手》,亦构成对原告合法权益的严重侵害。故为维护原告合法权益,原告特向法院提起诉讼,望判如所请。

夏秋冬费解地挠了挠头，心想：这杨顶天当初是怎么签了这种霸王条款的？

看来假期得提前结束了。

"你当初是怎么签了这种霸王条款的？"李法山问道。

李法山也收到了诉状。

起诉状只有两页，但他却觉得这薄薄的两张纸极为烫手。

现在的情况是：杨顶天先写了《把妹达人》，然后低价将《把妹达人》著作权中的财产性权益全部转让给了奔腾公司，在图书火爆后，由于版权卖得早，杨顶天却并未得到太多实质性的利益。在此情形下，杨顶天另行创作小说《撩妹圣手》，并将该小说的IP卖给了文化传媒拍成同名电影。现在奔腾公司的母公司亿至集团《把妹达人》同名电影上映了，杨顶天在网上对电影破口大骂并发起诉讼，亿至集团决定反戈一击，以奔腾公司的名义另案起诉《撩妹圣手》涉嫌对《把妹达人》的著作权侵权。

状告原著作者侵犯原著的著作权，这种办法真的只有门泊舟才想得到。

"不可理喻！简直不可理喻！"杨顶天不禁气得拍案大骂，"他们居然告我的新书侵犯了我旧书的著作权？！这还有天理吗！还有王法吗！"

"听起来确实是天方夜谭，但仔细一看也并不是毫无理由。"李法山哭笑不得。

"当时哪儿知道这些啊！都没怎么看合同，喝了顿酒，说签了能给20万稿酬就签了。没想到竟被亿至那帮狗贼如此设计！"杨顶天气急败坏，"李律师，这个官司我们不可能输吧？"

"根据初步判断，我们赢面还是比较大的。"李法山谨慎地说，"首先是诉讼时效的问题，根据《著作权法》司法解释，著作权侵权维权应该从知道或应当知道权益被侵犯之日起两年内[①]起诉，《撩妹圣手》出版是在四年前，电影公映是在两年半以前，因此我们可以主张本案已过诉讼时效，奔腾公司丧失胜诉权。

"其次，我看过书，虽然《撩妹圣手》里王昊也出现过，但剧情和人物几乎都是全新的，根本不存在对前作的抄袭，我们转让了财产权是没错，但著作权属于人身权，奔腾公司无权剥夺。因此这个官司我们肯定有得打。"

杨顶天闻言稍稍镇定了一些："那就好。"

"门泊舟这次主动发起进攻，主张赔偿的金额和我们向他们索赔的金额基本一致。说到底，门泊舟他们就是想以打促谈。这反而说明在我们告他们的那起案子里，他们心虚。"李法山继续安抚道。

"但愿如此吧。"杨顶天忧心忡忡。

杨顶天倒不是担心钱，他除了写书还在龙城开了一个情感培训机构，由于《把妹达人》巨大的影响力，培训极其火爆，月流水过千万。相较之下，卖小说挣的那些钱反而还不算什么了。

他只是担心自己不能再继续创作。如果因为这个合同条款导致自己以后都不能进行与《把妹达人》相似的写作，那他的创作之路基本上就被封死了。

[①] 本故事发生在《中华人民共和国民法总则》履行之前，故依旧法计算诉讼时效。

"不过为什么这个案子比我们那个案子还要先开庭？"杨顶天问。

"因为这个案子的主审法官是刘冰。"李法山叹了口气，"此人号称'金阳法院女魔头'，以开庭快，下判早著称，雷厉风行，说一不二，最近五年结案率年年全市第一，案子分到她那儿，什么都会快些。"

"这么厉害？"杨顶天"啊"了一声，"那她老公可真惨。"

"她这天天起早贪黑工作狂的性子，怎么可能有老公？"李法山哭笑不得，"你要是知道一线城市一线法官的工作状态，就不会问这个问题了。"

"哦……"杨顶天摸了摸下巴，似懂非懂地点了点头。

"不过在开庭之前，我们可能要先见一个人。"李法山叹了口气。

"谁？"

"文化传媒的夏秋冬。"

04

在夏秋冬从国外回来的第二天，李法山便约了他见面，见面地点在文化传媒。文化传媒不愧是娱乐公司，为了防止粉丝闯入，门口保安不少，而在进门后，李法山还没走两步呢，就乱花渐欲迷人眼，来来往往的莺莺燕燕看得他眼花缭乱，其中偶尔还有已经成名的艺人。

在这种娱乐公司久了以后就会发现，"美貌"这项令普通人人人称羡的优势，于娱乐圈而言反倒成了最不值一提的基本门槛。

就跟司法考试一样，在通过法考以前，总觉得一证在手，就能走遍天下，可进了律所后才发现，一块广告牌砸下来死五个人，五个人都是过了法考的。

"李律师，好久不见。"夏秋冬依旧和以前那样，一年四季都拿着把折扇摇来摇去，只不过现在折扇上已经题了"春夏秋冬，一目了然"八字狂草，笔迹意气风发，正是书法大师也是他的另一个客户公孙羊的大作。

"夏律师好啊。"李法山也和他假客气道。之前春山组合和夏秋冬打过两次交道，他很不喜欢夏秋冬皮笑肉不笑的样子，但如今两人成了共同被告，就算彼此知道不对付，也只能藏心里。

夏秋冬把李法山引进公司内部的咖啡吧："你的当事人可把我给害惨咯。我前天还在苏梅岛度假，昨天就因为这个案子提前回来了。我那几个助理现在还在查汶海滩上晒日光浴呢。"

"在国内天天想着美白，在国外就偏要把自己晒黑，你说你的助理们到底咋想的？你这老板就该让他们早点回来赚钱。"李法山坐在吧台上点了一杯卡布奇诺。

"好好的假期就这么被你们搅黄了，你反倒吐槽起我们来了。"夏秋冬喝了口手上的美式咖啡。

李法山说："要怪可不能怪我们，得怪门泊舟兴风作浪，我们也是受害者。"

"说吧，有什么想法。"夏秋冬也不绕弯子了。

李法山也不遮掩："这件案子你我都是被告，我觉得我们应该合作，制定共同的诉讼策略。"

"是吗？我倒不觉得。"夏秋冬笑道，"你应该看了杨顶天和我们签的《著作权转让协议》了吧？上面可清清楚楚写着杨顶天要保证自己的作品没有侵犯第三人权益，如若有侵犯的，由其自行负责。我们承担相应责任的话还有追偿权，甚至，到时候我夏某人的律师费也得杨顶天出呢。"

"夏秋冬，都什么时候了，你少给我扯这些有的没的。"李法山闻言不耐烦地说，"这个案子就算我们输了，你要追偿，那也得另立一个案子，公司才不想这么麻烦，除非是你夏秋冬自己想吃律师费。而且杨顶天再怎么说也是你们文化传媒的签约作家，你们要是袖手旁观，落井下石，以后公司生意可就不好做了。"

夏秋冬合上了折扇。

这场官司，最吸引他的其实是和门泊舟的较量。

现在龙城律界对夏秋冬非议最多的就是他的专业水平。如果他一个非名校出身的人打败了学术大拿门泊舟，那同行们还能怎么嚼舌根？一想到这，夏秋冬心跳开始加速。

他不动声色地问："那你想怎么办？"

"在统一战线的前提下，我倒想问问你，你想怎么办？"李法山意味深长地看着他，"你可是这方面的专家。"

05

门泊舟最近心情总体比较愉快，因为最近他打的这两个案子毫无疑问都会在学术界产生巨大的研究价值。做律师是苦活累活，学者做律师通常是玩票性质，打官司的不会做学问，会做学问的不会打官司，这年头像他这样鱼和熊掌兼得的高手，问世间能有几人？

混到他这样的江湖地位，"意义"远比"金钱"重要。

关键是，和他打对台的是李法山。

这小子，歪门邪道是有一手，但这个案子拼的是实打实的理论功底，没用。一想到这里，门泊舟眼睛里不禁流出一丝笑意。至于夏秋冬，毕竟不是正统学校出来的，酷爱钻营罢了。不行，他可是德高望重的学术大拿，是受过专业训练的。门泊舟心想。要是他和小刘一起打，这两个官司可能还有点意思。

刘春是门泊舟的得意弟子。他教书三十余年，门生无数，但在这些如同过江之鲫的学生间，他却只给过一个人"优"。

这个人就是刘春。

"小刘，留下来读博士吧。"刘春毕业时门泊舟曾如是挽留。

"谢谢门老师，我还是更想先去社会历练历练。"刘春敬谢不敏。

门泊舟冷哼了一声："做律师你着什么急，只要你在我这读博，我手里有大把大把的案子给你做。年轻人不要急功近利，要耐得住寂寞！"

刘春笑了笑，温和地回道："在老师保护下的成长，不是真正的成长。"

他当时并不明白爱徒婉拒他的原因究竟是什么。直到后来他出于好奇查了查刘春的档案，才明白其中辛酸的缘由。这孩子，命实在太苦了……

开庭的日子终于到来。

李法山和杨顶天早早就来到了法庭,门泊舟来得晚些,带了一名助理律师和两名研究生。其中一个研究生在门泊舟落座前早早就在凳子上铺好了狼皮垫子。

"瞧瞧这待遇。"杨顶天和李法山四目相对,不禁啧啧称奇。

亿至集团的关山月也前来旁听。在看到杨顶天后,两人微笑着打了个招呼。

"怎么,你们认识?"李法山问道。

"认识啊,我还带他去酒吧玩儿过呢。"杨顶天"呵呵"一声,"公对公私对私,这小子挺会来事儿,还给我介绍了几个学员。"

正在他们窃窃私语的时候,夏秋冬也走了进来。

夏秋冬恭敬地走到门泊舟面前问了声好,门泊舟只是"嗯"了一声。

他也不恼,摇着折扇走到了李法山旁边。

"李律师好啊。"夏秋冬笑眯眯地跟李法山打招呼。

"夏律师你好啊。"李法山没什么好气,"你说你又不是龙大毕业的,给门泊舟请什么安?"

"敬老尊贤嘛。"夏秋冬坐在了被告代理人席位上。

九点半,开庭时间到,刘冰作为审判长带着两个审判员步入法庭。刘冰今年三十三岁,人如其名,面如寒霜,神情冷淡,虽然不施黛粉,但美好天然,一股冰山美人的气质凌厉地将她与众人隔开,整个人显得不近人情。

但她进入法庭后,还是先朝门泊舟微微点头以表敬意。

这就是学术大拿的气派:如果是一名六十一岁的律师坐在那

儿,刘冰看都不会多看他一眼,但如果是一名六十一岁的教授坐在那儿,不管法官平时多威风,该有的礼数还是不能少。

杨顶天在被告席上看着刘冰,突然开始发愣。

这种眼神和他看张白白时的眼神不一样。他看张白白时眼睛里藏的是狡猾,可看刘冰时眼睛里全是蒙。

糟糕,是心动的感觉。

李法山见他六神无主望向刘冰的样子,似乎意识到了什么。

我的天,这厮该不会对法官有想法吧……一想到这里,李法山不禁在心里对杨顶天竖起"谁给你的狗胆"的大拇指。

艺高人胆大,杨老师可以的,不服不行。李法山心想。

但他眼珠子一转,并没多说,而是开始整理桌上的证据材料。

这起案子李法山是杨顶天、前进出版社和好书传媒三方被告的总代理人。因为是原案之外的另一起案件,所以本案他另收了10万律师费。费用原本应该由出版社出,但这年头卖书本来就挣不了几个钱,出版社也没什么油水,杨顶天财大气粗,见出版社扭扭捏捏不愿出钱,索性大笔一挥,自己掏腰包把钱给了。

"文化产业不好做啊。"李法山哭笑不得。现在国家提倡环保,纸张价格上涨,"洛阳纸贵"不再是开玩笑,人民群众的阅读习惯也纷纷从线下实体书转移到线上,一本书卖下来,确实作者不挣钱,出版社也不挣钱。如果是小说的话,还真只有IP能卖出些钱。

在走完程序性事项、原告方宣读完起诉状后,李法山开始答辩。

"审判长,针对被告的诉讼请求,我方答辩如下:

"第一，原告方主张杨天天不能继续使用'杨顶天'的笔名进行创作于法无据。民法有关条款明确规定，公民享有姓名权，有权决定、使用和依照规定改变自己的姓名，禁止他人干涉、盗用、冒用，其中自然包括自己的笔名、艺名、别名。在此情形下，原被告双方签订的《著作权转让合同》第5.6条违反了法律的强制性规定，应属无效。

"第二，虽然在《撩妹圣手》中，被告杨天天使用了'王昊'的名称进行创作，但小说的故事情节、故事内容与原小说都完全不同，属于全新的创作，依法享有独立、完整的著作权。

"第三，本案已过诉讼时效。根据《中华人民共和国著作权法》规定，原告主张著作权侵权的，应该从知道或应当知道自己被侵权之日起两年内主张，如今《撩妹圣手》出版已过两年，原告此时主张相应权利，于法无据。"

听到李法山的答辩意见后，门泊舟冷笑了一声，没有说话。

从开庭到现在他一直没有说话，起诉状也是他助理读的。

"文化传媒的代理人呢，有什么要说的？"刘冰继续问。

"文化传媒与杨天天签署了《著作权转让合同》，依法完整享有对《撩妹圣手》的影视改编权，亦依法对影视作品《撩妹圣手》享有完整的著作权，故原告主张被告侵权的诉求不符合法律规定及客观事实，应依法予以驳回。"夏秋冬的答辩意见平平淡淡，甚至可以说言之无物。

听到这个答辩意见后，门泊舟微微皱了皱眉头。

刘冰面无表情，雷厉风行地继续推动庭审进程："那我们现在开始法庭调查，先由原告出示证据。"

"原告出示的第一组证据，是《著作权转让合同》。合同明确约定，原告依法享有对《把妹达人》的著作权，被告杨天天不得使用其本名、笔名创作任何一个与《把妹达人》名称相同或相似的创作作品，亦不得将《把妹达人》中的人物、情节沿用到日后创作的作品中。

"原告提交的第二组证据，是《撩妹圣手》及材料比对。原告详细梳理了《撩妹圣手》与《把妹达人》的雷同之处，结论是，两书无论是人物名称、人物关系、专业术语及情节设置都高度类似，《撩妹圣手》构成了对原告合法权益的严重侵害。"

助理在举证的时候，门泊舟都一直面无表情，念完第二组证据时，他突然挑了挑眉头。

"我们提交的第三组证据，是律师函及送达证明，证明自《撩妹圣手》出版后，原告一直在向合同载明的联系地址送达律师函。根据合同约定，双方在合同中载明的地址即为通信地址，往通信地址寄邮件的，寄出三天即视为送达，因此本案诉讼时效并未届满。"助理律师推了推眼镜，"并且，我有必要提醒下被告代理律师，根据《著作权法》司法解释规定，著作权权利人超过两年起诉的，如果侵权行为在起诉时仍在继续，在该著作权保护期内，人民法院应当判决被告停止侵权行为；侵权损害赔偿数额应当从自权利人向人民法院起诉之日起向前推算两年计算。因此，即使超过两年，我们依旧享有请求权。"

根据《民事诉讼法》规定，如果一方当事人在诉讼时效届满前有催告另一方的，构成诉讼时效中断，诉讼时效将重新计算。因此，只要奔腾公司证明自己在《撩妹圣手》出版两年内往有效地址发过函，诉讼时效对他们来说就不再是问题。

"你收到过这些邮件吗？"李法山曾在张白白拿出这些快递单和送达证明时问过杨顶天。

"从来没看到过，我的家庭地址早换了。"杨顶天一脸委屈。

"难道你就没接到过快递打来的电话？"李法山不可思议地问。

杨顶天答道："协议签了没多久我的电话不知怎么就泄露了出去。书迷天天催更，我每天不堪其扰，于是就把号码给换了。难道电话是他们泄露的？"

"我们提交的第四组证据，是系列商标注册申请书及《把妹达人》的部分周边产品，证明我们已经就《把妹达人》《撩妹圣手》及书中的许多专有名词申请了商标，在此情形下，被告在侵犯原告著作权的同时，也涉嫌不正当竞争。"

门泊舟微微一笑。

这明明是著作权侵权的案子，门泊舟怎么突然扯上不正当竞争了？

什么是不正当竞争呢？举个例子，你出了个李逵的玩偶，卖得很好，大家都很喜欢，竞争对手看了眼红，以非常雷同的形象做了个李鬼的玩偶出来卖，抢你的客户，这就叫不正当竞争。不正当竞争案件通常和商标侵权纠纷串起来打，而和著作权侵权串起来打，是真的不常见。

"《把妹达人》经过原告长期的传播和各种形式的改编，已经成为知名品牌，原告为此定制了很多周边，也申请了商标。在此情形下，被告杨天天《撩妹圣手》一书无论是图书封面，导语还是内容都大量援引《把妹达人》，构成不正当竞争，是对原告的严重侵权。"

刘冰"嗯"了一声，然后说："下面由被告质证。"

因为在举证期限内门泊舟便将这些证据提交到法院，所以李法山在开庭前便已将全部证据看过，所以他拿出此前准备好的质证意见一件件质证起来，而夏秋冬则坐在旁边，一如既往地气定神闲。

"被告文化传媒的代理人，你有什么要说的？"在李法山质证完毕后，刘冰向夏秋冬问道。

夏秋冬温和地看向刘冰："刘法官，我想先给您看一份证据，当然，这算是我们对原告第四组证据的质证意见。"

"说。"

"这是我们在商标局官网上打印出来的公示信息。"夏秋冬边说边拿出一套打印件，"上面清楚显示，奔腾公司曾就'把妹达人'及部分专业术语在第9、16、28、35、38、41、43、44类商品上的使用提出商标注册申请，但都被商标局以'把妹达人'及相关专业术语不符合公序良俗，用作商标易产生不良影响为由予以全部驳回。"

他将文件递交给刘冰，刘冰看后微微点头。

"在此情形下，原告并不对'把妹达人'享有商标权，这些周边产品也并非所谓原告享有专属权利的知名商品，原告主张不正当竞争，并无事实和法律上的依据。"夏秋冬严肃地说。

"同时，我们提交的第二份证据，是一本书。"夏秋冬边说边将书拿出来，书上"把妹达人"四个字赫然醒目，但和杨顶天出版的小说不太一样。"这本书的名字也叫《把妹达人》，作者尼尔·施特劳斯，出版时间早于原告主张享有著作权的《把妹达人》。我们想通过这份证据证明，原告并不对'把妹达人'四个字享有著作权，原告主张被告仅因在书的封面上印了'把妹达人'四个字就侵权，并无请求权基础。"

"当初你用'把妹达人'这四个字作为书名，尼尔·施特劳斯这本书的出版社难道就没告你？"李法山在开庭前曾问过杨顶天。

"告我作甚？一开始我在网上连载，书名审查没有那么细，就不知道。尼尔·施特劳斯的《把妹达人》本来就小众，在我的小说火了后，它也跟着成了畅销书，大家一起发财，他们感谢我还来不及呢。"杨顶天挖了挖鼻孔。

眼见夏秋冬一步一步地还击，门泊舟的助理律师似乎有些慌了阵脚。他转过头来看门泊舟，门泊舟依旧面无表情。

战场形势陷入胶着。

"双方举证质证完毕，现在我来归纳争议焦点。"刘冰继续主导庭审，宛如法庭上的女王，"第一，被告杨天天和文化传媒是否侵犯了原告的著作权；第二，被告前进出版社和好书传媒是否构成对原告的不正当竞争；第三，本案是否已过诉讼时效。原被告双方对本庭归纳的争议焦点有无补充？"

"没有。"双方纷纷答道。

"好，那我先问下被告杨天天，你知不知道自己在和奔腾公司的《著作权转让协议》里第5.6条的约定？"刘冰问。

"被告在签订时并不知情。"李法山抢话。

刘冰瞪了李法山一眼："我没问你，我问的是杨天天。"

杨顶天一下被刘冰的气势震住，连忙回道："不知情，不知情。"

"你在签的时候就没看合同?"刘冰抬高了音调。

"当时他们把我灌醉了,双方喝得很开心,让我签我就签了。"杨顶天扭扭捏捏地说。

"那第二天酒醒你有没有看合同条文?"刘冰又问。

"看了,但签都签了,也没办法。"杨顶天说。

"所以你在写《撩妹圣手》的时候,是知道《著作权转让协议》第5.6条明确约定,你是不能用自己的笔名创作与《把妹达人》有关的内容的。"刘冰总结。

"审判长……"李法山想要争辩。

"我还没问你话,有什么等会儿再说。"刘冰打断,庭审风格非常强势。

"被告文化传媒,你们在和杨天天签订《著作权转让协议》的时候,是否对他与奔腾公司签订的《著作权转让协议》内容知情?"刘冰继续问。

"完全不知情。"夏秋冬干脆地说,"我们也是在这起案子发生后才知道被告杨天天与原告的协议内容。"

李法山闻言暗骂,夏秋冬这老狐狸,见风使舵,关系撇得倒挺快。

刘冰问:"杨天天,夏秋冬说的是否属实?"

夏秋冬看向杨顶天,目光意味深长。

杨顶天咬了咬嘴唇,然后说:"属实。"

在这场官司里,文化传媒至少是不会站在自己对立面的。如果此时把文化传媒拉下水,那除了可能把文化传媒逼到对面去,即使官司赢了,双方关系也要闹掰。杨顶天没那么傻,因此只能说文化传媒不知情。

"被告前进出版社和被告好书传媒的代理人,你们在制作图书封面的时候,把'把妹达人'四个字加上去的动机是什么?"刘冰又问。

眼见刘冰这一个个问题都是把自己往死里逼,倾向性非常明显,李法山不禁暗道不妙。

比如这个问题,其实就是在逼问被告用的到底是尼尔·施特劳斯的'把妹达人',还是杨顶天的'把妹达人'。如果李法山说用的是尼尔·施特劳斯的'把妹达人',则从情理上说不过去,毕竟杨顶天也写了本同名书并赖以成名;如果李法山说用的是前作的'把妹达人',那就说明存在违约的故意,将对后续判决产生不利。

这个问题非常棘手。

当你遇到一个两难的问题时,你该怎么回答呢?

比如家里的亲戚总会问小孩子更喜欢爸爸还是更喜欢妈妈,比如女朋友总会问男朋友自己和他妈妈同时掉进水里,他先救谁。

正确的回答方式是,跳出提问者给你的逻辑设定,重设问题。

"审判长,这个问题其实并非我们今天讨论的重点。"李法山沉着回应,"其实无论动机是什么,被告都不涉及侵权。原因很简单:第一,原告并不对'把妹达人'四个字享有著作权,无实体权则无请求权,被告将'把妹达人'四个字印在图书上,并不构成对原告的权利妨害;其次,创作是一个人最基本的权利,《著作权法》设定的初衷,本质上是鼓励创作,而不是搞抢滩登陆,让创作者建立知识的霸权和垄断。在此情形下,《著作权转让协议》

第5.6条的规定,既不能用创作者本就有的笔名,又不能用创作者辛辛苦苦一点一点建立起来的世界体系,本质上已经突破了能转让的财产权的范畴,是在限制创作,是对创作者人身权的根本侵犯,应属无效。因此,本案中被告杨天天并未构成著作权侵权,被告前进出版社和好书传媒亦未构成侵权,原告的诉讼请求不应得到支持!"

李法山说完这段话后,杨天天连连点头,夏秋冬也微微颔起首来。

但刘冰不然,在书记员将李法山那段话记录完毕后,她继续问:"说完了吗?说完了就继续回答我的问题:你们在制作图书封面的时候,把'把妹达人'四个字加上去的动机是什么?"

一股凌厉而充满火药味的气场逐渐在法庭散开。李法山不禁皱起眉头。

"动机是对作品进行更好地诠释。"他终答道。

刘冰闻言问得更加直白:"有没有借杨天天前作进行宣传的意思?"

"没有。"李法山面不改色。

刘冰凝视着李法山,李法山毫无惧色,与她四目相对。

说实话,刘冰的针对令他也开始动真怒了。

刘冰收回眼神,转过头来温和地问门泊舟他们:"原告代理人,你们对被告代理人刚才的陈述有什么想说的?"

对我们赶尽杀绝,对他们礼遇有加,你这法官屁股也坐得太歪了吧!李法山见状在心中呐喊。

就在门泊舟的助理律师准备发表辩论意见的时候,门泊舟突然将他按下了。他清了清嗓子，开始了本次庭审自己的第一次发言："被告刚才说了一句话，我觉得非常有意思，说的是'《著作权法》设定的初衷，本质上是鼓励创作，而不是搞抢滩登陆，让创作者建立知识的霸权和垄断'。我想就这句话谈谈我的看法。"

其实在正常的法庭辩论中，律师是不可能说出"谈谈我的看法"这种极不专业的词汇的，但门泊舟不一样——他是著作权领域举足轻重的人物，他的看法往往就是实务出现争议时一锤定音的看法，所以当他说出这句话的时候，在场诸人竟未觉得有丝毫违和。

"首先，《著作权法》第十条第十四项规定，著作权包括改编权，即改变作品，创作出具有独创性的新作品的权利。这是什么意思呢？意思就是，当一部作品被创作出来后，除却公知素材的部分，它的骨、肉、皮就应该全部属于创作者，你要改编，你要再创作，必须经过原著作权人的同意，不能乱来。比如金庸在写了《射雕英雄传》后，如果要续写，就只有他自己能写《神雕侠侣》和《倚天屠龙记》，不是他续写的，比如那些'全庸''金庸新'，都涉嫌侵权。

"而被告代理人刚才的意思是创作权是一种人身权利，不可转让。那我就想问了，影视改编权能否进行独家使用权、专有使用权的转让？如果可以，改编本身就是一种再创作，既然影视改编权可以转让了，那是不是创作的权利也就可以进行转让了？

"在此情形下，我们和被告杨天天签订的《著作权转让协议》，对方签了字，我们给了钱，又是彼此的真实意思表示，是有效的，双方就应该遵照履行。"门泊舟不急不缓，宛如在法庭上上课。

"其次，关于不正当竞争。其实刚才刘法官已经将问题问得很清楚了。我们这个案子是在打不正当竞争，不正当竞争并不以被侵权方取得商标为必要条件，我们举证商标申请，只是佐证我们对'把妹达人'有在先权利而已。没有原告的精心运作，《把妹达人》不可能有今日的影响力，被告杨天天在明知将著作权转让给我们的情况下，又蓄意在新作封面中加上'把妹达人'的标语，这其中的主观故意，难道还需要问吗？因此，被告刚才的辩论意见，实属强词夺理，荒谬至极，法院不应予以支持。"

"嗯……"在门泊舟发表完意见后，刘冰微微点头。

就在这时，夏秋冬突然开口："关于门教授的观点，我方不予认同。"

刘冰打断道："我等会儿还有一个庭，时间有限，有什么不同看法下来写在代理意见里交给我，本案今天就开到这里，闭庭。"

李法山闻言霍然变色："抗议！代理人有充分发表自己辩论意见的权利，合议庭对此基本诉权应予保证，如果此时闭庭，本案涉及程序性违法！"

"书记员，将他的异议记下来。书面代理意见也是发表辩论意见的一种方式，如果你认为本案审理存在程序性违法，下来可以提交书面异议材料。今天到此为止，闭庭。"刘冰敲下法槌，简单收拾了一下材料后便从内门离开。

"岂有此理！岂有此理！"李法山气得直拍桌子，而杨顶天则看着刘冰离去的背影怔怔出神。

"李律师，咱们这个案子现在可不好说咯。"夏秋冬在旁无奈地笑道，"我接下来会把自己想说的完整地写进代理意见，你放心。不过看刘法官这样子,后续情况不乐观。"

李法山也叹了口气:"那应该也没你们文化传媒什么事了。听她刚才那意思,她想得到你们是善意第三人的法律事实,所以最后贵公司问题应该不大。"

"这也得她判下来才知道。毕竟是'金阳法院女魔头'啊,哈哈。"夏秋冬在签完庭审笔录后起身告辞。

此时的李法山既沮丧又愤怒,他着实不明白,己方和刘冰往日无冤,近日无仇,为什么这次庭审她立场如此鲜明。之前查过了,她也不是门泊舟的学生。

"杨老师,这个案子法官屁股坐得太歪了,我们可能要做好上诉的准备。"李法山阴沉地对杨顶天说。

杨顶天在旁魂不守舍,听见李法山在跟他说话后他才恍然回过神来,说:"哦,哦,没关系,上诉就是,上诉就是。"

李法山不禁摇头苦笑。他本想提醒杨顶天一些什么,但欲言又止后终归罢了。

杨顶天遇到真爱,这可真是铁树开花了。

李法山突然对杨顶天说:"杨老师,如果司法人员私下和你接触,你一定要录音,然后发给我听一听。"

"哦?"杨顶天看向李法山。

"法院和当事人的私下沟通有很多细节能反映他们对案件的态度,你可能不知道,我可以帮你分析分析。"李法山答道。

杨顶天点了点头。

签完笔录,门泊舟突然向李法山问道:"李法山,听说你和刘春关系不错?"

李法山本还没从刘冰的阴影中走出来，如今见门泊舟又来戳自己的逆鳞，便没好气地说："不太熟。"

门泊舟皱了皱眉头，却也不生气，而是继续说："我听说刘春之前对你也不错，他应该需要你，回到他身边对你或许有好处。"

李法山瞪了他一眼，转身离去。

门泊舟看着他消失的背影，悠悠地叹了口气。

06

走出法院后，李法山心乱如麻，只觉有几座大山将自己死死压在地上，压得自己喘不过气：一方面，他要写代理词和异议书，为胜诉做最后的争取；另一方面，他又要做好败诉后上诉的准备，毕竟刘冰的态度已表明本案失败的结果几乎是不可逆的；而最后，门泊舟的那番话更是如同一团缠在自己身上的毛线般剪不断，理还乱，挥之不去。

刘春需要我？刘春为什么需要我？如果他真的需要我，会用这么残忍的方式和我分道扬镳吗？

李法山一根接着一根地抽烟，整个房间乌烟瘴气。

律师是一个注定长期陷入焦虑的职业。当你没案源的时候，你焦虑收入；当你有案源的时候，你焦虑案件的成败。所以啊，很多律师的光头不是聪明导致的，而是愁出来的。

他想去夜店疯一把，用酒精和女人麻痹自己，但念头刚产生便被自己掐灭。随着年龄越来越大，这种彻底掏空身体的玩法他是越来越玩不动了，且长期亢奋的状态带来的只有情绪上的低落。

爽是爽了，但于事无补。

当陷入焦虑的时候，刘春的做法是做木工，而李法山现在的做法是赤身裸体。

是的，拉上窗帘，脱光自己的衣服，把灯光全部关掉，放一些舒缓的音乐，静静地坐在沙发上发呆。

赤条条来去无牵挂，这能令他得到一种动物性的宁静。

当然，也有孤独。

虽然在别人眼里，李法山总是一副热热闹闹的样子，但只有他自己明白，只有在孤独的时候，他才能感到安全。

不行，我得打听一下为什么刘冰会这么做。李法山腾地一下站起。毕竟不是夏天，南方又没有暖气，尽管开了空调，李法山光着身子坐久了还是打了个寒战，也清醒了不少。他想了想，然后拨通了那个媒体圈老朋友的电话："喂，你不是跑司法口的吗？帮我打听个消息。咳，人在江湖，规矩懂的！"

07

三天过后，李法山约了杨顶天在律所见面。杨顶天状态似乎并不太好，面有倦色，难掩愁容。李法山让张白白给他倒了杯茶，杨顶天说了声谢谢，然后会议室便陷入了尴尬的沉默。

李法山用手指敲了敲桌子，还是说道："杨老师，刘冰在开庭的时候为什么这么针对我们，我查出原因来了。"

杨顶天"嗯"了一声，似乎并不好奇。

"刘冰有个妹妹叫刘雨，去年得了抑郁症，自杀了两次，所幸每次都被家人及时发现,自杀没有成功。刘雨自杀的原因是为感情所困,而她的前男友据说是你办的那个情感培训机构的教练。"

"我知道。"杨顶天双目无神。

李法山颇感讶异:"你和刘冰聊过?"

杨顶天没有回答他这个问题,而是说:"李律师,你说我这个人怎么就这么混蛋啊!"

这个问题令李法山一时不知如何回答。眼见当事人情绪不正常,他虽觉莫名其妙,也只能先进行疏导:"你怎么会这么认为呢?"

"李律师,我现在只觉得心碎。"杨顶天突然冒出这么一句话。

这并不是杨顶天第一次心碎。其实恰恰相反,他并非自己口中那种在感情方面天生残疾的人,在年轻的时候,他也曾屡屡心碎过。

杨顶天的父母在他小学四年级的时候便离异,他从小便一直跟母亲一起生活。单亲家庭的生活环境令他渴望得到感情,这令他在初一的时候便开始追求异性。但当时他有什么呢?他什么都没有——家庭条件不算好,学习成绩一般,长得也平凡无奇,所以他的每次表白都会成为女同学向老师证明自己一心学习的铁证和班级的笑柄。

他对爱情充满憧憬,但却从来没得到过。

大学毕业后,他考了两次公务员没考上,只有托母亲的关系在一家要死不活的国企做合同工。后来他有了女朋友。女友相貌普通,在工厂上班,两人谈了三个月,杨顶天对她照顾得无微不至,直到姑娘被一个文龙画虎的社会小混混骗走。

"你太窝囊了，没啥意思。"这是姑娘临别前对他说的最后一句话。

在很长一段时间内，杨顶天就是个失败者。没有人爱他，没有人在乎他，他生活在社会的最底层，是这个社会的蛀虫。他渴望爱情，想要被爱，但是爱情从来不会垂青一个并不值得爱的人。

直到有一天，他在网上看到了一本叫作《把妹达人》的书。

这本书原本非常冷门，杨顶天也是无意间看到的，但这本书却如同打开新世界大门的钥匙一般，令他对自己的人生产生些许希望：僚机、兴趣测试、冷读术、展示面……原来恋爱是一门如此专业的技术啊！

杨顶天勤学苦练，倒背如流，以为这样就能咸鱼翻身，但最终他却绝望地发现，这么做并没有用。

第一，两性交往并不是一件"习得武功秘籍便天下无敌"的事。好比不是看了杨氏太极课程教学便能成为太极宗师，也不可能看了《排球女将》就能加入中国女排，要在这个领域优秀，光看书没用。一个人除了要有天赋（英俊、情商高），更要通过一次又一次不停地训练来提升自己的专业能力。如果不反复练习，就算《九阴真经》摆在面前，也没有半点用处。

第二，女人并不傻，如果你一个月工资就三千，再怎么秀展示面，甚至靠裸贷买了双乔丹鞋，原本的气质是藏不住的。那些所谓的招数技巧，说白了就是花里胡哨的假把式，看着新鲜专业，实则根本没用。

在知道真相后，杨顶天彻底认命，直到他开始写小说。如果在现实生活中他是个没有人会在乎的垃圾，那他为什么不能在故事中塑造一个众星拱月，对女人手到擒来的自己呢？

当他在网上写下第一个字后，他便找到了自己的解脱之路。

令他万万没想到的是，和自己一样的、在众人眼中的"无能loser"其实有很多。大家疯狂地爱上了他的故事，在他的故事里和他一起做温香软玉的美梦，并久久不愿醒来。

在这些人看来，女人看不上我们，我们找不到对象，不配拥有爱与关怀。但在杨顶天的故事里，我们和主角一样，那些平时对我爱搭不理的姑娘，我要让她们高攀不起，那些将我的爱与真心捏碎成一片又一片的女人，我要把她们当作盘中餐，一个一个全部吃掉。

爱情是什么，爱情不就是一场游戏吗？

《把妹达人》的男主角王昊成了众人心目中的神，杨顶天也成了众人的神。

《把妹达人》的成功，是杨顶天活到当时唯一的成功。

他突然发现，原来自己也是可以得到别人的认可的。

第一次品尝到快乐的杨顶天开始疯狂更新，然后小说被奔腾公司签下。

手里拿着当时被视作巨款的20万，杨顶天去了龙城最大的夜总会。他突然觉得，原来女人并非如此高不可攀，原来自己小说中的那些女人，就是女人真实的模样。

有钱真好。

第二天早上，杨顶天醒来后茫然四顾，怅然若失，然后他意识到，自己心里有一块地方彻底死了。

此后，杨顶天用剩下的钱注册了一家公司并开始做情感培训。

为了保持自己的神秘感，他自己并未现身，一开始的教练只是几个自己的核心粉丝。由于小说巨大的影响力，情感培训课程开班后立马吸引了从全国各地赶来的学生，大家积极学习的热情顿时令杨顶天赚得盆满钵满。

咸鱼彻底翻身。

情感培训对这些人有没有用？其实只要这些人一日不翻身，对他们就没用。

所谓的情感培训贩卖的不是恋爱的手段，而是男人的梦想：它一直在告诉你，只要你学会了这些招数，你就找到了通往爱情的捷径，你就可以迎娶白富美走上人生巅峰，但其实它什么都改变不了。

它不会让你变帅，也不会让你变有钱，它改变不了你无能的人生。

情感培训只对情感培训者——杨顶天有用。

是的，通过培训赚了钱以后，杨顶天发现自己真成情圣了：在女性面前他开始底气十足、游刃有余，他性格开始变得开朗随和，聚餐时他谈笑风生，在此情形下，如果再对姑娘体贴温柔些，用些所谓情感培训里的小技巧、小手段，到了夜晚他大概率不会孤枕难眠。

他真的成了王昊，王昊也真的就是杨顶天。

直到他遇见了刘冰。

刘冰给了他一种自己从来没有遇见过的感觉：清冷、美丽、不苟言笑，执掌着公平与正义的天平，如同女神般神圣而高洁。

一个人会在什么时候觉得自己卑微呢？在他遇见爱情的时候。

在刘冰面前,杨顶天只觉自己不值一提。

自己就是假恶丑,自己就应该得到她的原谅与救赎。

杨顶天的所有伎俩在遇到刘冰后全部失灵,不仅伎俩失灵,自己也失灵了:世间种种都不重要,创作、前程、财富,都不重要。刘冰,只有刘冰重要,只要刘冰点点头,他就可以放弃一切。

所以在上次开庭结束后,杨顶天开始在爱情方面对刘冰穷追猛打。刘冰一开始只是鄙夷地置之不理,终于到了昨天,实在忍不住,狠狠地骂了他一顿,并告诉了他关于自己妹妹的真相。

知道真相的杨顶天非常绝望。在那一瞬间,他只觉自己是世间最龌龊的垃圾。他通过在下水道的蝇营狗苟骗得一身光鲜亮丽,而这些所谓的成功,在刘冰面前,只是下贱的铁证。

李法山看着杨顶天这心如死灰、斗志全无的样子,心里大概猜到个七七八八。

但说来奇怪,此时李法山心里最担心的,居然不是案子败诉。他反倒担心杨顶天放弃。

即使杨顶天此时放弃,这起案件已经收的10万块不会退,根据委托合同的约定,那个没开庭的案子的律师费也不用退,他不仅可以轻轻松松就把钱赚走,还可以睡个好觉。但他为什么害怕杨顶天放弃呢?

李法山开始意识到,自己真的很想赢。或者说,他不想输。

他想证明给所有人看,他不是一个没有刘春就不行的垃圾律师。

而如果这个案子到这里就戛然而止,自己就真的输了。

一想到这里,李法山不禁咬牙切齿起来。

"李律师,这个官司刘冰想怎么判就怎么判吧,我认了。"杨顶天垂头丧气地说。

"你就这么认输了?"李法山问。

杨顶天叹了口气:"我本来就不该写这些东西,她不准我写,也没判错。我以后不写就是了,培训公司也不开了。"

李法山闻言站起身,开始在会议室里来回踱步。

他看了看杨顶天。

他看过杨顶天的身份证,杨顶天今年已经三十八岁。第一次见面的时候他容光焕发,斗志昂扬,脸上尚看不出老态,而此时他整个人元气被掏空,精气顿丧。

当一个中年人只剩下躯壳的时候,他的衰老也就浮现出来了。

年轻人被爱情冲昏了头并不可怕,因为他本就一无所有,除了注定会痊愈的伤口,他犯错的成本约等于零。而中年人被爱情冲昏头就很可怕了,因为他目前所拥有的一切,大概率就是他拼尽全力在整个人生所能拥有的一切。如果他放弃这一切,那就等于放弃了自己的人生。

"杨老师,你认为如果你放弃这些刘冰就会喜欢你吗?"李法山问。

杨顶天想了想,却没有回答。

"如果你放弃你目前的事业,那这只是一场属于刘冰的胜利。你将证明她的正确,你将证明自己就是猥琐、龌龊和苟且,你在她眼里,将只是一个无足轻重、自惭形秽的手下败将。她不会因此而喜欢你,她甚至会更看不起你,因为她只需用一个判决、一段声色俱厉的话,就能击溃你,让你举双手投降。"李法山走到他面前,盯着他说。

"说实话,在很大程度上,我和你是一类人。"李法山叹了口气,"我们从小便是最平凡的那类孩子,没人疼,没人爱,甚至连吸引别人的注意都要费尽千辛万苦。也正因如此,我明白事业对你我的重要性。正是因为我们在事业上有所成就,我们才从自己卑微的人生中找到光亮与尊严,才意识到自己原来也可以不一样。老杨,我们从来便没有资格当情圣,情圣为爱抛弃所有会赢得爱人的芳心与众人的赞叹,而我们抛弃所有,我们就什么也不是。"

杨顶天的肩膀开始微微颤抖。他低下头,想起了十多年前那个闷在办公室里偷偷在电脑面前码字的自己。

当时的自己,甚至不如一个在网吧做网管的杀马特小混混。

"这场官司,无论输赢你都必须打下去,不是为了刘冰,甚至也不是为了你能否继续创作,你打,是为了你活到现在终于捡起来的自尊。"

"李律师,你才不是最平凡的那类孩子。"杨顶天开玩笑道,再抬起头时已泪流满面,"别以为我不知道,你可是个富二代啊。"

李法山闻言撇了撇嘴,没有辩驳,只是苦笑一声。

他心里想的是,如果真要自己选,相较于自己的童年,其实生在杨顶天那样的家庭也不错。

杨顶天笑着说:"我明白了,刚才是我脑子有点不清楚,犯蠢了。这个官司无论如何我会一直打下去。"

"和她的对话你录音了吗?"李法山问,"我之前说过你和法院的人联系都要录音。"

"录了。"

李法山点了点头。就在这时，他桌子前的电话响起，来电显示是金阳法院。李法山拿起电话，应和了几声，然后对杨顶天说："刘冰的判决下来了，让我们去领。"

说完这句话，杨顶天笑了，他也笑了。

08

本案一审的判决结果是法院认定杨顶天构成对奔腾公司著作权的侵犯，好书传媒与前进出版社也构成不正当竞争，并最终判决杨顶天酌定赔偿奔腾公司人民币100万元，前进出版社、好书传媒停止销售《撩妹圣手》，并赔偿奔腾公司人民币50万元。文化传媒作为善意第三人，不用向奔腾公司赔偿损失，但要停止电影的发行，并勒令电影在各大网络平台下架。

总的来说，门泊舟大获全胜。

文化传媒拍摄的《撩妹圣手》电影由于比较忠于原著，所以辣椒评分本就低到谷底，加上根本没多少人看，电影早就在院线下线，因此判决对文化传媒影响并不大。倒是杨顶天，如果这个判决最终成为生效判决，那日后只要他再用杨顶天的笔名创作类似作品，奔腾公司就可以拿着这份判决到法院再行起诉收租，他的创作之路可就真的断了。

领取判决后，李法山迅速向法院提交了上诉状。

正常情况下对于知识产权的案件是可以直接由中院进行审理

的，但由于金阳法院恰巧有审理知识产权案件的条件，所以本案一审还是在基层法院审理，而本案二审将移交至龙城中院。

"李律师，这起案件二审上诉能成功吗？"虽说做好了决战到底的准备，但杨顶天还是对一审结果感到忧心。

"我们这起案子，不是一起简单的计算'一加一是否等于二'的案子，法官的自由裁量权，或者说裁量权背后的价值判断和法律判断非常重要，观念不同，判决结果就会截然不同。"李法山认真地说，"但无论从公允的角度还是从情感的角度，我都坚定地认为一审判决是非常错误的判决，因此只要案子不是刘冰审，我就有办法赢。"

杨顶天点了点头："我相信你。"

由于判决出在年末，上诉后案件的移交非常缓慢，而在此过程中，杨顶天作为原告的案件也终于开庭了。

"李律师，我们之前那起案子的败诉会对本案产生影响吗？"杨顶天又忍不住问。

"会。"李法山笑了笑，"会让他们变得轻敌。"

09

在龙城的一家五星级酒店内，一场门泊舟学生们组织的师门聚会正在热热闹闹地进行。

所谓师门聚会，即历届门泊舟指导过的硕士生、博士生汇聚一堂，和门泊舟共同迎接新年的到来。法学界讲出身，也讲关系，大家都是门老师的学生，毕业后做学者、律师、法官、检察官的都有，有了这层共同的身份，行走江湖攀攀交情，交换资源，前跟后进也方便了很多，因此每次聚会总能来不少人。在这种聚会里，大家嘴上不分尊卑，实则谁坐上座，谁端茶倒水区分得非常清楚：在读硕士生最惨，想找工作也好，求毕业也罢，人在屋檐下，苦活累活自己都得受着；在读博士生稍微好些，如果是硬考上来的，毕竟主要工作自己做，没有那么受制于人，但也和混得不好的毕业生一起屈居末座。如果是托关系，或者是有深厚背景的在职博士生，那他们离门泊舟自然就更近了。

当然，即使你混得再好，也不敢就这么大大咧咧地坐到门泊舟旁边。

这些年来门泊舟身边两个位置永远是固定的，左边坐的是大家公认的大师兄，同时也是在知识产权法领域有举足轻重地位的施宜然教授，而坐在右边的，则是门泊舟任教三十余年来唯一获得优秀评级的毕业生刘春。

大家都觉得刘春这个人非常奇怪。

觉得他奇怪的第一个原因，是他毕业时拒绝门泊舟的挽留，一意孤行进入律所做个待遇平平的助理律师。毕竟如果刘春留下来，以门泊舟手里的资源和他对自己的器重，无论是求财还是求名，于他都是指日可待之事；而他后来追随的"龙城最强"金凤飞律师，虽然也是惊才绝艳，但论背景、资源和对刘春的珍视，终究差了一等。

在早前刘春没有独立的那几年，日子过得落魄，那些身居高位的同门师兄师姐，总免不了对他冷嘲热讽。

而大家觉得他奇怪的第二个原因，是不知刘春到底优秀在哪里。

从酒场表现来看，刘春并不喜欢应酬，大家推杯换盏时他总是像完成任务一样，该敬酒时敬酒，该喝干时喝干，在这些事情做完后便再也不愿意刻意找谁多攀谈哪怕一句；从事业来看，早先他不过就是个入不敷出的助理律师，和在座的资深法官、资深学者乃至律所主任比着实不起眼，而近两年来尽管声名鹊起，在新锐排行榜上高居首位，但要说此番成就在门泊舟所有门生中排行第一，似乎也说不过去。

可门泊舟却总是让他坐自己旁边。

"小刘啊，听说你今年升合伙人了？"酒过三巡，此时包间里大家来回敬酒，各自聊天，早已乱作一团。门泊舟转过头来，发现刘春正微笑着看着这一切。

这不是真心的微笑，而是非常商务的微笑。门泊舟发现这两年来尽管刘春收入在增多，但快乐却一年比一年少了。比如现在的他，微笑便已难掩倦容，似乎钱跟他有仇似的，兜里的钱越多，自己就越苦恼。

"谢老师关心。这是我们律所李天主任的器重，我也受宠若惊。"刘春回道。

门泊舟忍不住骂了出来："受宠若惊？你该好好反省自己才是。你今年才升合伙人已经让我很失望了。"

"是，今后一定更加努力。"刘春笑着说，也不为自己辩白。

门泊舟"嗯"了一声，然后突然问："你知道前段时间我和李法山打了场官司吗？"

刘春闻言一愣，然后回答道："知道，老师大获全胜。"

"真搞不清楚为什么你前几年要和他搭档。我看这个人资质平平，也就只能给你打打下手。"门泊舟撇着嘴摇了摇头，"听说他还是李青云的儿子。李青云也算有两把刷子，怎么生个儿子这么不成器。"

刘春闻言，脸上的笑容开始渐渐消失："老师，不要小看李法山。"

门泊舟听出了刘春语气的变化，看他的眼神里出现一丝惊讶。

"您别看李法山这人平时总吊儿郎当，做事也不甚细致，但他总爱剑走偏锋，出其不意，是很有天赋的。"刘春继续说道。

"是吗？这我可没看出来。"门泊舟冷笑道，"案子做得也没什么可圈可点的地方，表现甚至还不如那个三本出身的夏秋冬。"

"老师，他的水平怎么样，我很清楚。"其实如果是讨论其他事情，门泊舟这么说，刘春就不还嘴了，但这次他终究还是补了一句："他很优秀。"

门泊舟一愣，他很少看到刘春在自己面前这么强硬："那你和他之前到底是怎么回事？"

"没什么，就是各自都有自己的路要走而已。"

门泊舟"嗯"了一声，然后意味深长地看着刘春："听说你最近打了好几个和张太一有些瓜葛的案子？"

刘春云淡风轻地回道："都是碰巧。"

门泊舟欲言又止，终是叹了口气："小刘啊，他这个人深不可测，你要小心些。"

门泊舟很少对谁有正面评价，更不可能用"深不可测"这种词汇来形容一个人。

"知道了,谢谢老师。"

10

杨顶天作为原告起诉的案件终于开庭。

这天杨顶天依旧来到了现场,情绪稳定,看到法院门口的媒体朋友还微笑致意。

"杨老师,您对奔腾公司起诉您著作权侵权案败诉怎么看?"有位女性记者在杨顶天过安检前抓紧问道。

杨顶天闻言看向李法山。李法山挡在杨顶天面前对记者说:"我们认为这是一场非常错误的判决,且案件审理过程中,主审法官存在明显的挟私报复。我们目前已依法向中院提起上诉,相信中院一定会给我们一个公正的判决。"

这位女记者本以为只会得到一个不痛不痒的官方回答,却万万没想到随口这么一问还问出了内容。她立马跟鲨鱼闻到血腥味一样穷追猛打:"挟私报复?法官到底怎么挟私报复了?私指的是什么?"

杨李二人没再回答,径直走进了法院。

进门后,杨顶天有些犹豫地问:"李律师,这么做合适吗?"

李法山闻言冷冷地对杨顶天说:"如果你现在还余情未了可以跟我说,我们可以撤回上诉。"

"没有,没有,我就是觉得这么做对刘冰是不是太……"

"太怎么了?就准她屁股坐歪,胡乱判决,不准我们打击报复?"李法山的眼睛都瞪了起来,"杨顶天,你记住了,在上起案件中，我们是受害者。让对手尊重你的方式，永远不是妥协和退让，而是战斗！"

杨顶天沉默不语。

"那你为什么对记者话只说一半？"他还是忍不住问。

"如果我们现在和盘托出，届时有人说我们信口雌黄、输了案子便污蔑法官怎么办？并且，有些答案，我们直接说出来，远没有他们自己找到的来得可信。"李法山帮杨顶天把门推开。

进了法庭，李法山和杨顶天坐到了原告席。和以前一样，门泊舟也硬是在开庭前一分钟才踩着点到了法庭现场。

"全体起立。"诉讼参与人和书记员一同站起，本案法官也从内门里走了出来。

负责本案的法官叫苏杭之，年约四十，气度不凡。杨顶天见他那神圣不可侵犯的样子，有些心虚，便问："该不会这次审我们的法官又是刘冰那种看我们就不爽的吧？"

"不会，你宽心。"李法山说，"打官司主要是看证据，刘冰那是偶然事件，你不要过于挂怀。并且，我调查过了，这个法官说不定对我们有利呢。"

"怎么说？"杨顶天问。

"有人的地方就有江湖，学术界也并非风平浪静，这门泊舟平时在圈子里并不是一家独大，他还有个叫王衡的死对头。我查了下，这个苏法官正巧是王衡的研究生，于是便通过律所的关系找到王衡，把这两个案子的情况跟他进行了沟通。王衡上周才在学术期刊上发了篇撑门泊舟的文章，现在两家正打架来着。"李法山不动声色。

"那你怎么知道苏法官就听他老师的?"杨顶天问。

"我不能保证,但这事儿现在在法学界影响挺大,再加上王衡知道这案子由苏杭之管,他肯定会给苏法官讲讲课的。"

无论法律再怎么规定,作出判决的始终是一个活生生的人。上次庭审的失败就是因为他对法官的背景调查还不够,这次李法山充分吸取了教训,在案子确定法官后便开始做各种准备了。

"李律师,真有你的!"杨顶天闻言大喜。

李法山微微摇了摇头:"你也别高兴太早,案子是输是赢,得以事实为依据,以法律为准绳,关键还得看正面战场,我们要小心应对,切勿掉以轻心。"

说到这里,李法山突然产生一种奇怪的感觉:以前和刘春联手的时候,自己只要负责这些"歪门邪道"就可以,踢正步的事交给刘春就行,现在独挑大梁,真是既当爹又当妈。

这是一场恶战啊……

"现在先由原告方宣读诉状。"苏杭之看向李法山。

"我方的诉讼请求是:一、请求贵院依法判令被告亿至集团、胡十黑停止对电影《把妹达人之和你在一起》的复制、发行和传播;二、请求贵院依法判令被告亿至集团、胡十黑向原告公开赔礼道歉;三、请求贵院依法判令亿至集团、胡十黑连带赔偿原告精神损害赔偿金1000万元;四、请求贵院依法判令被告亿至集团、胡十黑赔偿原告维权合理支出20万元;五、请求贵院依法判令本案诉讼费用由被告予以承担。

"事实和理由如下:

"原告杨天天,笔名杨顶天,是我国著名作家,创作了《把妹达人》系列作品（共二十五册，以下简称'涉案小说'）。涉案小说以都市生活为题材，讲述了一名叫王昊的情场浪子通过情感技能寻欢作乐的故事。小说内容考究，运用了大量国外专业的情感促进技能及作者自身的个人经历和感悟，具有极高的文学价值，并在全国范围内引发了'情感培训'热和对'情感培训'的大讨论。自200C年2月发表以来，《把妹达人》销量过千万册，网上点击量过亿，具备庞大的粉丝基础。

"基于《把妹达人》巨大的影响力，亿至集团和胡十黑将涉案小说改编并摄制为电影，并在201C年以《把妹达人之和你在一起》（以下简称'涉案电影'）之名在全国各大影院上线放映，涉案电影的导演和编剧皆为被告胡十黑，对涉案小说歪曲、篡改极为严重。

"从人物设置来看，涉案小说中王昊是一名对爱情悲观绝望的小镇青年，相貌平平，出身平平，身无长物，因为习得情感秘术后人生得以改变，并和108位女性产生了情感纠葛。任君爽只是这108位女性中的一位，且是身家过亿的女富豪，王昊从来没有对任君爽产生过爱情，任君爽更不是王昊的初恋。两人在酒吧相识，并在后续发展为单纯的性伴侣关系。

"从情节设置和小说立意来看，小说中王昊从未和任何女性发生任何爱情桥段，他自始至终都坚定地认为爱情不过是一场互相欺骗的游戏，因此，《把妹达人》是一部对爱情有深刻哲学探讨和反思的作品。

"在此情形下，电影却对小说进行了严重歪曲。

"从人物设定来看，在涉案电影中，王昊是个富二代，身家过亿却从来没有谈过恋爱，对爱情重视且有洁癖，而女主角任君爽却是一名误打误撞成为其助理的初入职场的女青年，尽管二人小时候是邻居，却一直不相识。剧中王昊对任君爽一见钟情，且两人最终在家长的见证下结婚。原告认为，涉案电影的故事情节、人物设置、故事背景均与涉案小说相差甚远，远远超出了法律允许的必要的改动范围，已经严重歪曲、篡改了原著，导致原告社会评价极低，给原告造成了巨大的精神损害，故原告特向法院提出如上诉讼请求，望判如所请。"

"嗯，被告有什么要答辩的吗？"苏杭之看向门泊舟和他的助理。

"有。"门泊舟的助理挪过扩音器。

"由于我与门老师为胡十黑和亿至集团的共同代理人，因此除非特别说明，我方庭审过程中的答辩意见即为二被告统一的答辩意见。

"第一，被告在进行涉案电影的创作时，已经获得了对涉案小说的影视改编权。原告在200A年便已将涉案小说的影视改编权转让给奔腾公司，被告亿至集团亦于200B年与奔腾公司签订《著作权转让协议》，有权依据法律规定和合同约定对涉案小说进行影视改编。上述差别在被告合理改编范围内，不涉及侵权。

"第二，被告对涉案电影的改编并未对原告及涉案小说造成负面的社会评价，恰恰相反，被告的改编提升了公众对涉案小说的评价。在被告改编涉案小说以前，涉案小说的辣椒评分仅仅是2.1分，本身就是一部充满负面评价的作品，而在改编而成的电影上映后，电影广受好评，票房一举突破6亿，不仅带动了涉案小说销量的上涨，还直接拉动了《把妹达人》的IP口碑，将其辣椒评分从2.1提升到3.1。现在公众搜索'把妹达人'，也几乎全是正面评价，因此，原告主张被告的合法改编使自己社会评价降低，并无事实和法律上的依据。

"第三，原告主张的1000万元精神损害赔偿金并无依据，加上被告也不构成侵权，故所谓的维权费用亦应由原告自行承担，故被告郑重恳请法院依法驳回原告的全部诉讼请求。"

听完被告的答辩意见后，杨顶天悄悄对李法山说："不简单啊。"

李法山冷笑了一声回道："不，他全没答到点子上。"

"哦？"杨顶天已经忘了在第一次咨询时李法山说的知识点。

"杨老师，对方的攻击点全错了。你忘了吗？我们要打的，根本不是改编权，而是保护作品完整权。"

"下面进入法庭调查阶段，由原被告双方分别进行举证。首先由原告举证。"苏杭之继续推进程序。

"我们的证据主要分为以下四组：第一组，是证明原告是《把妹达人》的著作权人，依法对《把妹达人》享有著作权；第二组，是涉案小说和涉案电影在人物设置、情节安排方面的差异对比，证明被告对原告小说的严重歪曲与篡改；第三组，是经公证的因原告篡改导致的媒体及网友的负面评论，证明被告对原告作品的歪曲导致原告社会评价降低；第四组，是原告维权费用证明……"李法山将证据一份一份拿出。

门泊舟的助理也开始一份接着一份进行质证："第一组证据中

的第一份证据,对真实性、合法性、关联性予以认可,但不能证明原告证明目的……"

由于本案既定事实比较明确,不存在所谓的关键性证据,争议主要在法律适用,且双方在此前已经在法院的组织下做了一次庭前证据交换,因此双方都没有打证据突袭,而是在法律规定的举证期限内便将证据全部提交。在此情形下,原被告双方早在开庭前便将事先写好的质证意见电子版发了一份给书记员便于其记录,不需要太多临时应变,所以这次质证的环节过得总体比较快。很快原告举证完,开始被告举证。

"我方证据主要集中在以下几部分。"门泊舟的助理润了润嗓子。

"第一组证据,是相应的著作权转让合同和授权协议,证明亿至集团对《把妹达人》依约享有改编权,有权对原著作出适当改动。

"第二组证据,是作品相似度比较专家意见书,证明涉案电影在人物设定、情节设置等方面是忠实于原著的。

"第三组证据,是涉案电影在国内外的获奖证明及经公证的媒体、网友影评,证明涉案电影上映后广受好评,不仅没有降低公众对涉案小说及原告的声誉,反而增加了小说和原告的美誉度。

"第四组证据,是经公证的媒体、网络关于涉案小说的书评,证明目的是,咳咳,涉案小说本就风评极低,目前网络对作者的负面评价,原因不出自电影改编,而出自小说本身。"

听到最后一组证据的证明目的,李法山感到一丝微微的尴尬,而杨顶天则更是涨红了脸。

"原告进行质证。"苏杭之看向李法山。

"关于第一组证据,对真实性、合法性无异议,但不能证明被告的证明目的。我们对被告获得了涉案小说的影视改编权并无异议,但我们想提醒合议庭的是,我们主张的并不是被告不享有改编权,而是被告侵犯了原告的保护作品完整权。被告享有影视改编权,并不意味着其就可以张冠李戴、胡编乱造,而是应该在忠于原著的基础上,进行必要的改动。涉案电影与涉案小说无论在故事情节还是中心思想上都是完全不同的两个故事,严重侵害了原告的保护作品完整权,应依法承担相应侵权责任。"

"李律师,改编权和保护作品完整权到底有什么区别?"在之前咨询的时候,杨顶天曾经这么向李法山问道。

李法山解释道:"其实著作权是一个很大的概念,根据著作权法,它包括发表权、署名权、复制权、表演权等在内的不下十六项权利,但总的来说,著作权可以分为两大类,一类是人身权,一类是财产权。其中,财产权是可以转让的,但著作权人的人身权不以财产权的转让而发生变化。具体到我们这个案子,改编权是财产权,保护作品完整权是人身权。我们确实把影视改编权转让给亿至集团了,但是这并不意味着我们就不能主张保护作品完整权。

"而什么是保护作品完整权呢?法律上讲就是保护作品不受篡改、歪曲的权利。通俗来说,我们举个例子,安徒生写了《卖火柴的小女孩》,影视机构买了影视改编权后,忠于原著,把故事进行影视化展现,情节是小女孩卖不出火柴,小女孩死了,那没问题。但如果说'火柴'是个小男孩的名字,小女孩是个人贩子,将一个凄美的故事拍成拐卖人口的宣传片,那就是对原著的严重歪曲,对作者的严重侮辱,安徒生就可以主张侵权了。"

杨顶天似懂非懂地点点头:"所以本质上二者只是改编程度的区别?"

"呃……性质上也完全不同,但在实际审理过程中,小说和电影的情节差异确实是法官重点考量的争议点。因为我们已经将改编权卖给亿至集团了,所以目前我们只能把保护作品完整权作为我们的请求权基础。"

"关于第二组证据,对真实性、合法性、关联性不予认可,也无法达到被告的证明目的。请合议庭仔细看被告提交的材料。从比对材料来看,涉案小说和涉案作品之间除了人名和对专业术语的引用,基本上没有任何相似度。是的,电影里确实有王昊、王昊的僚机(即辅助王昊追求异性的助手)张勇、小说中出现过的女性角色任君爽以及任君爽的闺蜜张艳林,但是,王昊在小说中是花花公子,而电影中王昊是禁欲系霸道总裁;小说中张勇是王昊认真求学的徒弟,而电影中张勇反而成了教王昊追求异性的导师;小说中任君爽是职场强人,而电影中任君爽成了傻白甜助理;小说中张艳林是法学女博士,而电影中张艳林只是平凡无奇的合租室友,在此情形下,被告的这组证据恰恰是其侵权的铁证啊!"

门泊舟听到这段话微微皱了皱眉头。

"关于第三组证据。首先这些评论是被告筛选过的评论,有大量关于由电影及于原著的负面评论我方已经在举证时向合议庭予以呈现，该证据已经能足够证明涉案电影对小说的歪曲已对作者的名誉构成了严重侵害；其次，即使涉案电影获得荣誉，也无法改变其歪曲、篡改涉案小说的事实。因此，这组证据亦同样无法达到证明目的。"

"最后一组证据，对真实性、合法性、关联性均不予认可，且不符合逻辑。如果原告享有著作权的涉案小说风评如此之差，那它为何会点击过亿，畅销千万册？被告又为什么会想方设法买来改编？"

李法山耸了耸肩，说："以上为口头质证，详细的质证意见原告已在开庭前将书面材料和电子文档提交给书记员，如有不同以书面材料为准。"

苏杭之微微点头，然后说："根据原被告双方提交的证据，现在合议庭总结本案的争议焦点如下。第一，被告对原告享有著作权的涉案小说的改编是否侵犯了原告的保护作品完整权；第二，原告主张损失的依据。原被告双方有无补充？"

"没有补充。"李法山说。

"苏法官，关于争议点我要补充说明一下。"门泊舟突然开口。

门老师总算开金口了，大家纷纷看向他。

"你归纳的第一个争议焦点，我认为太笼统，不够明确，我建议将它拆开来讨论，即第一，我方的影视改编权是否在法律允许的范围内，是否超过必要的限度；第二，即我方的改编行为，是否构成对原告保护作品完整权的侵权。"

李法山闻言，心里不禁为门泊舟现场教法官审案子的行为点了一个赞。

客观地说，门泊舟对争议焦点的归纳是比苏法官准确、严谨的，只不过门泊舟那老气横秋的样子终归是令人有些不适，尤其是有些法官还是比较讲究自己的法庭威严，门泊舟就算是江湖前辈，这么居高临下地指指点点显得很不给法官面子。

好在苏杭之脾气还行，他深吸一口气，然后问："原告代理人是否有意见？"

"有意见。"李法山沉着回道。

"哦？"苏杭之皱起眉头。

李法山对着扩音器说道："审判长，其实我们在举证环节已经表明得很清楚了，我们主张的不是改编权，而是保护作品完整权，所以我们根本没必要讨论改编权的问题。"

"不讨论改编权范围是否合理，就无从讨论是否构成篡改，原告代理人作为一名专业律师，难道连这都不懂吗？！"门泊舟见李法山振振有词，不禁愠怒。

李法山立即还以颜色："改编权是改编权，保护作品完整权是保护作品完整权，把两者大而化之搅在一起，被告代理人好歹也是大学教授，怎么为了点律师费就开始浑水摸鱼打糊涂仗了？"

门泊舟面色开始泛青。

他毕竟是江湖老前辈，又是教授，平时谁见了他不对他点头哈腰，像李法山这种不知天高地厚对他进行人身攻击的后生晚辈，这么多年他还是第一次遇到。

苏杭之见两人在做无意义的缠斗，不耐烦地连敲法槌："好了好了。就按被告代理人说的来。原告代理人先就第一个争议点发表你的辩论意见。"

李法山见门泊舟在对面投来的死亡凝视，心中微微一笑。

他就是想激怒门泊舟。

"审判长，涉案电影对涉案小说的所谓改编是明显超过了改编的必要限度的，这已经不算改编，就是歪曲。我们从常理来看，区分是改编还是歪曲其实非常简单，合议庭只需根据公允的原则认真比较两个作品，实事求是地看涉案电影和涉案小说讲的是不是同一个故事。如果是，那就是改编；如果不是，那就是挂羊头卖狗肉，就是对原作品的歪曲，所以被告构成对原作品的侵权。在此前提下，书和电影风马牛不相及，明显就已经不是法律意义上的改编了。"李法山看着苏杭之，表情诚恳。

门泊舟的助理本来是要反驳的，但没想到门泊舟按住了他，亲自发言："不对。改编作品就是在已有作品的基础上再创作的作品，其中必然要对原作的内容和观点进行改编，且关于影视改编，《著作权法实施条例》第十条已经明确规定，'著作权人许可他人将其作品摄制成电影作品和以类似摄制电影方法创作的作品的，视为已同意对其作品进行必要的改动'。

"为什么要这么规定呢？因为影视作品和小说属于两种完全不同的艺术表现形式，有演员的创作、编剧的创作、导演的创作，甚至有灯光、剪辑的创作，其改编范围肯定要比一般作品的改编范围要大，原告在转让影视改编权时，就应视为同意这些改编范围。如果法律不保护这些改编范围，本质上就是限制了创作，就有违著作权法鼓励创造的立法精神！"

"被告代理人法条背得这么顺口，怎么就偏偏少背了半句呢。"李法山立即反唇相讥，"第十条最后半句话是'但是这种改动不得歪曲篡改原作',无论是演员、导演还是编剧,再怎么创作也不能脱离原著。如果标题是《西游记》,却拍成《水浒传》,就算有《西游记》的改编权也说不过去了吧?"

"原被告双方,发言慢一点,语速书记员记不过来。"苏杭之提醒二人。

门泊舟冷笑了一声,放慢了语速:"你们在说我们越过改编权的时候,先看看自己这本书吧。"他边说边翻着证据目录:"合议庭请看下我们提交证据的第七十八页到八十八页,里面都是些什么言论。

"'爱情?不过是一个屁,放了它远比揣着它来着舒服';'在一场欺骗游戏里,被骗者的眼泪只意味着她的失败,她并没有什么值得可怜的'……这些言论,这些观点,能拍出来吗?包括王昊的人物设定,就其在书中的所言所行,放在严打期间早就因流氓罪被枪毙了,他的价值观,我们能拍出来?

"我国有着严格的电影审查制度。根据国家广播电影电视总局发布的《电影剧本(梗概)备案、电影片管理规定》第十三条,电影片禁止载有宣扬淫秽、教唆犯罪的、危害社会公德的内容。我们作为影视公司,要传播的内容是关于真善美的,是要符合社会主义核心价值观的,至于刚才标注的涉案小说中的内容根本无法过审,我们进行删改,非常必要,是在改编的合理范围之内。"

"嗯……"苏杭之翻看着被告证据目录,似乎被说动了。

单看这些句子,如果照本宣科地拍确实过不了审。

"审判长,被告代理人此言差矣。"李法山迅速反驳,"首先,我们的小说是合法出版物,符合国家要求,被告代理人以点概面,把一些极端话语拿出来批评有失偏颇。审查时还反对暴力,但故事就不能死人了吗?过不过得了审,关键还是看大方向,看总体思想。涉案小说的根本目的是反思现代社会下的两性关系,不存在任何法律方面的问题。

"其次,书的内容、情节就是这样,如果被告方觉得拍出来过不了审,那就不要买来拍,如果要拍,就要尊重。就跟吃黄豆一样,如果你觉得自己吃黄豆过敏,那你就别买,你买了、吃了,回头来怪卖家让你过敏,简直强词夺理。拿过不过得了审这柄尚方宝剑来胡挥乱砍,是被告方根本的逻辑错误。

"归根结底,我们看改编有没有超过范围,还得回到内容本身,而不是找这些无法得以实证的政策因素。"

门泊舟本欲再次发言,却被苏杭之打断:"好了,你们双方的核心观点我已经了解,如果还有意见,下来在书面代理词里再补充。现在进入第二个问题,被告是否侵犯了原告的保护作品完整权。原告你有什么想说的?"

"涉案电影构成对原告保护作品完整权的严重侵犯。"李法山坚定地说,"具体原因我刚才发表意见过程中已经论述了。两部作品完全是两个不同的故事,涉案电影对小说情节有严重歪曲。"

庭审打到现在,门泊舟突然意识到,眼前这个李法山,似乎和他想象中的那个李法山不太一样。这个人以前就爱走些歪门邪道,怎么突然对案子的法律研究这么扎实了?

难不成他会在这个臭小子面前阴沟里翻船?

一想到这里,他突然开始有一丝惊慌。这个结果是他断然不能接受的。

"被告代理人呢?"苏杭之问。

"不对。"门泊舟说。

来了来了。听门泊舟说到这里,李法山刺激到战栗。门泊舟总算要开始他最擅长的法理了。

"我国是《伯尔尼公约》的缔约国,也是在尊重《伯尔尼公约》的基础上进行的《著作权法》立法。其中对于保护作品完整权的约定,主要来源于《伯尔尼公约》第六条之二:'不依赖于作者的经济权利,乃至在经济权利转让之后,作者均有权声称自己系作品的原作者,并有权反对任何有损作者声誉的歪曲、篡改或者其他改动或者贬抑其作品的行为'。

"根据公约条文原义,关于是否侵犯保护作品完整权,必须满足两个基本要件:第一个要件,是涉案电影在客观上存在歪曲、篡改原作品的行为;第二个要件,是该歪曲和篡改必须在客观上降低了原作品和原作者的声誉。缺乏二者中任意一个要件,都不构成侵权。"门泊舟条理清晰地说。

"我们回到本案来看,我方提交的证据已经充分表明,《把妹达人之和你在一起》无论在制作、票房、口碑上都非常优秀,客观上提升了涉案小说的声誉,将一个被公众和舆论强烈批评的作品搬上了台面,拍成了佳作,根本没有导致原作评价的降低,因此也完全不存在侵权,更谈不上赔偿损失。"

"嗯……"苏杭之开始沉吟。

对于门泊舟的发言杨顶天也听不太懂。他悄悄问李法山:"李律师,他说的啥意思?"

因为辩论非常紧凑和激烈,李法山没有回答他的问题。

保护作品完整权是李法山的主打点,现在门泊舟从学理上定义侵权门槛,其实就是给自己加了一方盾牌。只要合议庭认可了他提出的侵权要件,那么在原告方不能充分举证自己声誉降低的情况下,这个案子也就输了。

而在客观上,这个案子确实只有少部分狂热书粉对作品改编不可接受,而这部分狂热书粉和广大电影受众比起来,不值一提。

"李律师?"杨顶天见他愣愣的没反应,用胳膊肘撞了撞他。

李法山扭头看向杨顶天,嘴角突然露出一丝奇怪的微笑:"既然被告代理人聊到《伯尔尼公约》,那我们就好好聊聊《伯尔尼公约》。"

门泊舟,你不是看不起我吗,准备好付出代价吧。李法山心想。

"首先,我方提供的经公证的贴吧截图已明确表明,原告确因涉案电影的歪曲遭受了大量的负面评价。其次,我方其实并无更多的举证责任证明自己名誉受损。

"《伯尔尼公约》目前一共有177个成员国,在尊重公约的基础上,就保护作品完整权,各个国家具体的规定也有所不同,总的来说分为了两种类型。第一种类型,是以'精神利益损害'为标准;第二种类型,是以'荣誉或名声损害'为标准。前者,以法国、德国等成文法国家为代表,而后者,则以英国、美国等普通法系的国家为代表。

"产生这种分歧的原因,根据北京知识产权副院长陈锦川法官的观点及有关案例,是因为在1928年《伯尔尼公约》罗马会议中,普通法系的代表国家英国认为其本国法律无法对'精神利益'进行确切的表达,而'荣誉''名声'与依据普通法提起的损害名誉之诉和仿冒之诉所保护的人格利益更相似。在此情形下,为了协调各国意见,专家团规定成员国可以在其国内法律中对公约规定的损害作者声誉或名声的要求作出修改乃至完全删除。对保护作者权利较高的'作者权利主义'国家,一般不需要由作者证明自己声誉受损。

"所以,我国作为沿袭'作者权利主义'立法传统的国家,在进行《著作权法》立法时仅仅规定了作品不容歪曲和篡改,并未规定必须导致作者声誉受损,因此本案我方仅需证明涉案电影歪曲、篡改了涉案小说,就已履行完毕举证责任,无须再行举证名誉因此受到贬损。"

听着李法山在这里头头是道地对保护作品完整权进行分析,门泊舟心里那一丝惊慌的裂缝开始慢慢扩大。

李法山什么时候开始静得下心来研究学问了?

他不知道的是,为了这番发言,李法山在最近两个月让张白白和自己一起查阅了国内外几乎所有关于保护作品完整权的法律和文献,工作强度不亚于写一篇要求最严苛、一点没注水的硕士论文。这对连本科论文都是东拼西凑的李法山来说,着实是一场最残酷的修行。

李法山明白,要打著作权纠纷的案子,无论走多少花里胡哨的场外因素,归根结底还得拼理解,拼双方对《著作权法》的理解。而要战胜门泊舟,自己就必须将相关法理钻研得比他更透彻才行。

门泊舟在专业水平方面看不起李法山,这给了李法山可乘之机。

门泊舟可能永远不会想到,平素吊儿郎当的李法山最大的剑走偏锋,竟是返璞归真的"拼内力"。

李法山一开始很抗拒，很抵触，因为他已经习惯了取巧、偷袭与暗算，但没有办法，如今自己已经站在了悬崖边上，如果不迈过这道坎儿，就只有跌入万丈深渊。

当你选择做律师的时候，你选择的究竟是一条什么样的路呢？一条必须不断进步、不断成长、不断突破的路。

你会面临不同的案子，遇到不同的难题，你必须通过一次又一次的蜕变来完成自己的进阶，通过一次又一次的涅槃来实现自己的蜕变，否则你只会裹足不前。

如果你想走得更远，你只有逼自己。因为你身后已无人。

苏杭之微微点头，然后问门泊舟："被告代理人，你还有什么意见要发表吗？"

门泊舟阴沉着脸："对方的辩论意见我方不予认可，详细的代理词我们庭后书面提交。"

说实话，因为之前的疏忽大意，门泊舟对本案的研究浅尝辄止，并不深入。他深刻明白，如果自己此时仓促上阵，只会节节败退，还不如暂时鸣金收兵，整装再战。

这是一场漫长的开庭审理，随着双方激烈的论辩，时针已经指向了十二点。

"那今天庭审就到这里，原被告双方代理人就本案争议焦点的书面代理意见在庭审结束后一周内尽快提交给我。休庭。"

11

半个月后，李法山拿到了案件的一审判决。

一、亿至集团从本判决生效之日起，立即停止发行、播放和传播电影《把妹达人之和你在一起》；

二、亿至集团、胡十黑自本判决生效之日起三十日内，在各自微博上对侵犯原告保护作品完整权的行为发布道歉声明，向杨天天公开道歉，消除影响；

三、亿至集团、胡十黑于本判决生效之日起十日内连带赔偿杨天天精神抚慰金、维权支出等各项损失十万元；

四、驳回杨天天其他诉讼请求。

总算赢了。

其实本案杨顶天的重点并不在赔偿金额上，对此李法山在起诉前就对他进行了充分说明，因此他并不觉得十万块的赔偿过低，他只是想摁着亿至集团和胡十黑的头给自己道歉，如今目的达到，杨顶天非常满意。

"李律师，真是辛苦你了。"杨顶天拿着新鲜出炉的判决书开心地说道。

"应该的，分内之事。"拿到判决后李法山也如释重负地长舒了一口气。

如果这个案子也输掉，那李法山就真的被门泊舟捶到身败名裂了。

自从自己单打独斗以后，李法山才真正意识到每一份胜利的来之不易。

以前在团队做助理，天塌下来有金凤飞罩着，后来和刘春出走，个高的春哥会替自己遮风挡雨，如今自己举目四望、孤立无援，成败全在自己一人手里的时候，他才知道赢究竟有多难。

很多事业有成的富二代、官二代们总在强调自己的成功都是自己努力得来的。

其实从他们的视角来看，的确如此：名校是自己考的，钱是自己赚的，人脉关系都是自己打点的。

但是他们不知道，如果父母没有足够的资源让他接受最好的教育，他就未必上得了名校，如果没有给他100万的启动资金，没有给他这么多和蔼可亲又实力雄厚的叔叔阿姨，他就什么都不是。

普通人光是攒那基础的100万，可能就得花一辈子的时间。

对于真正一无所有的人来说，光是活着他们就得拼尽全力了。

在搭了长达数年的顺风车后，李法山一直在孤独地拔河。

尽管自十八岁以后他便开始自己挣钱养自己，但在参加工作后，他其实一直被保护得很好，这份好让他自然而然地放弃了独立。

从一开始的失败，到后来艰辛的成功，李法山突然觉得，自己似乎不那么需要刘春了。

尽管他身边早已没有任何人。

"李律师，他们应该会上诉吧？"杨顶天虽然心中欣喜，但也还没放心。

"上诉是肯定会上诉的，但是案件移交到龙城中院需要好几个月的时间，再等下判不排除要过个大半年，届时黄花菜都凉了。

你要的就是他们低头认错,现在拿着一审判决打打他们脸也是可以的。二审我也会竭尽全力。"

杨顶天点点头,但还是忧心忡忡:"门泊舟会不会在法理上又想到什么东西和我们掰扯掰扯?"

"他已经想了很多了。"李法山笑着说,"在庭审结束后,他给苏杭之提交了一万多字的代理词,里面文献引用、法理探讨都很全面,但没用,我们把自己能吃透的吃透,并且一以贯之就好。做案子不是跑步比赛,谁跑得快就赢,我们要做的也不是引用文献比别人多,只是对自己的观点有充分论证,并且说服法官,法官认可了,我们就赢了。"

"那就好。"杨顶天说。"那我们之前败诉的那个案子呢?"他犹豫了一会儿后又问。

上次在法庭门口把鱼饵抛出去后,龙城媒体们跑得飞快,很快便调查出了刘冰妹妹的事情并做出了报道。但报道的效果却令杨顶天有些苦恼:有相当一部分的公众都站在刘冰那边,因为他们认为杨顶天的情感培训机构就是个脏乱臭的该取缔的垃圾组织,刘冰这是在为民除害。这种舆论的反噬令杨顶天感到不安。

"杨老师,我知道你在担心什么。"李法山意味深长地说,"你担心现在舆论不利于我们案件的二审对吧?但你有没有想过,舆论愤怒的点,其实和我们这个案子的核心争议点并没有任何关系?"

"哦?"杨顶天皱了皱眉头。

李法山耐心解释:"舆论在讨论的,是你的培训机构是否合法,是否应该存在,但我们案子在争议的,却是你是否因为那份《著作权转让协议》就失去了创作权。即使你的情感培训机构有问题，你合法范围内的创作权总应得到保障吧？甚至说，就算你创作的内容涉嫌违规，那'一个人创作的内容是否合法'与'一个人的创作权是否可以被剥夺'也是两个完全不同的法律关系，我们和公众在讨论的是两件事。在此情形下，尽管部分舆论暂时站在刘冰这一边，但这起案子在引发真正影响案件成败的司法界人士的注意后，已经出现很多讨论的声音了。创作权跟健康权、生命权一样，属于人身权，是每个人不可剥夺的权利，也是著作权法保护的最核心的内容。刘冰的一审判决水分太大，我们挤一挤就变形。在我们二审赢了以后，我们再抛出录音，刘冰涉嫌挟私，被反噬的就是她了。"

杨顶天听完这席话，愣愣地点了点头。

"李律师，这个案子你牺牲也挺大的吧。"杨顶天突然说。

"哦？"李法山只觉这个问题非常奇怪。

"对我来说，这个案子可能会决定我的命运，但对你来说，这个案子就是你日后在金阳法院打的无数案子中的一个，你因为我这个案子把和金阳法院的关系搞僵了，能叫牺牲不大吗？"

李法山闻言没有接话。

因为杨顶天说的的确是一个非常现实的问题。

正常情况下，本地律师一般不会对本地法院如此凶猛：因为大家低头不见抬头见，日后还有交集，混熟最好，关系闹僵了，法院随便在哪个程序上设卡，律师都会很头痛。在此情形下，真正对法院处处挑刺的，反而是外地律师会想：管你法院怎么样，我八百年才来这个地方做一个案件，闹僵了对我影响也不大，我打完就走，在可以和你拼到底的情况下，为什么我不拼一拼？

李法山苦笑着对杨顶天说:"这就是你找年轻律师的好处。年少气盛,不知天高地厚。"

旋即他又正经道:"你以为法官们个个都如此纯良吗?不是,他们也是人,是人就是复杂的,人会因为各种各样的原因作出各种各样的判断,你可以希望他们都作出公允的判决,但你不能指望每个法官都绝对公正。刘冰还好,只是因为个人情感问题作出了偏向性的判决,龙城也还好,毕竟是一线城市,司法环境总体健康,但有个别法官,尤其是个别偏远地区的基层法官,因为历史原因专业程度并不高,加上小地方,喜欢走关系,真有可能为了个人利益成为地方势力的司法保护伞了。我们作为律师,作为当事人,难道遇到自己认为不公正的判决,仅仅因为日后还有可能和对方有交集,就忍气吞声吃哑巴亏了吗?不!只有打回去,才能真正赢得尊重,只有赢,才能让对方知道自己错了。

"同样一件事情,我们认定是胡搅蛮缠还是合理维权,主要看在理不在理。这个案子,不是我们刻意针对她,是她一开始就在刻意针对我们,我可不管这些有的没的,我认为这个案子我们该赢,她因法律因素之外的原因作出了不公正的判断,就有问题,我咽不下这口气。赢比什么都重要。"

杨顶天闻言苦笑道:"遇到你这种比当事人自己还想赢的律师,我可真幸运。"

这话虽然从字面上看是认可,但杨顶天说出来的语气却有些不伦不类。李法山觉得很奇怪:"我怎么感觉你阴阳怪气的呢?"

"说实话,刘冰让我开始认真地反思我自己。"杨顶天说,"我在想我为什么要写作,为什么要开情感培训机构。要说写《把妹达人》的初心，是当时我将在网上更新文章作为自己当时卑微生活的一种发泄，我希望在自己构建的世界里忘记自己现实生活的不快，写作拯救了我。可是当我开始写《撩妹圣手》的时候，那种写作的感觉变了。我不再完全认同我写出来的文章的价值，我甚至不觉得我写的东西就是我脑子里真正相信的东西，我写《撩妹圣手》只是因为我的读者希望我写，以及我个人希望再挣些钱。我赚钱了吗？赚了，但我丧失了写作的快乐，也在写作过程中愈发怀疑自己。说白了，我不想再写这些东西了，甚至我现在也不想再用杨顶天这个笔名了。因为这个笔名及用笔名写的所有内容，都在提醒我之前的自己有多么不堪。"

李法山看着杨顶天的眼睛。他的眼睛平静而澄澈。

这份平静，和之前他打退堂鼓时的忧愁是不同的。之前的退堂鼓，是挫败后的沮丧，而现在的退堂鼓，是真想明白了。

或者是他以为自己想明白了。

"所以你想撤销上诉吗？"李法山问，"我会尊重你的选择。"

"撤了吧，判其他被告承担的赔偿我一个人付了，以后这世上就再也没有杨顶天了。"杨顶天微笑道。

"那你决定换个什么笔名？"李法山问道。

"杨柳风怎么样。"杨天天说，"吹面不寒杨柳风，我觉着这名挺诗意。"

"有点俗。"李法山说，"不如叫杨热，和刘冰的名字挺对仗。"

杨顶天哈哈大笑。

"那你的情感培训机构呢，还开不开了？"李法山继续问，"那可是你的现金奶牛。"

"不开了。"杨顶天说,"没啥用,男人自立自强最重要,什么技巧都是旁门左道。"

"你不开,有的是人想开,因为确实有很多男性,当然也有女性不知道该怎么和异性相处,怎么表达,怎么维系感情。只要有这份需求在,市场上这些情感培训机构就不会少。"

"嗯……有道理。"杨顶天若有所思地点点头。

"李律师,这个你就不用替我考虑了,我会好好想想未来的。"杨顶天说,"还有,感谢你。这两个案子,你费心了。"

半年后,龙城中院维持了苏杭之作出的一审判决。门泊舟败诉。

杨天天放弃了"杨顶天"这个名字,启用了"杨柳风"这个笔名,重新开始写小说。他最新出版的小说《爱的救赎》,讲的是一个不相信爱情的多金浪子吴迪在遇到一个霸气女法官龙雨后土崩瓦解,与她相爱相杀并最终重新相信爱情的故事。这本小说由于龙雨的大女主人设很符合现代女性的审美,影视改编权卖得很好,价格比《撩妹圣手》还高。有好事者揣测龙雨的原型就是刘冰,杨天天辟谣,说是"无稽之谈"。

杨天天也宣布解散自己的情感培训机构,同时开始了全国高校巡回公益讲座。一开始舆论还有不少质疑的声音,说恶心渣男开始祸害校园了,但在讲座进行了一两场后,人们发现他讲的内容还挺科学,不仅不是歪门邪道,还会教人们如何辨别歪门邪道,加上他在课程中不停拿自己作反面例子,杨天天一时在校园里刮起了一阵粉红色的旋风。

"李律师，我们的教育花了十二年乃至更长时间来教我们学习语数外，学习专业知识，却从没花过哪怕四十分钟来教我们如何正确看待两性关系中的自己，教我们如何与异性相处。"杨天天对李法山说，"而亲密关系的建立恰恰是最影响幸福感的。有时我在想，如果在我青春最自卑、最看不起自己的时候，有人告诉我，发现自己的优势，不要妄自菲薄，要先爱自己，才会有人愿意爱你，我的人生会不会不一样？所以现在我想做这件事。"

"嗯，挺好。"李法山答道。

"我最近正在写的新书《爱情先从接纳自己开始》，马上就快写完了，到时候也送你一本啊。"杨天天继续说。

"好啊。"李法山笑着。

"你和刘冰的事儿怎么样了？"李法山想了想还是问。

"慢慢来吧。"杨天天笑了笑，"我暂时是不会放弃的。"

杨天天可能不知道的是，他的这席话，乃至这个案子，也开始让李法山反思自己的人生。

李法山很害怕亲密关系。他打小没见过自己的母亲，而父亲李青云不仅一直忙于自己的事业，还总是对他恶语相向。他不敢看李青云的眼睛，因为那双眼睛就如同荒无人迹的深山，冷肃、萧条，没有一点光和热。

加上他从小相貌平平、性格怪异，李法山不知道被关心、被在乎是一种什么样的滋味。

他也爱过人。他爱过花想容，为此他拼尽全力去追花想容，并为了她不惜与李青云正式决裂，但到了最后，他反而又因为恐惧和自惭形秽，亲手葬送了这份感情。

他在内心深处就一直觉得自己是不配被爱的。

刘春是他唯一的朋友，可刘春最后也离他而去了。

"杨天天，你已经接纳自己、此心光明了，可我又该如何接纳这个斑驳的我呢？"李法山在心里问自己。

在拿到二审判决后，李法山在新锐榜上的排名从十八提升到了十一。他对此感到有些可惜：如果杨顶天创作权那个案子二审没撤诉，自己冲进前十应该是没问题的。

届时，他就离刘春越来越近了。

刘春，我终会靠自己杀出一条血路，再堂堂正正地坐到你面前。

就在他翻看《律坛春秋》的时候，一个陌生的电话出现在手机屏幕上。

"喂？门泊……门教授？什么事儿啊？咱案子不都结案了吗？"眼看是门泊舟给自己打电话，李法山一时觉得莫名其妙。

"小李啊，不是案子的事，你什么时候有空，我想和你谈谈刘春。"

金阳法院外，一辆奔驰已经在街边的停车位上连续停了三个月了，每当法院里走出一个冷若冰霜的女人，车里就会钻出一个戴着鸭舌帽的中年男子。他从不主动去和那个女人搭讪，只是远远地望着，看着她从自己的视线中消失，然后便自行开车离开。

终于在第三个月零一天，女子下班后径直向男子走来。她面无表情地走向副驾，男子惊喜万分，小跑着开门。

进入车内后，两人没有说话，男子自觉地开车送她回家。

"杨天天，你一定要这样吗？"女子总算开口。

"哪样？"杨天天装糊涂。

女子扭头看向窗外："我是不会答应你的，你趁早放弃吧。"

杨天天闻言黯然。虽然他早已做好了心理准备，甚至之前也已经被拒绝过，但刘冰又一次斩钉截铁的不留情面还是令他心情沮丧。

"刘法官，你可以不答应我的追求，但你一定要听我说完一些话。"杨天天沉默了一会儿说道，"在我的案子结束后，我在金阳法院门口等了你三个月。"

刘冰冷笑了一声："如果你明天还在门口，我就报警了。"

"这三个月，是我人生中最幸福的三个月。"杨天天凄凉一笑。

前方暮色霭霭，温暖的夕阳洒着金光，杨天天不知怎么的，突然很想哭。

他已经很久没说出"幸福"两个字了。

对中年人来说，他们遭遇了太多，承受了太多，当他们说出"我很幸福"的时候，至少在那一刻，他们应该真的很幸福吧。

"这三个月，我每天看你下班，神色匆匆，神情漠然，你刻意回避着我,对我视而不见。可我觉得,即使你对我什么表示都没有,我就这么看着你,也挺幸福的。"杨天天笑着擦了擦眼角。

"以前我总认为,男女之间的爱,就是一种对彼此的占有欲,以及一种基于占有欲的安全感,可这三个月,我才真正明白爱是一种怎样的感觉。

"原来当一个人真正陷入爱的时候,他想的不是索取,而是付出。他会不再自私与猥琐,而是变得坦荡与真诚。

"刘冰,你知道吗,为了你,我可以放弃一切,我也已然放弃了我曾经拥有的一切。说这些,不是想让你有压力,这些都是我主动且快乐着去做的事,而我却对你没有哪怕那么一点点的希望和要求。

"你这次愿意上我的车,我已经很开心了。"

龙城的晚高峰格外拥堵,杨天天平时总会心浮气躁,而今天,他却只希望车能堵得再久一点。

刘冰愣住了。

活到现在,她遇到过各种男性的追求,但向她倾诉衷肠的男性在她的威压下大多拙于言辞,像杨天天这般情真意切、打动人心的表白,她还是第一次听到。

不过随着年龄越来越大,异性的表白她也很少听到了。

最近一次好像是三年前?

当时也是有个当事人在结案后联系她。在被她拒绝过一次后便没了动静。后来她通过朋友知道了这个当事人对自己的评价:"这老女人还真把自己当回事。"

刘冰打开了车窗。嘈杂的声音从车外传来,令两人之间的空气显得不那么安静。

"杨天天,这又是你的什么套路?"刘冰尴尬地问,"这次上你车,只是为了让你断了这个念想,不是为了给你希望。我是不可能答应你的追求的,你以后也别再联系我。到前面那个路口就停车,我要下车。"

杨天天欲哭无泪:"刘冰,你为什么不肯相信我?"

刘冰转过头来,用一种戏谑的表情看向杨天天:"不论你方才说的话是真是假,我都不会上当;即使你说的是真的,你之前的所作所为和你的小说一样,都令我作呕。我是不可能答应你这种人的追求的。"

杨天天辩白道:"可是我已经变了啊!"

"变了又如何?这年头,好人做一件坏事便被千夫所指,坏人做一件好事便能立地成佛,原谅就这么廉价吗?我不会原谅,也不会宽恕你,做错事的人必须对自己的所作所为付出代价。杨天天,人骨子里的猥琐是变不了的,你害了我妹妹,我知道你的来龙去脉,并会一如既往地鄙视你,厌恶你。如果你想找对象,还是找那些从一开始便只看到你做好人好事的人吧,我,不可能。停车,我要下车。"

在刘冰摔门而去后,杨天天呆坐在车里,看着刘冰消失的背影,颤抖着给自己点了一根烟。

他突然想起了一句话。这句话虽然在网上已经被引用滥了,但放在此时却是如此合适:

"他那时还太年轻,不知道命运所赠送的礼物,早已在暗中标好了价格。"

刘春的秘密

门泊舟约李法山在凌云茶馆见面。

这是二人第一次私下碰面。除却庭上对手的身份，李法山对门泊舟还是尊敬的，但毕竟赢了门泊舟一场，所以李法山坐在门泊舟面前时，还算不卑不亢。

门泊舟看着眼前这个虽然正襟危坐，但眉宇间难掩吊儿郎当的人，内心一直在反复回味自己的败北，自己怎么就这么稀里糊涂地输给了这个家伙呢，他真的是能静下心来做学问的人吗？

这时他才开始回想起在师门宴时刘春给自己提的醒。

门泊舟突然感觉自己老了。

"小李，这是我寄存在这里的特级龙井，我一个在浙江的学生送给我的，你尝尝。"门泊舟亲自给李法山倒茶。

李法山赶紧接过茶壶："谢谢门老师，您太客气了。"

门泊舟微微点了点头，然后开门见山："听说你和刘春是好朋友。"

这是最简单的问题，但李法山依旧不知道该怎么回答。首先他和门泊舟并不相熟，似乎还没到真诚回答这种叩问心灵的问题的地步；其次，就算他把刘春当好兄弟，刘春又真把他当好兄弟了吗？

"曾经算是吧。"李法山言语难掩黯然。

"你们后来关系为什么闹僵了?"门泊舟又问。

李法山又被问住了。

难道他应该告诉门泊舟刘春一直是因为他的父亲才和他做朋友的?

李法山幽幽地说:"那你该问他。"

门泊舟见状便没再问下去,而是开始自顾自地说:"小李啊,你知道吗,刘春是我最喜欢的弟子。"

李法山没有回话,他低着头,数茶杯里有多少茶叶。

"你知道我为什么喜欢他吗?"门泊舟问。

"聪明?"李法山随意回道。

门泊舟呵呵一笑:"要说聪明,我教过的学生里比他聪明的也不是没有。

"我真正喜欢的是他生命的状态。韧性、坚定、执着、蓬勃,内心却又有着最基本的温良。他是一个苦孩子,但他却从来没埋怨过人生,也从来不向任何人倾吐他的苦楚。我不知道你在和他相处的时候,有没有这样的体会。"

李法山闻言不耐烦地说:"门老师,您这是在组织相亲吗?"

此时在李法山的心里,刘春于他就是不可触碰的隐痛。他把刘春视作这苍茫人世间唯一的挚友,可刘春却以最伤害他的方式离开,在他把那枚老奔驰的钥匙放在桌子上的一瞬间,他搜刮二十多年堆积而成的对人的信任和情感就已经以最难看的方式轰然倒塌了。门泊舟这卖关子般地直来直往问关于刘春的问题,无异于在李法山心灵的废墟上鞭尸,要是换作旁人,李法山早就炸毛了。

门泊舟意味深长地看着李法山嫌恶的表情，低头默默喝了口茶。

他很满意。他能感受到李法山其实还是很在乎刘春的。

"你和他做了这么多年朋友，你知道他家里的情况吗？"门泊舟又问。

李法山眉头一皱。

这他还真不清楚。之前刘春出车祸的时候，他也没见刘春的父母出现。

他突然有些自责。其实这些问题他不是没在闲聊的时候问过刘春，但刘春每次都轻飘飘地一笔带过。

"刘春的父亲在他十六岁的时候就失踪了，他母亲后来为了躲债跑到了九寨沟，现在在九寨沟景区摆摊。这些你知道吗？"门泊舟眯着眼看李法山。

李法山连忙问："躲债，为什么躲债？"

门泊舟闻言，悠悠叹了口气："小李，这个故事很长。如果从头说，就要从那年龙城的一起火灾说起了。"

01

结束了一天的繁忙，刘春回到了自己的家。

这套房子是他还在团队做律师的时候按揭买下的，当时囊中羞涩，没那么多钱，靠自己偷偷独自揽活儿凑的首付。房子两室一厅，83平方米，他孑然一身，独居绰绰有余。

近两年他每年业务量数百万,收入陡增,其实完全可以给自己换一套大一些的房子,但他没有。他只是在家里多安了一张木工机床,并偶尔购置几方上品沉香和紫檀。

刘春喜欢做木工,这套房子里的大多数家具都是他亲自设计并制作的。

对他来说,做木工是一项孤独而又有仪式感的活动:你需要设计、构图,在脑海中描绘你想创作的内容,谋定而后动,然后戴上护目镜、手套、口罩,一个人在昏黄的房间里寂寞地挥凿磨削,并不断根据物料本身的特点调整思路,让物件呈现最极致的美感。

在做木工的过程中,他可以达到一种心无杂念的状态:这世间万事万物与我无关,争斗、恩怨、尔虞我诈、你死我活,和我都没关系,我唯一能做的,就是改变眼前的这方木材,并让它绽放出最瑰丽的色彩。

刘春很喜欢锯木头的声音——规律、沙哑,独特的节奏有着安定人心的力量。

小时候,每天晚上在工厂做完作业,刘春都会走到厂房外的一间小屋子里,看父亲刘东锯木头。

"春啊,你知道这方木头叫什么名字吗?"刘东手上把玩着一块深黑色的木头,笑着问刘春。

"乌木!"刘春也没细看,早早抢答。

刘东呵呵一笑:"乌木也分很多种,你这个答案太笼统,扣分。再给你一次机会。"

刘春小心翼翼地拿过木头,仔细观察了几分钟,然后鼻子凑上去闻了闻，说："纹细密丽，金丝缠绕，入手清凉，还隐有幽香。爸，难不成这是阴沉金丝楠？"

"你这小屁孩儿，哪来这么多小词汇的。"刘东笑着摸了摸刘春的头，"算你答对。这宝贝冬天触之不凉，夏天触之不热，有安神辟邪的妙用，今天也是幸运，在林子里找到小小的一块。待会儿我就拿它给你做个物件，让你随身带着。"

刘春正在做一根小型木雕，他聚精会神，胸前的阴沉金丝楠观音吊坠在灯光下光泽温润。

他的父亲已经失踪很久了。

02

"你可知道，在龙城城西有片林子，叫倦鸟林？"

"知道啊，有挺多农家乐，我还经常带姑……朋友去玩儿呢。"李法山咳嗽了两声。

门泊舟微微一笑，然后说："嗯，但农家乐都是近几年才发展起来的，在二十年前，那儿被一家叫'春林'的木材厂承包了，而那家木材厂的老板，叫刘东，是刘春的父亲。"

"哦？刘春是木材厂厂长的儿子？"李法山现在似乎有点明白为什么刘春一直喜欢做木工活，"你怎么知道这些？"

"倦鸟林里除了普通的杉木，还有一些金丝楠木，当时我挺喜欢这些物件，就和他父亲打过几次交道。"门泊舟说，"木材厂的效益最初还不错，一度成为龙城最大的木材供应商，直到刘春十三岁那年，木材厂旁边有家化肥厂发生火灾，火势蔓延，把林子烧了一半，工厂也烧没了。"

"所以刘东在火灾中走了？"李法山问。

"不，没有。那天工厂碰巧放假，只有两个看门的，因为大火也是烧了一段时间，所以并没有人员伤亡。但是火灾过后，他们工厂就遇到了很大的困难。"门泊舟叹息，"当时他们虽然承包了倦鸟林，但手里并没有工业用地。木材厂的场地是租的，后来经查，木材厂的厂址在他们交给规划局的图纸上是空地，其中有一片还是消防通道的必经之处，厂房属于违建，保险公司拒绝赔偿。至于倦鸟林，保险公司也只赔了部分。厂房被毁，林子被烧，上游提供不了木材，而下游的建材、家具商之前给的预付款和定金，刘东才拿来购买了新设备，也全被烧了。现在还不上钱，他们就全部跑来要账了。本金、罚金、违约金，他们开始有了很多官司。"

"然后呢？"

"当时问题的关键，就在于起诉火灾的直接责任人和出租方，他们一个导致火灾，一个提供违建场地，刘东有权要求他们对自己的损失承担连带责任。刘东拿到赔偿款后，虽不至于把钱全部还上，至少也能多喘几口气。这个官司结合当时的证据，本来打下来是没问题的，但是，当时两个被告委托了一个律师，把这场官司打赢了，刘东一分钱没拿着。"

"谁？"李法山赶紧问。

门泊舟凝视着李法山，嘴里缓缓吐出三个字："张太一。"

"当时案件有两个极大的争议点。第一个争议点，是消防部门在出具的鉴定意见里，没有直接写火灾的直接责任人是谁，而是写的'不排除火灾由农牧化肥厂机器过热导致',然后法院据此认定化肥厂只承担少部分责任;第二个争议点,是法院认定木材厂自己作为应对消防有极高注意义务的企业,在签订合同前就应该对承租房屋有足够了解。所以最后只让两被告承担了20%的责任。"

"嗯……"李法山陷入了沉思。

其实法官这么判也不是完全没有道理。

"你听到这两个理由,一定觉得法官这么判也不完全算乱判对不对?"门泊舟似乎看出他心中所想,"但你不知道的是,在一般的消防案件中,消防部门为了防止认定错误,不直接、明确认定事故责任人是常态,但在具体责任人没提出反证的情况下,该认定并不影响法院判定具体责任人为主要责任人;其次,刘东在租赁房屋时,有要求出租方提供消防验收合格证明,而出租方提供的合格证明,是木材厂的厂房修建以前的;最关键的是,当时明明有一千多万元的明面损失,最后被法官认定为只有200万元的实际损失。

"并且,在火灾发生后,张太一一直采用缓兵之计,提反诉,提管辖,追加第三人,假意调解,恶意拖延案件时间,这边案子判决遥遥无期,那边债主穷追猛打,刘东资金链断裂,很快就山穷水尽了。

"这个案子整整打了两年半。两年半后,当刘东拿着只能执行40万元赔偿的判决书向法院申请执行时,发现出租方和化肥厂都已经人去楼空,他一分钱都执行不到了。"

李法山连忙问:"难道当时他们就没申请保全吗?"

门泊舟冷笑了一声:"申请保全了啊,立案后就申请了,但是那个承办法官却迟迟未去办理，在这两家企业把财产转移完毕后，才慢吞吞地冻结银行账户。"

"畜生！他肯定收钱了！"李法山不禁破口大骂，"他也配当法官！畜生！"

"按当时乌烟瘴气的司法环境，出现这种案子并不稀奇，你之所以觉得目前龙城司法环境不错，是因为近几年大力提倡依法治国，法治环境好了不少。作为律师，你是幸运的。"门泊舟叹了口气，然后继续说，"原本效益挺好的木材厂，后来就因为这事被彻底拖垮。刘东被挂了失信，木材经营许可证被吊销，又天天被催着还钱，原本挺精明的一个汉子，莫名其妙就失踪了，至今杳无音讯。而刘春的妈妈孤木难支，没有办法，逃到了九寨沟。"

"这么多年刘东就没去找过他们母子俩？"李法山问。

"这我就不得而知了。"门泊舟说。

李法山拿起茶杯，茶水轻轻摇晃。

"哦对了，代理刘东那个案子的律师，现在是坤乾所的高级合伙人，你应该认识，叫赵飞虎。"门泊舟不咸不淡地补了一句。

李法山认识赵飞虎。他在坤乾所的风评并不好，之前还有当事人在律所拉过横幅，说他坑客户。

"所以，当年那起案子，赵飞虎和张太一串通一气？"李法山惊讶地问。

"这我就不清楚了。但当年的一千多万可不算小数目，对尚未起势的赵飞虎和张太一来说，背后的利益应该诱人。"门泊舟也喝了口茶，"至于当年判这个案子的法官，名字叫黄溪龙，前段时间刘春代理了一个他主审的案子。据我这边的消息，黄溪龙最近已经停止了工作,正在被纪委调查,虽然还没正式公布,但貌似被查出来的受贿金额不少。"

窗外的风吹得叶子瑟瑟作响。

两人相对无言。

这风平浪静的人间,究竟藏着多少被时光淹没的苦难与泪水。

"门老师,既然当初你认识刘东,为什么不帮他打这个官司?"李法山只觉得有些疲倦。

"当初我和刘东关系平平,并不熟,且我是研究知识产权法的,也不会接这种不熟悉的领域的案子。"门泊舟无奈地答道,"我告诉你的这些,都是刘春在成为我的学生后,我回过头去查才知道的。"

"那就奇怪了。"李法山还保留着一丝理性,"如果张太一和赵飞虎是主谋,那为什么当年刘春毕业后没去他们俩的团队,而是去了金凤飞的团队?"

"我听说你在张太一的团队待过一段时间?"门泊舟问,"你还记得你进团队前做过什么事情吗?"

李法山仔细回想,想起了张太一事无巨细地问着自己家庭背景和履历,并让自己提交相应个人资料的场景。

他似乎有些明白了。

直到此时此刻,李法山才真正理解了那个似乎永远处变不惊、绝处逢生的刘春,为什么总有一双沉默而忧郁的眼睛。

或许是当年那些害他家破人亡的人,他一个都不会放过。

刘春离开李法山的真正原因,不是因为他认为李法山是个拖累,而是因为他不想连累李法山。

李法山深吸一口气，终是问道："你为什么要告诉我这些？"

"其实在遇到家庭变故时，大多数人内心的伤痕都是可以被时间治愈的，他们也会展露微笑。但他们之所以笑得出来，是因为遗忘。刘春不仅一直没忘，还有那么蓬勃的生命力，这是我欣赏他的原因。"门泊舟从来都是板着一张脸，但说到这里，原本僵硬的表情冰消雪融，"我要坦诚地说，尽管刘春之前在我面前肯定过你，但我并不认为你是个靠得住的人，经过这次的两个案子，我相信了你的能力，也相信你会去帮他。

"小李啊，小刘现在很危险，他需要你。"

03

这是一个周五的夜晚，在将拟好的合同发给张白白校稿后，刘春早早便回家做饭。

除了必要的应酬，他基本都在家里自己做饭。今天他要做的三道菜是四川口水鸡、山药排骨汤和鱼香茄子。灶台上一个铁汤锅、一个紫砂汤锅正咕咕冒着热气。铁锅里炖的是土鸡，需要煮熟以后拎出来切片上料。紫砂锅里炖的是排骨，炖之前为了能把汤煮白，刘春已将排骨炒了一遍，但为了防止因为炖的时间过长，山药被炖粉，锅里现在只有排骨。

蒸腾的水雾里，刘春戴着一次性手套不急不缓地削着山药，厨房里氤氲着温暖的香气。

就在这时，门铃响起。

刘春微微皱了皱眉头，走到门前。

通过猫眼,他看到了一个熟悉的身影。

"刘春,开门。"门外的人心事重重。

刘春把手放在门把手上,犹豫了两秒,又伸了回来。

"刘春,我听到你的声音了,你客厅灯也是亮的,我知道你在,开门。"李法山再次敲了敲门。

刘春终于开口,却依旧没把门打开:"法山,你找我有什么事?"

李法山叹了口气,把背靠在门边:"门泊舟已经把事情全告诉我了,关于你家里的事,和你正在做的事。刘春,我都知道了。"

又过了几秒,门终于打开。

李法山穿着衣衫不整的西装,刘春毛衣外裹着家常的围裙。

二人对视。

距离那一天已经快三年了。

李法山看着刘春深邃的眼睛,只觉有很多话闷在胸口,却又不知从何说起。

"我在做饭,进来吃饭吧。"

李法山坐在客厅,刘春给他倒了杯水,便继续进屋做饭。

刘春把切成滚刀块的山药放进紫砂锅里,把火调成小火慢慢炖煮,然后从另一个铁锅里将煮熟的土鸡取出来放到冷水里凉透,并切成一片一片。他在石臼里放上生姜、大蒜、小米辣捣碎,取出后加入少许盐、白糖、酱油和香醋制作酱汁,最后将红殷殷的油辣全部淋在鸡片上,一道鲜美的四川口水鸡就算完成了。

口水鸡属于凉菜,下饭,但耐等,将它放到桌子上后,他开始不急不缓地做鱼香茄子。鱼香茄子用嫩茄子最合适，刘春将买回来的嫩茄子取出，准备切成滚刀块，但在切茄子的时候，他却发现自己握刀的手在微微颤抖。

是啊，已经快三年了。

李法山坐在客厅，听着厨房里菜板响动的声音，只觉得坐立难安。

这套房子他曾是那么熟悉。他还记得刘春搬进来时，正是俩人刚独立的时候，身无分文，别说装修了，连定期还房贷都是问题，李法山见刘春捉襟见肘，虽然自己也穷得叮当响，却还是执意将自己的老底儿拿出来，给他凑了个冰箱。

"法山，你这是何必呢，我又不是没钱买。"刘春看着徒有四壁的家里放着个崭新的海尔冰箱，又气又恼。

"春啊，你还是把你那钱攒起来还房贷吧。"李法山对冰箱颇为满意，"咱俩现在就是冰箱上这俩穷得只剩下一条内裤的难兄难弟，能互相帮衬着就互相帮衬着，如果你连冰箱都没有，我还怎么来蹭饭？"

三道菜都做好了，刘春从冰箱里拿出两瓶啤酒。

"吃饭吧。"刘春说。

"嗯。"李法山夹起一片鸡肉，然后刨了两口饭。两人就这样相对无言地吃着饭，空气中只剩下碗筷碰撞的声音。

吃完第一碗，李法山又盛了一碗。刘春看着李法山不说话狼吞虎咽的样子，心里翻江倒海，只觉潮水快从眼睛里溢出来了。

"慢点吃，你有肠胃炎。"他终于说。

李法山听到这句话，低头看着碗，却不再夹菜了。

"刘春,你知道吗,我已经好久没和别人一起这样吃过饭了。"李法山肩头耸动。

泪水一滴一滴全部掉进碗里,李法山只觉得自己的情绪就像一辆刹不住的车,一艘撞向冰山的船,他想极力控制,却怎么都控制不住。

"从我有记忆起,我就从来是一个人吃饭。我没有妈,我爸时常在外,小时候我每次上学放学,都是一个人在家吃阿姨做好的饭;我没有朋友,上大学后花想容比我大两届,毕业后忙于工作,我们也不能一起吃饭。我是在和你认识以后,才真正意义上开始长期和别人一起吃饭的。"

李法山的情绪如同开了闸的洪水,泪水滚滚。

他想起了自己从小独来独往的样子:一个人看书,一个人上学,一个人吃饭,一个人睡觉。他小时候很羡慕那些因为偷偷去网吧打游戏,晚回家半小时便被父母痛打的孩子,真好,他们还有父母关心,而他李法山,就算在网吧熬个通宵李青云都不会过问。

因为李青云根本不会发现。

这份孤独令他养成了哗众取宠的毛病,他开始语出惊人,开始行为怪异,因为他总以为只要这么做,就会有人关注他,关心他。可是这个世界上谁又会喜欢一个相貌平平却又讨人厌的孩子呢。周围的人开始愈发排斥、孤立李法山,因为大家都知道,李法山在的地方,就是大闹天宫,就一定不会有好事发生。

"又丑又怪的傻子,滚吧!"在周围的人眼里,他就是瘟神,就是狗屎。

于是李法山变得越来越孤僻，越来越不合群。

被爱是一种什么样的体验呢？他不知道。

可是当花想容开始真正爱他的时候，他反而害怕和退缩了。

因为在他内心深处，他早就不再相信自己是一个值得被爱的人。

直到刘春出现。

其实一开始刘春和李法山只是同事关系，且由于性格大相径庭，李法山甚至还有些讨厌刘春。两人感情的建立来自日积月累：每次只要有自己不懂不会的地方，刘春都耐心细致地教他，每次案子一出差错，刘春也会竭尽全力帮他兜着。除了工作，刘春也会邀请他一起吃饭，一起玩耍，并真诚地帮助他。

这份感情的建立，在李法山看来与他和花想容建立的感情还略有不同：他一直认为，花想容之所以爱自己，只是因为自己对她毫无保留的付出与追求，她爱的是自己"深爱她"这件事，而不是那个也会虚弱、痛苦，原原本本的自己；而刘春呢，他并未对刘春做什么，也并未要求和勉强刘春做什么，两人只是单纯因为志趣相投成为知己好友，这份感情，是真正基于彼此欣赏而产生的、最纯粹的感情。

原来自己也是可以成为别人朋友的人啊。

刘春的出现，令李法山终于开始相信自己也是一个值得被爱的人。

可三年前刘春的那段话，将这份相信的萌芽彻底掐断。

李法山抬起头，泪流满面地看向刘春："刘春，我恨你，我真是太恨你了。我这辈子就你一个朋友，当初咱俩出道时说好的春不离山，山不离春，信誓旦旦，我本以为我们可以肝胆相照，我总算找到了我人生的挚友，可是你呢，你竟然用李青云来伤害我，然后突然离我而去。你把我的真诚、坦率和信任一口气全部摔碎。刘春，我恨你，我真是太恨你了！"

听着这一字一句，刘春也是心如刀绞。

他从未见过李法山情绪崩溃。

从刘春认识李法山起，李法山便是一个从不将自己的真实情感暴露出来的人：永远一副没心没肺的样子，天不怕地不怕，似乎这个世界上就没有什么事情值得他动真感情。他永远将自己深深藏进一个厚厚的壳里，那样令他感到安全。想要他把自己的心窝子掏出来是不可能的。刘春唯一一次听到李法山袒露心迹，就是在他出车祸的那次旅行前李法山对自己说的那段话。

如今在刘春面前的，是一个泣不成声的人。

人到了一定岁数后，笑还是能笑出声，哭却愈发哭不出来了。

刘春一直以为，自己从十六岁的某一天起，眼泪便已经流干。

而自己现在眼角流出的又是什么呢？

其实能哭泣本身就已经是一件很幸福的事。

"法山，对不起……"

你可能不知道，在我离开你以后，我也是只剩自己一个人了。

04

随着人民群众消费升级，原本冷冷清清的龙城高端餐饮"飞龙火锅店"竟也一天天车水马龙。此时正是晚高峰，老板娘程洁临时起意前来巡店。程洁是个寡妇,老公在十年前便因交通事故意外身亡。中年丧偶,孤苦无依,原本只是家庭主妇的她自立自强,拿着老公留下的过亿资产开了这家火锅店。托老公生前积累人脉的福,一开始来这家店捧场的都是龙城名流,加上程洁自己也确实热爱火锅,和厨师团队研发了不少独家菜,这家火锅店终于在竞争激烈的龙城餐饮界站稳了脚跟。近几年新媒体兴起后,程洁和龙城乃至全国的美食新媒体都形成了良好的合作关系,目前除飞龙火锅店这个品牌外,还培养了另外五个子品牌,已经占领了龙城中高端餐饮的半壁江山。

门外停着她的劳斯莱斯,门内分店经理毕恭毕敬,程洁看着店里熙熙攘攘的样子,微微点头,心里开始盘算要不要涨涨价。就在这时,两个熟悉又陌生的身影越过服务员,径直向她走了过来。

"老板娘,生意不错啊,现在能安排吗?"李法山笑嘻嘻地对程洁说,刘春也在旁边对她微笑点头。

程洁看了看李法山,又看了看刘春,不由一愣。李法山她早就认识了,他在大学时就经常带一个姑娘来自己店里刷卡消费,不过前几年和他一起来吃饭的已经变成了刘春。最近这段时间李法山开始带形形色色的姑娘过来吃饭,刘春她也见过一两次,但两人却很久没同时出现了。而更奇怪的是,两人眼睛红肿,像是刚刚携手看完一场催泪的电影。

冷战三年,一夕重聚,男人间的感情,说来奇怪,很多时候就是一顿饭的事。

程洁大笑了两声:"哟,法山,你怎么长头发了?"她和李法山也是好久不见，万万没想到他从小到大的光头竟开始稀稀拉拉地长起头发来。

"这不三个月前去植了个发嘛，那医生说我病得不轻，在我好说歹说之下，打了七折，花了五万，你说恼人不恼人。"李法山骂了一声，"到底有没有座儿啊？"

"有，你定的位置能不留吗？在亢龙有悔包间，来，我带你去。"程洁笑着亲自带路。

"程姨，这几年生意做得可以啊。"李法山看着人山人海的食客，和程洁边走边聊。

"最近生意确实好了些，但龙城人口味刁钻，餐饮竞争激烈，我们这一天天也是提心吊胆。"程洁实事求是地说。

"你这家大业大的，有法律顾问吗？这方面需求大不大？"李法山打蛇随棍上。

程洁回过头来嗔怪地看了他一眼："你这机灵鬼，主意打到你程姨身上了，我们有顾问，你就别操心了！"

"已经有了？谁，我认识吗？"李法山问。

"这你就别问了。"程洁说，"反正挺靠谱的。"

三人边说边走到了包间内。"还是点之前那些呗？红锅、清油毛肚、关公排骨、牛奶虾滑、江湖牛肉、秘制老肉片、千叶豆腐、水晶鸭肠、山药、宽粉、番茄。"程洁驾轻就熟地问道。

李法山忍不住赞了一声："程姨好记性，怪不得生意能做这么好。还有啥新菜也给我们上两道吧。"

程洁说了声好，让服务员在点菜器里下单就出去了。

程洁走后，刘春也笑着问道："法山，我昨天就想问了，你怎么突然想着植发了?"

"因为我觉得自己现在不需要装成熟了啊。"李法山在碗里倒着香油,"以前新兵蛋子,业务能力和工作经验也确实欠缺,怕别人不信赖自己,所以尽管很讨厌光头,却为了占那点'看起来老道'的便宜一直把这不是发型的发型留着,现在我觉得自己已经无须再通过发型让别人信任我,觉得没必要了,就植个发吧。"

刘春闻言仔细端详起了李法山。

两人快三年没有说话,如今前嫌尽释,尽管李法山看起来依旧一副大大咧咧的样子,但以前他是浮躁、有些孩子气、需要鼓励的,而现在他气质里多了份沉稳自信,眼睛里的事情也愈发多了。

"真好。"刘春笑着对他说道。

李法山确实是变了。

菜很快上齐,锅慢慢煮沸,两人终于又像以前一样在飞龙火锅店烫火锅了。昨晚两人光顾着抱头痛哭喝大酒,很多事情没有说清楚,今天中午二人也是边吃火锅边捋捋思路。

"我说刘春,按照门泊舟的说法,你当初跟我割袍断义是为了自己去找张太一的麻烦?"李法山开始烫毛肚。对不经常吃火锅的人来说,店家会告诉你毛肚不宜烫太老,"七上八下"即可,而对老司机李法山来说,他可不会老老实实"七上八下",毛肚放在火锅里,烫到微微弯曲便放进蘸碟,此时的毛肚熟嫩合适,最为爽口。北方火锅店蘸碟里爱放麻酱或各种已经调制好的酱料,而地道的四川火锅蘸碟都是自己调的:香油、蒜蓉、葱花,有的还放点上等的耗油和醋。几番搭配起来,火锅愈发味美。

刘春把番茄和排骨倒进锅里说："门老师是这么跟你说的？"

照理来讲吃火锅时蔬菜应该后放，但是番茄和蘑菇除外，这两道素菜不仅不影响汤的味道，还助味，烫个五六分钟，火锅味道大不相同。而排骨除了助味外，煮得越久越入味，所以也要早放。

"他倒不是这么说的，这是我推测的。他只说你很危险。"李法山叹了口气，开始烫鸭肠。

刘春的筷子在碗碟间来回穿梭："门老师还是在乎我。"

"这种打大BOSS的事儿我最喜欢了。江山代有才人出，年轻人嘛，不总是踩着老同志的肩膀往上爬的吗？张太一当过我老板，我看不惯他好久了，就算没你这事儿我迟早也会杠他一杠，你怎么可以不带上我。"李法山对着鸭肠吹了吹气。

"以前金律师总说你脑后有反骨，她还真没说错。"刘春微微一笑，然后说，"不过我其实并不单纯为了复仇才要针对张太一。"

"哦？"李法山看向刘春。

"法山，在我父亲失踪后，我确实恨张太一。不仅是张太一，还有赵飞虎、黄溪龙，以及那些把我父亲逼上绝路的债权人。"刘春表情平静，"而我也真正看见了法律所能产生的力量，所以我大学便报考了龙大的法学专业，想着以后能考检察院或者司法局，然后把这些人绳之以法。"

"所以你原来是想进体制内来着？"李法山惊讶地问。

"是的。但直到我在你父亲那里实习，才发现我的天真。所谓的进体制内后主持正义，实在是电视剧里的戏码。"刘春放下了筷子。

"彼时有个贪腐的案子，当事人家属同时找到了你父亲和张太一。李律师虽然在司法系统里也有一些人脉，但在分析案情时并没有提及这些，只是就事论事地谈法律，那鞭辟入里的角度，当时别说当事人了，我在旁边也听得如沐春风。"

听到这里李法山不尴不尬地"哦"了一声。

刘春不顾李法山的异样，继续说道："可是最后呢，客户选了张太一。你知道为什么吗？因为张太一在咨询进行到一半时就跟客户说对不起，他马上要去和市检察院的领导打牌。"

"这……"李法山只觉得这个套路既原始又好用。

"后来案子解决没有呢？解决了，在法律允许的范围内那个当事人被判了最低的刑期。因为张太一那天下午真的和市检察院的领导打了牌。"刘春淡淡地说，"法山，你说，要是当时我考了检察院，我遇到这样的领导，我能达到自己的目的吗？"

"那个领导后来怎么样了？"李法山问。

刘春回答道："最近国家大力反腐，那个市检察院的领导前年被查出来，进去了，判了十二年。而我当时就想明白了，法官是人，检察官是人，警察是人，律师也是人。是人，就会受制于人，也会被各种各样的事情影响。在体制内，对我束缚太多，所以我便决定做律师。"

"原来如此。"李法山也放下了筷子，"原来你从来没忘了报仇。"

"不是的。"刘春说，"说实话，在我做了律师后，我突然就有些理解张太一了。"刘春看着眼前沸腾的火锅。

"我们做律师的，不就是竭尽全力保护当事人的最大利益吗？

"法山，我问你，如果遇到一个案子，你的人脉足以搞定法官，搞定书记员，甚至搞定对方律师，不费太多周折就能赢案子，你会不会做？"

李法山沉吟了一会儿，然后说："如果没有风险且性价比足够高，我会。"

刘春叹了口气："是的，如果没有风险，我也有可能会。而我们没做，只是因为我们手里没有那么多人脉资源而已。

"都说律师其实是最懂法也最应该守法的群体，但其实，应该没有任何一份职业比律师更明白在违法的边缘戴着镣铐跳舞的感觉。

"如果单看法律条文，它是没有灵魂的。论背法律条文，刚通过司法职业资格考试的考生可比很多律界的老油条熟得多了。但人类真正的智慧，永远在法律条文背后人与人的妥协、勾连与争斗中。

"律师在这些复杂的矛盾和争斗里，拿着法律作为拼杀的武器，可你的敌人手里的武器也是法律啊。

"是的，在我做律师后，我理解了张太一，我也很喜欢和你一起搭档做案子的日子，所以法山，我一度放弃了对张太一的执念。"

说到这里，刘春脸上既有温暖，又有黯然："直到那次车祸。躺在病床上的那几天，我一直在想，我的未来究竟会是什么样子。法山，你想过这个问题吗？"

李法山脱口而出："想过啊，住最豪的宅，泡最辣的妞，开最拉风的车，穿金戴银，终日无所事事，我的梦想就是躺在堆积如山的金钱上虚度光阴，浪费人生。"

刘春忍俊不禁："你还这么想呢。"

"不然呢？"李法山往锅里捞排骨，"我还没过上好日子呢。"

"人在物质生活匮乏的时候，确实想的都是这些，老实说，在咱俩刚独立的时候，我也有过这样的想法。"刘春说，"但后来随着我们获得的律师费越来越多，我在物质方面的想法就没有了。法山，我们有过很多资产上亿乃至百亿的客户，你说，他们比我们更幸福吗？"

李法山若有所思。

上帝给人类设下的最大的骗局，就是"等你有了×××的时候你就幸福了"。

在你十八岁的时候，老师会告诉你等你高考完了就解放了，在你二十二岁的时候，辅导员会告诉你等你考上研究生或找到工作后就好了，在你二十四岁的时候，社会会告诉你等你有了房就好了，在你三十岁的时候，银行存款会告诉你等你攒够100万就好了。

但当你真正达到那个所谓的目标的时候你会发现，没有，生活并没有变得更好。

我们都活在追求幸福的道路上，而冥冥中的神会给我们一个又一个海市蜃楼，然后告诉我们那就是幸福的坐标。

人类是不可能知足常乐的，就跟人摸不到天一样。

"当时我每天在病床上想象的，就是二十年后的自己。"刘春蘸碟里的牛肉已经放了很久，"二十年后，如果没有什么天灾人祸，毫无疑问我们会更加有钱，手里能使用的资源也会越来越多，甚至张太一即使不退休，也难保不会被天雷击杀，令我大仇得报，但这不是我想要的人生。"

"那你想要什么样的人生？"由于两人迟迟未烫菜，李法山把火调小。

说到这里，刘春突然停住了。

他看着火锅上的气泡随着火势越来越少，内心一阵恍然。

李法山在旁边见他看着火锅愣愣出神的样子，只觉很多时候，刘春心里到底在想什么，可能只有他自己明白。

"法山，我要除掉张太一。"

除掉，什么是除掉？

"除呗，我们一起。"李法山撇了撇嘴，"张太一可是龙城律界第一号人物，要是把他干下去了，我就提前三十年实现财务自由了。这种事情你把我撂下一个人做，不地道。"

刘春见李法山如此无所谓，表情愈发严肃："你知道为什么门老师说我现在很危险吗？"

"为什么？"李法山问。

"我记得你之前和马扬鞭打过官司，他的法律顾问是张太一团队。"刘春没有直接回答李法山的问题，"你跟我说说和他们打官司是什么感觉？"

"这事儿我正想问你呢。当时我总觉得自己能赢，结果突然杀出个'有独三'，我万万没想到马扬鞭他们连前妻胡韵芝都搞得定，结果大败亏输。事后我一直在复盘，想着如果重来一次，我该怎么做，但一直没想到解法。春哥，如果是你，你会怎么做？"

刘春苦笑着摇了摇头："我会选择不接这个案子。"

李法山听到这句话愣住了。

"法山，你的诉讼策略是没有错的，是在当时的客观情形下，根据所获得的信息得出的最优解。你尽力了。"刘春淡淡地说。

随着刘春的这句话，李法山只觉压在自己心中许久的一块石头在那一刻消失不见。

刘春可能不知道，自从输了马扬鞭那个案子后，李法山没有一天停止自责：这是他人生中面临的第一次重大失败，午夜梦回，他屡屡复盘，唯恐是因自己能力未及导致败诉，并时常自我怀疑、愧疚，认为是自己没做好，害死了钟毓秀。

如今刘春这句话拯救了他，给他的灵魂在那一瞬间松绑了。

"不过在后来马扬鞭那个赶尽杀绝的货款合同案，倒是有些许破绽。"刘春继续说道，"其实严格来说如果没有实际的货物交易行为，马扬鞭既对银行有骗贷之嫌，又对钟毓秀有诈骗之嫌，已经触及刑事责任了，按理来讲，张太一是不会出这种馊主意的。"

"这主意应该不是张太一出的，而是他的新宠隋钧自作主张。"李法山叹道，"隋钧这厮精神有些问题，做事爱走极端，这个诉讼策略是他的作风。"

"那就能解释了。"刘春闻言微微点头，"门老师之所以说我危险，就是因为张太一的强大。比如你这个案子，当你拿到材料的时候，你以为双方站在同一起跑线上，但其实张太一事前早已将所有可能钳制我们的策略和证据在几年前就布置好了。和他交手，你总以为自己会有一丝胜算，其实不是，当你决定和他打的时候，你就已经进入他布下的局：战场是他布置的，游戏规则是他定的，必要的时候连裁判都是他的，即使你智计百出，他也早已准备好无穷后手。如果我们不事前将一切都准备好，那我们注定功亏一篑。"

李法山开始流汗。

刘春说的每一个字他都深以为然：每次他复盘这场钟马之战，他都发现无论从哪个角度出发，隋钧手里似乎都有能覆灭自己诉求基础的关键性证据和依据，而这些证据都是他们很早以前就准备好的，不存在临时伪造的可能。当他手无寸铁地走上战场，希望能侥幸获胜的时候，战场的另一端，敌人洋枪洋炮，早就武装到了牙齿。

"我再举个例子。你还记得张太一办公室里的那幅李公鱼的画吗？"刘春问。

"记得。貌似现在已经是天价了。"李法山虽然对艺术不太感兴趣，但李公鱼的大名他还是知道的。

"是的，李公鱼最近一次画作拍卖，一幅画拍到了2000万。"刘春呵呵一笑，"大家都以为是张太一独具慧眼，以极高的艺术审美在李公鱼尚未显迹的时候买下了这幅画，但其实不是，李公鱼这个人，从一开始就是张太一捧起来的。"

"哦？"李法山大惊。

"李公鱼出名是在十年前，当年他的一幅名为《紫狗》的油画竟然一口气卖出500万，创下当时龙城青年画家作品拍卖价格的最高纪录。但是你仔细调查会发现，当时这个画作的所有者并不是李公鱼，而是一家艺术品公司。那家艺术品公司里有个叫王逸增的股东，是张太一的小舅子，而据我所知，当时拍下这幅画的神秘买家，就是张太一。"

"所以你的意思是张太一自己把李公鱼炒起来的？"李法山有

些难以置信。

"光靠他一个人可不行。"刘春说,"现在国内艺术圈都是西方的拿来主义,哪有那么多真大师,作品价格要高,除了作者得有一定水平,主要靠捧,所以现在卖得出作品的艺术家,多半也是个爱混圈子的社交家。这家公司除王逸增以外,还有几个股东,都是文艺评论界的权威,说你行你就行,不行也行,有他们出手,再请金主出来这么一炒,就算你是一头猪他们都能把你炒成天蓬元帅。张太一作为李公鱼的幕后推手,不知从中赚了多少钱。"

李法山恍然大悟:"怪不得张太一敢把这么贵的画就这么挂在律所,我之前还以为他格局大,原来李公鱼是他的人啊。"

"是的,张太一不是玩家,他只做局,是庄家,庄家是不可能输的。"刘春表情严肃,"而且此人表面上光风霁月,实则睚眦必报,他曾经的敌人,除了我们厚德所的主人李天,要么身败名裂,要么身陷囹圄,这也是我当初为什么要和你切割、不再往来的原因。我不想连累你。"

"不过春哥,我有一个问题。"李法山想了想还是问道。

刘春示意他问下去。

"你要说张太一现在这么强也就罢了,当年在打你父亲那个火灾的案子的时候,张太一也还没有今日的地位,他是如何做到能让法官言听计从的?"

刘春欲言又止,终是说道:"因为当时江南省高院院长张原是他的堂叔。"

"啊?!"李法山惊叹。

"是的,张太一一直就是张原的白手套。"刘春和盘托出,"张原在后来平步青云，已经去了北京，最近中央大力反腐，已经在暗中调查他了，只不过一直没找到有力证据。如果我们能从张太一这里找到破绽，并且将相应材料提交上去，那张原也就跟着落马了。"

"中央在调查张原这事是谁告诉你的？"李法山问。

"李天主任。"刘春说。

李法山皱起眉头："消息确凿吗？这会不会是李天在诈我们，把我们当枪使？"

"这是个问题，但却是个不那么重要的问题。"刘春淡淡地说，"无论有没有这层背景，我都是注定要找张太一麻烦的，在这个层面上，李天和我们目标一致，是我们的盟友，这就够了。"

一听到背后这么错综复杂的关系，李法山只觉自己踏入了一盘大棋。刘春似乎看出了李法山的顾虑，于是温和地对他说："法山，这些事情你本来没必要参与进来的，我也不建议你参与进来。"

"说啥呢，我不是怂了，我是在想我们该怎么赢。"李法山愁眉苦脸，"听你刚才那么一说，感觉张太一是个不可能被战胜的人。"

"局做得越多，破绽就越多，我们现在要做的，只是静静等待，慢慢观察。"刘春惋惜地摇了摇头，"本来钟毓秀那个案子我们是可能找到线索的，但是钟毓秀自尽，当事人一死，我们这道门就关上了。"

他既惋惜钟毓秀的香消玉殒，又惋惜机会的稍纵即逝。

"好在在此之前，我们可以先解决另一个人。"

"谁?"李法山问。

"赵飞虎。"

就在两人交谈的时候,刘春的电话突然响起。两分钟过后,他挂了电话,对李法山微微一笑:"说曹操曹操到。法山,走吧,有个当事人需要马上见我们。"

"好嘞,走起!"李法山赶紧啃完最后一块排骨。

火锅店门外,程洁的劳斯莱斯旁,正安静地停着一辆奔驰S280。

它就像一匹老马,古朴斑驳,早就到了行将就木的年纪,两个年轻人一坐上去,它便发出了辛苦的喘息。

但这又如何呢,尽管它垂垂老矣,这辈子仍承载了无数的辉煌与荣光,叹息与失落。

而此时它的主人,是两颗重逢的双子星。

老奔驰的征程,还没有结束。

春山组合,回来了。

慈善家的黄昏

"孙总，把大象装进冰箱一共需要几步？"在一间阴暗的房间里，一个西装严整的中年男子微笑着问眼前这位坐在轮椅上目光呆滞的老年人。窗帘紧闭，房间空旷，中年男子身旁站着两名同样穿着正装的男人和一名年龄大概在四十岁的妇人。妇人手里拿着毛巾，似乎刚刚给老人擦完身子。

"哦哦呜呜。"老年人目光呆滞，含糊不清地说了几句话。

中年男子冷笑了一声，"啪"的一耳光重重扇在老年人脸上。

另一位中年男子问："赵律师，听说他们也在行动了，我们要不要再做做准备？"

"不用，你们按我之前说的做就行，他们不足为虑。"

01

奔驰车内,刘春开着车,李法山则坐在副驾驶上用手机翻阅着刘春传来的聊天记录。他正在看的聊天截图中,"刘律师,我怀疑马骋他们将老孙藏起来了"这句话后面有三个连续叹号,而刘春对这个人的备注是"林白鹿"。

"所以春哥,到底是什么情况,这个林白鹿就是我们的当事人?她和孙劲松是什么关系?"李法山在看完聊天记录后津津有味地在网上搜索着孙劲松的信息,只觉非常兴奋。

刘春微微一笑,李法山坐在副驾上的感觉令他感到温暖:"林白鹿是孙劲松的女朋友,在孙劲松身边待了十年,但却一直没有结婚。"

"孙劲松,龙城之江区人,父亲是工厂技术员,母亲为农民,身世平平,四十年前孤身前往香港杳无音讯,二十年前突然携巨款回到大陆并一举杀入龙城富豪榜,有业内人士估计在当时其资产便已过5亿元。孙劲松的财富来源,一直是龙城商圈的未解之谜,本人讳莫如深。从行事表现来看,孙劲松并不太善于经商,回龙城后只有两大爱好:一是买楼,二是做慈善。所谓买楼,并非从事房地产开发行业,而是将建好的商业地产一栋一栋地整体买下来收租,在过去二十年,龙城房价暴涨不下十倍,孙劲松的个人净资产也因此暴增;在慈善方面,孙劲松本人乐善好施,专门成立了'劲松慈善基金会'进行善款捐赠,捐赠领域主要集中在教育和扶贫,基金会公开信息显示,劲松慈善基金会自成立以来累计捐款已逾6亿元。"李法山读着小道消息,只觉得这案子是个天大的肥差。

"是的,作为龙城最神秘的富豪,关于他的财富来源一直是所有人都好奇但却没人知道答案的秘密。有财经媒体专程去香港打探消息,依旧一无所获,香港那边甚至都不知道曾经出现过孙劲松这个人。"刘春叹道,"而且孙劲松回龙城后,这二十年来身边虽然女人不断,却从来没结过婚。他将自己手里的业务交给了两个秘书,一个叫马骋,一个叫张驰,马骋负责收租,张驰负责慈善,而他创办的劲松集团的法律总顾问,就是赵飞虎。"

李法山惊讶地问:"赵飞虎名声都这么坏了,怎么还有人请他?"

"说不定有的客户想要的就是品质败坏的律师呢。"刘春转过头来意味深长地看了李法山一眼,"法山,你先自己想想,什么样的客户会聘请'妨主'的律师?"

李法山心里的第一个答案是骑的卢马的刘备,但这明显不是正确答案。他摸了摸下巴,然后说:"同样想妨主的管家。"

"是的,孙劲松本就是不管事的性子,将业务全交给这两个大秘管理,这法律顾问自然也是这两个大秘请的,如今孙家又怀疑大秘将孙劲松藏了起来,里面的玄机,你细细品一品。"

李法山恍然大悟："所以你的意思是，这两个大秘一直在侵吞孙劲松的资产，在法律方面很多律师觉得烫手，不敢碰，所以他们便找了愿意和他们沆瀣一气的赵飞虎来一起搬钱？"

刘春只是笑笑，却没有点破："赵飞虎之所以是坤乾所的高级合伙人，靠的就是劲松集团这个单子。你别看劲松集团就是收收租，发发钱，一年赵飞虎从这家公司身上光是明面上就能吃到五百万。"

"这不科学，孙劲松对这些是真不知道？"李法山难以置信。

"这可能就和他财富的来源有关系了。"刘春叹道，"毕竟谁都不知道他的财富到底是怎么来的，但基本上可以确定的是，这是笔横财。钱不是自己赚的，又多得花不完，大手大脚无所谓也是情理之中。"

李法山也不禁啧啧称奇："这人运气是真好，先是得了5亿横财，本想简单粗暴地做地主公，结果万万没想到又赶上了中国房市的黄金十年，这究竟是什么旷世奇运啊！"

"是的，但是据我们的当事人，也就是孙劲松的女朋友林白鹿说，孙劲松从两年前便开始有些神志不清，而孙劲松既没立遗嘱，又没有结婚，所以关于孙劲松财产的争夺，她、孙家和两个大秘之间的矛盾便愈发凸显，直到昨天她发现孙劲松消失了。"刘春继续补充着背景知识，"林白鹿两年前怀了孕，现在有个一岁多的男孩儿，叫孙大圣，孙劲松还有个妹妹，叫孙静荷。"

"孙劲松两年前开始神志不清，然后林白鹿便怀上了神志不清的孙劲松的孩子？"李法山摸了摸下巴，"孙劲松今年多少岁了？"

"七十二。孙大圣是试管婴儿。"

"这林白鹿也不是一般人啊。"李法山哭笑不得,但旋即又好像意识到了什么,转过头来似笑非笑地问刘春,"春哥,这该不会是你建议的吧?"

刘春不置可否:"不管是谁建议的,有孩子这件事本身既对孙劲松来说是好事,也会大大增加林白鹿的主动权。今天她来找我们,短期来说是处理孙劲松失踪一事,长远来看,是希望我们能帮她把财产争到手。"

"跟着你果然有肉吃,一来就遇到这么大的案子。就这标的,不管是什么案子咱们收个几百万不过分吧。"李法山没有再问,而是两眼放光,"劲松老爷子热爱扶贫,太好了,我最近植完发正好穷得揭不开锅,他老人家赶紧扶扶我。"

"不简单的。"刘春笑了笑,"林白鹿自己没有参与公司管理,对劲松集团一无所知,而马骋他们手里不仅有孙劲松本人,还掌握着公司各项大权,只要孙劲松一日不死,我们手里的继承权就无法实施,占上风的永远是马张集团。至于孙静荷,她一直对林白鹿突然生娃一事怀恨在心,也是颇为棘手。"

根据《继承法》的规定,若没有立遗嘱,被继承人死后财产将采取法定继承的方式进行分配。法定继承的第一顺位是配偶、父母、子女,孙劲松原本父母双亡,膝下无子,又没有结婚,第一顺位无人继承,在此情形下,财产自然轮到第二顺位继承人,也就是孙静荷继承了。但非婚生子女同样享有继承权,她原本板上钉钉的继承权,因为林白鹿突然生子而被截和,所以其怀恨在心也是正常。

两人说着说着,车子也开进了豪华小区。说来凑巧,林白鹿的住所和春山二人参与"九龙夺嫡"之战时的客户万孔明在同一个小区，两人穿梭在山环水绕的别墅群里，内心开始不约而同地泛起涟漪。

总算又并肩携手了。

"法山，你知道吗，门老师说得没错，我需要你。"刘春突然说。

李法山惊讶地转过头来看刘春，刘春没有看他，而是自顾自地开着车说："咱俩散伙后，我自己单枪匹马做案子，总觉得捉襟见肘，也是经常想着要是你在就好了。如今我们又在同一辆车上，我很开心。"

刘春性子沉着，不是一个经常表露感情的人，李法山知道这些话的分量。

"哼，别矫情了。缺了我你能行吗？"李法山扭过头去。

02

林白鹿的别墅是个三层独栋，由于每天都有专人打扫，客人进门从来不需要换鞋，两人直接穿着皮鞋就进门了。林白鹿今年三十五岁，面容姣好，是个典型的富太太，由于保养得比较到位，看起来也就三十岁左右，见到刘春来了，两眼放光，抱着布偶猫就来迎客了。

布偶猫体型较大，价格贵，毛多不好打理，但漂亮，性格黏人，林白鹿这只是赛级，品相非常不错。李法山看着这只大猫，只觉林白鹿能把它扛起来还是挺辛苦的。

"刘律师你来啦。"林白鹿赶紧吩咐保姆泡茶,"这位是?"

"这位是我的搭档,李法山李律师,也非常专业,后续我们很多事宜需要他帮忙,所以也就一并来了。"刘春介绍道。李法山同时也向林白鹿微微点头。

"好的,那就坐下说吧。"林白鹿将二人带至客厅。过客厅需要经过一条走廊,走廊墙上挂着很多画,其中一幅李法山认识,李公鱼的《镜中人》。李法山不知道的是,这幅画虽然价值不菲,却是五年前李公鱼免费送给孙劲松的,原因是孙劲松此前在各种场合买李公鱼的画前前后后总共花了两千多万。

"劲松是我的知己好友,此画自我完成之日起我便决定只送不卖,当今世上,配得上这幅画的,只有劲松一人。"李公鱼在赠画时曾对孙劲松如此说道。

孙劲松对这份自己和艺术家之间高山流水的感情倍感珍惜,于是此后几年又在李公鱼身上花了三千万。

"刘律师,我已经一周联系不上老孙了,我该怎么办?"双方坐定后,林白鹿开门见山地问。

"别着急,你先把最新情况原原本本地和我说清楚。"刘春拿出笔记本。

"是这样的,您之前不是跟我说要对老孙进行鉴定,从医学上确定他已经失去辨别能力了吗?所以我去找老孙,想把他接走,马骋和他的手下不让,然后今天我又去老孙一直待的那家温泉会所,就发现已经人去楼空了。"林白鹿眉宇间难掩焦灼。

李法山在旁听得暗暗摇头。

这种虎口夺食的事,怎么能这么不讲究方式方法呢?你赤裸裸地走过去明抢，傻子都不会将人拱手相让。李法山心想。

这也凸显出了律师的无奈：律师只是律师，虽能从法律的角度给出策略，但一些细节问题具体执行起来，律师也不能手把手地教，还得当事人靠自己的智慧解决。

一想到这里，李法山只觉得接了这个案子后，自己和刘春是真得事必躬亲了。

"孙总常去的几个住所你有查过吗，在不在？以你对他们的了解，你可知道他们有可能去哪儿了？"刘春继续问。

"我都找人查过了，劲松集团旗下的物业全部排查，老孙都不在。"林白鹿叹了口气，"刘律师，这可怎么办才好啊？！"

刘春微微皱起眉头。

毫无疑问，林白鹿的打草惊蛇加速了局势的变化。孙劲松的失踪是一个强烈的信号：这既表明马张赵三人已经明显意识到了林白鹿要直接动他们的奶酪，又表明他们已经撕破脸，准备肆无忌惮地利用孙劲松本人转移财产了。

在此情形下，每拖延一分钟，劲松集团的财产就会多流失一部分。

"林总，现在情况对我们确实很不利。"刘春实事求是，"由于孙总现在意识可能已经出现了问题，加上公司公章乃至孙总本人都在马骋他们手上，在孙总消失的这段时间，劲松集团的财产很有可能会在对方律师的协助下，合理合法地消失。"

"合理合法地消失？！"林白鹿嘴唇在颤抖，"这就是明抢，怎么就合理合法了？！"

"比如慈善基金会那边，捐款明细有没有公示？就算有公示，同样的扶贫物资，A公司卖10万，B公司卖50万，但张驰完全可以以B公司产品质量更好为由买B公司的产品吃回扣。这还是小钱，至于马骋那边，他可以伪造债务，再拿劲松集团的资产给坏账做担保，自己从中取利。劲松集团没有什么具体复杂的业务，股权结构单一，缺乏制衡，只要控制了孙劲松，那就等于控制了整个集团。"李法山在旁边做着补充说明。

林白鹿气得拍桌大骂："可怕，他们这群家贼，亏老孙之前这么信任他们，这是要造反啊！"

"所以，现在我们一秒钟都不能耽误，必须马上行动。"刘春严肃地说。

林白鹿连连称是："刘律师，您快告诉我，我该怎么做？"

"我们必须马上启动申请孙总为无民事行为能力人的官司。"刘春说。

按照刘春的原计划，他让林白鹿对孙劲松进行医学鉴定，就是为在法律上确认孙劲松为无民事行为能力人或限制民事行为能力人做准备，因为只要确认了孙劲松缺乏民事行为能力，那他盖的章、签的字在法律上就效力存疑，马骋和张驰就丧失了"挟天子以令诸侯"的权柄。但现在找不到孙劲松，鉴定无从做起，就算发起诉讼，在没有鉴定意见的情况下，林白鹿胜诉的可能性也约等于零。

"刘律师，您之前说要有鉴定书才可以，现在我们打这个官司会不会输啊？"林白鹿忧心忡忡。

"所以我们现在要几条腿走路。"刘春说，"第一，是马上去法院立案，向法院申请确认孙总民事行为能力，因为我们越早立案，法院便越早认定,而马骋和张驰可以行动的时间也就越少;第二,我们立即向公安机关报案,寻找孙总。"

"报案后公安机关会立案吗?马骋和张驰从中作梗,说孙总没有失踪怎么办?"

李法山在旁微微一笑:"这一点不用担心,我等会儿便向媒体放出消息,对外公布孙总失踪,并将矛头指向他们二人。届时他们自己满身泥,也总得洗洗再说。"

"那就好,那就好。"林白鹿松了口气,"谢谢李律师。"

"但这只是计划的第一个步骤。"刘春说,"计划的第二个步骤,必须由你来完成,那就是与孙静荷达成协议,和她建立同盟。"

从法律的角度,申请确认孙劲松民事行为能力有问题只是第一步。因为在确认孙劲松缺乏民事行为能力后,林白鹿就不得不面临第二个问题,那就是监护人问题。根据民法规定,监护人的第一顺位是配偶、父母、成年子女,第二顺位是近亲属,眼下孙大圣尚在襁褓,林白鹿又非配偶,在此情形下,即使他们打赢了官司,胜利的果实也会被孙静荷抢了去。虽然如果孙静荷随意处置被监护人财产,林白鹿可以以孙大圣的名义另起诉讼,但孙静荷大权在握,林白鹿被挡在门外也着实被动。

"唉,孙静荷眼下远在美国,我怀了大圣后就再也没和她联系过,难啊。"林白鹿有了些畏难情绪。

林白鹿常年养在深闺,几乎没有参加过工作,完全就是《我的前半生》里离婚前的罗子君,解决问题的能力非常有限,现在让她亲自出马,无异于提拔新兵当元帅。

"李律师,你之前办过去美国的签证吗?"刘春转过头来问李法山。

"巧了,我上个月还说去拉斯维加斯玩一玩呢。"李法山是今朝有酒今朝醉、赚了钱马上就得花光的人。虽然通过杨顶天的案子到手的钱并没有令他财富陡增,但供他去见识见识外面的花花世界也是绰绰有余了。

"那你和林总一起去吧。"刘春说,"林总,你放心,李律师也算是谈判专家了,有他在,问题应该会好解决一些。"

林白鹿闻言,心里虽是踏实了些许,但表情却又扭捏了起来:"我现在身份特殊,能不能带一个女律师过去?"

她毕竟是要去见孙家的人,自己带个陌生男子去美国,多少需要避嫌。

李法山心里哭笑不得,嘴上却镇定自若:"我们团队还有一名叫张白白的女律师,业务能力也很强,我这就问问她能不能去。如果不行,您这边再多带几个人也是可以的。"

"那就好。"林白鹿点了点头,"刘律师,您就不能和我一起去吗?"

"我需要留在龙城处理关于孙总的这个诉讼,也负责找回孙总。林总你放心,李律师能处理好问题的。"刘春淡淡地说。

"我问张白白了,她说能去,她恰巧也才办了美国签证。"李法山收到了张白白肯定的回复,"不过林总,由于这个事情比较复杂,需要动用的资源比较多,我们可能要就这个事情成立一个诉讼专项,您看费用问题我们现在要不要谈谈?"

"谈,这个钱是肯定得给的,刘律师,你们说个数吧,我马上打款。"林白鹿回答得非常干脆。

李法山看向刘春，刘春对他微微点头。

"那包括这个申请孙总为无民事行为能力人的诉讼和谈判等一系列服务在内，前期先收费200万吧，如果官司打下来，我们再收取风险代理费用200万。"

李法山在报完价后其实有些忐忑，心想自己是不是太狮子大开口了。

报价是个技术活，这个案子虽然涉及的标的大，但律师付出的劳动量就在那里，同样的劳动量，有的律师会报400万，有的律师会报200万，有的律师可能你给他10万他都能做，而具体能谈下来多少，靠的就是心理战了。李法山在来的路上便盘算过，林白鹿是那种自己没赚过钱的人，且养尊处优锦衣玉食，应该不知道金钱的来之不易，所以故意把价格报得高了些，实在不行，届时刘春还可以把场子圆回来，有个缓冲的空间。

没想到林白鹿听到报价后没有丝毫犹豫："好，没问题，我这就安排人打款。"

眼看林白鹿这么干脆，如果不是当事人就在面前，李法山估计会立马抱头咆哮。

在李法山看来，对一个律师智商最大的"侮辱"，就是在他报价后你不还价。因为这意味着他报的价格完全在你的心理预期之下，这份干脆会让律师产生一种自己少赚了几百万的感觉。

我的天！我真是个没见过世面的土鳖！我对土豪的世界一无所知！贫穷限制了我的想象力，百亿资产的争夺，我怎么只报了400万啊！李法山不动声色的表情下情绪正翻江倒海。

"那林总,我们就先告辞了。我们回去后便开始着手准备工作,你有什么问题直接给我打电话。"刘春起身。

林白鹿起身送客,依依不舍:"刘律师,事情就拜托你们了啊。"

刘春宽慰地点了点头:"你放心,我们会尽力而为。"

就在双方作别的时刻,李法山突然问:"林总,我能看看孙大圣吗?"

林白鹿一愣,然后招呼保姆将孙大圣从二楼抱了下来。

孙大圣并没有睡着,在保姆怀里睁着无邪的眼睛好奇地看着四周。李法山看着这个漂亮的小家伙,忍不住泛起一丝温和的微笑。

"他真好看。"李法山说。

"嗯,他除了眼睛都特像他爸。"林白鹿面无表情地让保姆把孩子抱了上去。

回到车上,李法山总算可以释放自己的情绪。他仰天长啸了一声,忍不住对着刘春抱头"痛哭":"春哥,我对不起你啊!我感觉我至少少报了200万!我简直是个猪头!我的二手迈凯伦啊,一句话的事就飞走了!"

刘春见李法山悔不当初的样子,不禁笑了出来。其实这个价格是两人在车上便已基本确定了的,报低了也不怪他,李法山只是在责怪自己不能随机应变。

"法山,一口是吃不成大胖子的,而且我们报的价格其实已经很高了。"刘春安慰道,"我们吃的又不是一单的生意,如果林白鹿觉得我们没有狮子大开口，价格公允，日后我们帮她把劲松集团夺回来了，她和我们的合作还有很多，不要着急。"

听到这句话，李法山心里稍微好受了一些："那我们便可以讨论下一个话题了，这个林总似乎对你很是信任啊，春哥。"

"只要我们业务能力够扎实，当事人信任我们也是自然而然的事。"刘春面无表情地回答道。

"可我感觉她的信任已经不是工作上的信任了。你发现了吗？她看你的眼神，眼珠子都快挂你身上了。你要是能帮她把财产争到手，她可就是摇钱树。刘春，恕我直言，你要是能擒拿住她，这辈子可就荣华富贵了，要不要争取下？"

眼见李法山在自己旁边不怀好意地笑，刘春板起了脸："法山，你可还记得你刚进团队的时候，金律师告诉我们的律师的'二十一条军规'中第一条是什么吗？"

金凤飞是春山组合的师父，之前一直号称"龙城最强"，在和春山组合"九龙夺嫡"一战后风头有所收敛，但最近不知不觉也已经排进了律界传奇榜前十。

"记得。"李法山悻悻回道，"千万不要和当事人做朋友。"

"为什么不要和当事人做朋友？因为和他们做了朋友后，你身上便背负了很多超出律师身份之外的责任和义务，而这些责任和义务，往往是我们不能承担的，也是违背律师职业准则的。我们做律师的，能把分内的事情做到最好便已经功德无量了，分内事做好了，即使和当事人不是朋友，日后出了事，他们还是会委托你。如果感情用事，届时得不偿失，把自己搭进去，反会被同行耻笑。

"林白鹿现在孤身面对如此危局,彷徨无助之下情绪出现了偏差是正常的,我们如果自己心里没分寸,可就违背职业道德了。"

"我也就开个玩笑,你别当真。"李法山打了个哈哈,"其实我刚才已经感受到你在刻意和她保持距离,不然也不会让我去美国。你放心,虽然我作为黄金单身汉,人见人爱,屡屡逼得仙女下凡,尤其是三十岁以上的妇女同志,对我那是一个爱不释手;但鄙人为人正直,自尊自爱,向组织保证,我是绝对不会和她发生什么的。"

刘春哑然失笑:"等你头发全长出来再说吧。"

两人驱车驶离小区。此地寸土寸金,一栋房子价格少则一两千万,多则三四千万,可在凄冷的夜晚,放眼望去,小区依旧灯火通明。李法山看向窗外,目光所及之处,每一栋房子都亮着一盏盏灯。

"春哥,有钱人真多啊。"李法山叹道。

刘春"嗯"了一声。

车内一下没了声音。过了一会儿,李法山突然说:"我感觉在林白鹿心里,她对孙大圣的爱还不如对她抱着的那只布偶猫多。"

03

最近令张白白比较高兴的事情是,她总算不用为了伺候春山二位爷两头跑了。此时她正坐在飞往拉斯维加斯的飞机上兴奋地向外张望,而李法山则在旁边闭目养神。

"老板,我可从来没坐过超过24小时的飞机,所以我专门下了《甄嬛传》,你要不要一起看。"张白白拿出手机。

"不看不看,烦不烦!"李法山嫌恶地转过身去,然后抱怨道,"你说这林白鹿也真是,出个200万的律师费眼睛都不眨,但安排起座位来,就她坐头等舱,咱们就坐特价经济舱,你瞧瞧这逼仄的座位,我颈椎病都快犯了。"

"刘律师不是说了吗,我们做律师的无论如何都是乙方,你就别要求这么多啦。"张白白舒舒服服地躺在自己的U形枕上。

"你别刘律师刘律师的,要是这次是刘春和她去美国,林总肯定给他买头等舱你信不信?"李法山生气地闭上眼说道。

窗外云朵澹澹,万里高空之下,龙城平静安详。

临行前李法山详细询问了孙静荷的背景。孙静荷今年六十岁,在孙劲松回龙城以前,孙静荷一直在龙城国税局上班,在孙劲松回来后,她便辞职在劲松集团做女老总。后来因为和哥哥不和,两人闹翻,她便辞职和老公定居美国。孙静荷本来有个儿子,叫孙哲,但孙哲在七岁时因车祸去世。后来夫妻二人离婚,孙静荷现在在美国处于独居状态。孙劲松每年会通过一个固定账户给孙静荷打款,具体数额林白鹿也不清楚,但满足生活所需绰绰有余。

知道这些背景后,李法山让林白鹿把孙大圣带上了。

"一个老来无后的女人,是很难拒绝小孩的。"李法山心中有了不少底。

航班先在大阪中转,然后又在檀香山中转了一次,到达拉斯维加斯的麦卡伦机场时已是当地时间深夜12点。这是李法山第一次来美国,加上时差没倒过来,才下飞机的他精神抖擞。

"饿美瑞卡,我来啦!"李法山按捺住内心的狂喜,在林白鹿面前却装得云淡风轻，闲庭信步。

才下飞机的他偷偷问张白白："小张，你英语咋样？"

张白白老实回答道："考研的时候英语考了80分。"

"我没考过研，80分算不算好啊？"李法山抓了抓发量稀疏的脑壳。

"应该算不错吧。咋了？"张白白问。

"哦，那就好，你要和我寸步不离，我英语虽然识字儿，但口语不行，为了防止在当事人面前出糗，这种丢脸的事儿你来。"

"老板，我口语也很烂！"张白白涨红了脸。

李法山哭笑不得："这该死的英语！"

好在林白鹿带的助理倒是口语流利，一行四人到了接机口立马来了两个司机模样的人帮忙拿行李。

"李律师，张律师，二位的酒店我已经托人预订了，你们到酒店后好好休息，我明天再安排人来接你们一起去见孙静荷。"林白鹿在李法山他们面前就是个颐指气使的霸道女总裁，与刘春在时的软弱无助判若两人。

"那林总您呢？"张白白问道。

"哦，我在拉斯维加斯有套房子，来一趟也不容易，今晚就去那儿看看。"林白鹿边说边向李张二人挥手再见。

张白白和李法山面面相觑，眼神的内容基本一致：土豪的世界果然和我们不一样。

二人虽然坐的是飞机经济舱，但住宿倒被安排在了五星级酒店。赌城的豪华酒店看起来唬人，价格其实算不上昂贵。到了酒店各自回房后，李法山连上Wi-Fi和刘春通了个视频电话。

"法山，对美利坚合众国有何感觉？"刘春在电话那头笑着问。

"感觉就是林白鹿对你是真爱。"李法山翻了个白眼，"我们明天中午去找孙静荷，估计有孙大圣在问题应该没那么难解决。你那边呢？"

在两人见林白鹿的第二天刘春便迅速去法院立了案，在等待排期的这段时间，刘春的主要任务是找到孙劲松并做鉴定。如果没有找到，那案子必输无疑，他们只有考虑撤诉。

"你那媒体朋友还真可以，直接把孙劲松疑似失踪的事情发了头条，新闻发了后有记者电话联系了马骋和张驰，他们的回复是孙劲松并未失踪，在正常办公，不过具体位置不便透露，我也还没查到。"

"警方立案了吗？"李法山问。其实发新闻主要是督促警方立案，警方把案子立了以后，这个事情就好解决了。

"还没有。警方在上次对林白鹿做了基本问询后便没了动静，但我已经和李天主任说了这件事，他应该会帮忙。并且我刚刚查到了关于孙劲松行踪的线索，现在正在去那个地方的路上。先不说了，我处理完后再和你联系。"

刘春挂了电话，走出贵宾室，登上了前往杭州的飞机。

04

第二天早上九点，李法山和张白白吃完早饭后便由司机开车往城郊的一栋别墅而去。

张白白在车里笑嘻嘻地问李法山："老板，你昨晚有没有出去浪啊？"拉斯维加斯的赌场和豪华酒店都扎堆在了一起，去赌场就是出门左转的事情。

"正事儿还没处理完就想着浪，你这律师怎么当的？"李法山虽自诩登徒浪子，但也知道孰轻孰重。

听到这句话，开车的司机突然忍不住笑了出来。他是个华人，四十岁左右，看着应该在美国待了一段时间了。

"师傅您笑什么？"李法山问。

"没什么，我只是听我同事说昨天你们那女老板行李都没放，把孩子扔给助理后就直接去百乐宫玩牌了，你们比你们老板靠谱多了。"

李法山听到这句话眉头微微一皱。

这司机就这样随意透露客人的信息，未免也太不靠谱。

"赢了还是输了？"张白白问。

"好像输了一百来万？"司机边说边打了个左转弯灯。

车继续往城外开，到了一个路口后司机把车停下，然后前面那辆奔驰车里走出两个女子，戴着墨镜和遮阳帽、涂着大红唇的是林白鹿，另一个穿小西装的是助理，助理怀里抱着孩子。

李法山见到林白鹿这高贵冷艳的造型后，不禁在心里摇了摇头。

"林总，待会儿我们去和孙静荷谈，您最好把妆卸了，墨镜摘了。"待林白鹿坐定，李法山严肃地对林白鹿说。

林白鹿不情愿地说："为什么？我昨晚没休息好，黑眼圈太重了，不好看。"

"我们这是去谈判，不是去相亲，而且孙静荷是位老年女性，还在体制内待过，对这些很敏感。您这样好看是好看，但攻击性太强，对沟通不利。"李法山认真解释道。

林白鹿闻言不耐烦地转过头看着李法山："谈判的事儿不是交给你们了吗？你们没做好怪我头上？钱白给你们了？"

眼见林白鹿开始动怒，李法山丝毫不退缩："我们收了律师费，自然会竭尽全力帮你解决问题，刚才说的就是其中之一。这是我们根据自身职业立场提出的专业建议，我们已经履行了自己的提醒义务，如果你不接受，我们没办法，但你自己得做好谈判失败的准备。"

两人隔着墨镜四目相对，车内的空气突然变得剑拔弩张。

对峙了两秒钟后，林白鹿心里的那股气一下子泄了。她转过身去，轻轻说了声"知道了"，便没再说话。

张白白在旁边心脏猛跳，见林白鹿妥协，顿时在心里对李法山啪啪一通鼓掌。

李法山的心里也松弛了下来，面无表情地躺在了椅背上。在他看来，这种腰缠万贯但能力不足的当事人平时被周围人伺候得太好，已经完全以自我为中心，但他们往往色厉内荏，如果事事迁就，他们会觉得理所当然，并不会因此对你过多尊重，如果适时顶撞他们一下，在他们面前坚持自己的看法，他们反而会对你更加重视。

要让当事人在心里觉得你是他们的伙伴，而不是奴才。

这道理也是李法山在离开刘春、独当一面的这几年才明白的。

中途到了一个休息区，林白鹿去洗手间卸了妆，因为昨晚玩得太嗨，卸妆后的她形容枯槁，面色憔悴，模样至少老了五岁。

李法山看着林白鹿那张疲惫的脸，心中颇为满意。

这样子虽然并不好看，但管用，说不定孙静荷看了会以为她是被这一摊子烂事折磨至此，并因此对她多一分同情呢。

车又开了二十分钟，总算到了孙静荷的别墅门外。林白鹿站在门口，深吸一口气，忍不住转过头来看了李法山一眼。李法山向她报以肯定的目光。她微微点头，摁响了门铃。

过了一会儿，一个黑人女保姆前来开门。因为之前已经跟孙静荷打了招呼，保姆往屋里吆喝了一声，在得到肯定答复后，便将众人引进了门。

房子很大，空空荡荡的客厅里，一名妇人正抱着加菲猫在看电视。妇人头发花白，但盘得干净整洁，面相虽然温和，见林白鹿时的表情却一点也不平易近人。

"来了？"这位妇人正是孙静荷，"坐吧。"

林白鹿、抱着孙大圣的助理、李法山、张白白应声坐在她旁边的长沙发上。因为一时没找到话头，众人只有尴尬地齐齐看向电视。

话头应该由林白鹿来起。

不过在此期间，李法山能明显感觉到孙静荷的目光一直在有意无意地看孙大圣。

"姐姐最近身体还好吗？"枯坐了半分钟后，林白鹿总算问道。

"还好，活着。"孙静荷不咸不淡地说，"你脸色怎么这么难看，昨晚去赌钱了？"

林白鹿听到这话脸唰的一下就红了："没……没有，倒时差，没倒过来。"

"赢了还是输了？"孙静荷继续问。

林白鹿咬了咬嘴唇，终是低着头说道："输了一两万就没玩了。"

孙静荷呵呵笑了一声，没再说话。

李法山见情况不对，用眼神示意林白鹿抱过孙大圣。林白鹿恍然大悟，从助理手中接过孙大圣。"大圣，乖，快来给你姑妈打招呼。"林白鹿说道。

但她没想到的是孙大圣刚离开助理怀抱便哇的一声哭了出来。

林白鹿平时没怎么自己带过孩子，见状顿时手忙脚乱，不知如何是好。眼见孩子的哭声越来越大，孙静荷叹了口气，终是说道："有尿不湿吗？是不是该给他换尿布了？"

"是是是。"助理闻言赶紧从包里拿出尿不湿要给孙大圣换上。孙静荷叹了口气，从助理手中拿过尿不湿说："我来吧。"

孙静荷娴熟地脱掉孙大圣的尿不湿，又拆开新的给他换上。林白鹿在一旁看孙静荷全神贯注的样子，眼眶突然有些泛红。

她在那一瞬间觉得，自己似乎从来都不是一个好妈妈。

"你这妈也不知是怎么当的。"孙静荷抱着孙大圣一摇一晃地哄，很快便把孙大圣哄睡着了。她温柔地看着孙大圣稚嫩的小脸，刚进门时的冷漠也渐渐融化开来。

林白鹿红着眼睛说："姐，我们这次来找你，确实是因为孙家遇到大麻烦了。"

"嗯，我知道，是马骋和张驰他们两个吧？"孙静荷抬起头，表情平静。

"你怎么知道？"林白鹿惊讶地问。

孙静荷冷笑了一声："我当初就看出他俩是白眼狼，只不过劲松不听我的，执意把他们留在身边罢了。"

"是的，您也知道，从前年开始老孙他就有些神志不清了，最近他们更是把老孙劫走，我们孙家的财产眼看着就要被他们全搬走，大圣他以后可怎么办啊！"林白鹿说了三两句话便呜呜哭了出来。

"所以你们想让我怎么做？"孙静荷见林白鹿梨花带雨的样子，表情有些不耐烦。

"我们想让静荷总您这边和我们一起从马骋他们手里夺回财产的控制权。"李法山终于找到了机会说话。

孙静荷皱着眉头看向李法山。"我叫李法山，我和旁边这位张白白律师都是林总委托的律师。"李法山自我介绍道。

"我该怎么配合你们？"孙静荷问。

"我们现在正在向法院申请孙总为无民事行为能力人，如果申请成功，届时可能需要由您来当监护人。我们想和您把财产的问题协商好，联手把官司打赢。"

孙静荷不动声色地问："为什么要由我来当监护人？林白鹿当不是更好吗？"

"姐，你忘了？我和老孙还没结婚……"林白鹿边擦着眼泪边在旁边说道。

"哦，我知道了，所以现在只有我能当监护人，没了我你们什么都做不了。"孙静荷冷笑了一声，"我自己向法院申请也可以啊，我为什么要和你们合作？"

听到这番话，李法山不禁暗叹孙静荷果然不简单。

是的，从法律上来讲，目前法定监护人只剩下孙静荷一个，在此情形下，春山二人把这个官司打下来后，理论上她甚至都不用和林白鹿谈条件，监护人自然而然就到自己手里了。

　　孙静荷迅速发现了问题的关键，并将之用作自己谈判的筹码。

　　李法山沉着回答道："因为如果我们现在撤诉，您自己再赶回国内打官司已经来不及了。并且您在美国待得太久，对劲松集团目前的情况不了解，无从下手，孙总现在人也找不到，您还得从头找起，如果您不愿看孙家的财产落到他人手里，您只有和我们合作。"

　　孙静荷低头看着孩子，若有所思。

　　李法山说的也是事实。

　　半分钟后，她抬起头对李法山等人说："你们先去外面待会儿吧，我想和小林单独聊聊。"

　　林白鹿见孙静荷要支开众人，心中忐忑，试探地问道："姐，能让李律师留下来一起谈吗？我们等会儿有些专业问题可能得请教他。"

　　孙静荷沉吟半秒，点了点头。

　　张白白看向李法山，见李法山也向她点头示意后便起身出去了。

　　二人走后，孙静荷说："要我和你们合作也不是不可以，但我有个条件。"

　　"什么条件？姐你说。"林白鹿连忙答道，"你要七三、六四，还是五五，我都答应。"

　　李法山见林白鹿再次抢答，不禁在心里又摇了摇头。

　　遇到这种把什么想法都写在脸上，挂在嘴边的当事人，他真的觉得很辛苦。

　　孙静荷冷漠地看了林白鹿一眼，然后说："林白鹿，你的心中难道就真的只有钱吗？"在白了林白鹿一眼后，她又说："劲松的钱，我一分都不要。"

　　林白鹿总以为孙静荷是因为自己生了孩子，抢走了孙静荷的继承权才令两人关系闹僵。但她不知道的是，孙静荷厌恶她的真正原因，在于她吃相难看：关于她和孙劲松的忘年恋，明眼人都看得出来她图的究竟是什么，但孙静荷想着哥哥毕竟没和她结婚，且好歹她也是个伴儿，也就睁一只眼闭一只眼，两人维持着表面的和气。可是关于孙大圣出生这件事情，她是真的出离愤怒了：在自己的亲哥哥出了问题后，林白鹿不仅没有贴心照顾，想的第一件事竟是着急忙慌地用试管婴儿的办法生一个儿子来争财产，这背后的冷漠、势利与自私，简直令人匪夷所思。

　　林白鹿总以为所有人都和她一样，可如果仔细想想，孙静荷本就历经沧桑，又到这个年纪，还老来无子，哪里还对钱有这么多念想。

　　"那您希望怎么做？"李法山问。

　　"我要求在打赢官司后，把孙家的所有财产放进信托，林白鹿可以每个月领一部分钱，但所有财产的最终受益人，得是孙大圣。"

05

　　回到酒店已经是下午两点，北京时间已是凌晨。天亮后，李法山再次和刘春视频。

"什么？信托？"刘春对孙静荷的要求也比较惊讶，"林总怎么说？"

"她还没做决定。"李法山说。

所谓信托，通俗来说，就是委托人将自己部分财产的所有权转移到受托人（受托人可以是法人也可以是自然人）手上，由受托人对该财产进行一定程度的处分，并将相应收益分配给委托人的指定受益人。孙静荷的意思，即将孙劲松留下的这部分财产转移到信托企业手里，由他们管理，她和林白鹿谁也别沾。

刘春问李法山："你觉得这个建议如何？"

"技术层面不太现实。"李法山有一说一，"我国虽然已经在2001年实施了《信托法》，但我问了几个业内的朋友，现在国内的信托业务尚不成熟，存在很多制度缺陷，市面上流通的信托产品满足的主要是理财需求，很难达到委托人财富传承的初衷。可如果把钱交到国外相对成熟的信托公司手里，钱进来容易，出去难，这种十位数的财富转移也肯定会受到严格的资金监管。再者，孙劲松大量财产都是不动产，这些资产要转移给信托，操作上也很复杂。"

刘春听后摇了摇头。

"法山，其实孙静荷提出的财产处置思路是有道理的。"刘春说，"尽管国内目前的信托业务尚不完善，但国外的信托机制其实已经相对成熟。你说孙家要是人才辈出还好，现在他们家人丁单薄，家族成员也就寥寥两人，一老一幼，孙静荷就算有能力重掌财富，估计也没有心力了，不然也不会远走美国。而如果你把这笔钱给林总,我们坦率地说,就算这次不被马张二人夺去,日后也难保不存在其他风险。在此情形下,将财产交给她认为比较专业的信托企业,未尝不是一个办法。"

不仅是孙静荷,其实现在很多积累了巨额财富的富家大族,都存在财富传承的问题。

"龙生龙、凤生凤"可能只是个美好的幻想,均值回归的理论下,"老子英雄儿好汉"一次两次有可能,但次次彩票中大奖也不现实。由于成功除了看能力,还得看时运,很多时候家里甚至不怕出个混吃等死的二世祖,就怕出个有雄心壮志的晚辈后生一步踏错败光亿万家产。如何把钱留住,如何泽被后世,是每个企业创始人晚年都一定会思考的问题。

中国改革开放掰着指头数也就四十年,新贵层出,传奇不穷,社会财富不断积累,如今最早的那批英雄渐渐迟暮,这部分资产管理的需求也开始日益旺盛起来。

"只不过如你所说,国内的制度尚不完善。"刘春叹了口气,"信托毕竟涉及一个财产权转移的过程,必须经过精心的设计及有完善的制度保障,孙静荷的这个方案不仅已经超出了我们的能力范围,也超出了国内大多数信托产品的服务范围,短时间内很难执行。"

"那可怎么办?"李法山问。

"术业有专攻,办法总比困难多,这块咱俩确实不熟,技术层面的问题下来可以请教更专业的人。何况这工程太复杂,现在即使林总同意,咱们也只能签个最基本的框架协议。"刘春说,"孙静荷的思路在具体执行上我觉得办法还是有的,问题的关键,归根到底，还是孙静荷不想把钱放到林总兜里，对此林总本人接不接受？"

"可不。"李法山苦笑了一声，"当时我给林白鹿简单解释了一下信托的概念，孙静荷也说了说她的想法，没想到林白鹿一听自己拿不到孙劲松的遗产后，脸唰的一下就绿了，回来的路上更是气得一句话都不说。我估计她现在正闷在屋子里砸东西呢。"

李法山并没有猜错。

回到家后林白鹿做的第一件事便是对着家里的物件噼里啪啦一顿砸，受体力所限，"犯罪现场"仅限于客厅。"筋骨舒展"完毕，她打电话给刘春，问刘春自己该怎么办。

"林总，法律层面的问题李律师应该跟您简单说过了，孙静荷的方案操作起来比较复杂，但要执行不是没有办法，我们正在咨询有关领域的专家。现在主要的问题是您接不接受她的条件。"刘春说。

"你觉得我该接受吗？"林白鹿问。

刘春淡淡回答道："这个问题我们帮不了你，你必须问你自己，到底想要什么，并愿意为之舍弃什么。"

挂掉电话后，林白鹿躺在自己的金樽盛宴大床上，愣愣看着天花板。

她到底想要什么呢？

八年前，她和孙劲松一起来美国看望孙静荷，晚上二人来赌场赌博，孙劲松运气不错，赢了一百多万美元。她趁孙劲松心情大好，适时邀功，说这都是自己在旁加油的功劳，于是孙劲松便大手一挥，给她买了这套她从未住过的房子。

房子买了以后便搁置至今。她嫌麻烦，也懒得卖，前几天确定要来，才安排人前来打扫了一遍。

上午孙静荷曾问了林白鹿么一句话："林白鹿，为什么我说把钱给你亲儿子你都要犹豫？"

是啊，她为什么要犹豫呢？

林白鹿回想着孙静荷对自己的态度，能明显感受到孙静荷对自己的鄙夷。

对此她生气吗？生气。愤怒吗？愤怒。但每每自视，她自己可又曾真的看得起自己？

林白鹿出身于一个普通的小康之家，从小家里人便告诉她，要努力，要争气，要出人头地。她也确实是这么做的，学习成绩遥遥领先，也如愿以偿考上了龙城大学新闻系。在遇到孙劲松以前她是电视台出镜记者，因为平时工作比较上进，加上领导器重，她还是颇有前途的。后来在一次慈善活动上采访孙劲松，二人就此相识。在经过孙劲松长达一个月的穷追猛打后，林白鹿终是招架不住和他在一起了，并在他的要求下辞职做了富太太。

回首这十年，林白鹿确实不愁吃穿，豪车大宅，可她真的快乐吗？

之前的同事、朋友当着林白鹿的面都说她命好，可背地里谁又不在骂她是见钱眼开的狐狸精；保姆、员工对她毕恭毕敬，可她又何尝不知道他们私下里说自己一无是处；孙劲松口口声声说爱她，可为什么每次她提出结婚的时候，他又总是含糊其词，一笔带过？

她感觉自己的命运就这样被孤零零地牢牢吊在孙劲松这棵大

树上,她有想过挣脱,可又缺乏足够的能力和勇气。

这些琐碎的苦楚平日她都可以在纸醉金迷的幻象中一笔带过,可今天孙静荷那赤裸裸的厌恶,撕开了她所有的伤口,令她再也无法回避自己的不堪。

我爱孙劲松吗,我爱这个孩子吗?

我当初和孙劲松在一起,到底是看上他的人、他的对自己好,还是他的钱?

我生这个孩子,到底是因为我想和孙劲松有个孩子,还是我自己想有个孩子,还是这个孩子能让我有更多的钱?

如果我连自己的孩子都不爱,我为什么要让他来到这个世上,我这辈子活着又究竟是为了什么?

林白鹿突然想到,在答应孙劲松的追求以前,台里还有一个很有才华的年轻编导在疯狂追求自己,现在好像他的孩子已经上小学了吧?

而她呢,她过上了富足的生活,有了痴呆的伴侣,还有一个做试管婴儿生出来的儿子。

林白鹿依稀记得,自己在学生时代还是很喜欢写作的,她喜欢三毛,也喜欢席慕蓉,可自己已经很久没动过笔了。

有钱真好。

林白鹿走下楼,看了看婴儿床里的孩子。孩子目光清澈。

这是一双从没见过世间丑恶的眼睛。

她突然意识到,这个孩子其实也挺像自己的。

第二天清晨,林白鹿拨通了李法山的电话。

"李律师,孙静荷的要求我同意,麻烦您草拟一个初步的协议吧。"

"哦?"李法山有些惊讶。这一觉就睡得这么提神醒脑吗?

"我决定了,关于老孙的财产,现在在我名下的归我,同时我个人每个月只拿200万的生活费就够了,其余的都归大圣,后期成立家族信托也好,放进私人银行也罢,我不会动。"

每个月只拿200万,李法山不禁对这个"只"字拍案叫绝。

一年2400万的生活费,这对绝大多数普通人来说或许太过夸张,但就孙家而言,如果将孙劲松的财产折算为40亿,即使不做任何投资,每年只买年化收益仅5%的最基础的银行理财产品,孙家一年躺着都能进账两个亿,这还不包括租金、房价增长、复利、稳健投资等带来的财富增值。这么计算下来,林白鹿每年只拿2400万倒也真是让了一大步了。

"好的,我这就先拟一份初步协议出来。"李法山回答道,然后补了一句,"哦对了,其实我刚才也正准备给您打电话来着,刘律师找到孙总了。"

06

刘春已经在一家茶楼靠窗的卡座上连续喝了两天茶。

茶楼对面那栋建筑的二楼是个温泉会所,营业执照上的负责人是马骋的名字,半个月前会所突然关张,但透过窗户依旧看得出里面一直有人走动。

除了喝茶,这两天他也在密切观察着进出会所的人。其中一个中年妇女模样的人经拍照确认,是孙劲松的保姆王梅,还有一名三十岁左右的男子昨天下午买了一大袋成人尿不湿回来。

他是怎么锁定这家会所的呢？

早在两年前孙劲松出现口齿不清、记忆力严重衰退的迹象时，林白鹿便通过厚德所的主任李天找到了刘春。当时刘春评估林白鹿对公司了解不够，可能日后会对财产争夺产生巨大影响，便未雨绸缪地早早帮她把触角伸进了劲松集团的财务。

财务是一家公司的命脉和枢纽，进账、出账、签了哪些合同、报了哪些账，只要涉及钱的事情，财务是最清楚的。虽然劲松集团的财务主管是马骋他们的人，但财务团队一共五人，买通其中一个出纳倒是问题不大。劲松集团员工报账是月结，在孙劲松失踪后的第五天，也就是当月报账截止日的时候，马骋的两个亲信回龙城办事，顺带来财会室报了往返杭州的机票，过了两天他们又去了杭州。马骋的老家在杭州，在这边设立了好几个皮包公司，正在刘春挨个排查时，出纳又说马骋另外一个亲信拿了杭州一家超市的小票来报账，于是他便迅速锁定了超市附近的这家温泉会所。

刘春现在基本确认孙劲松就在里面。

过了半盏茶的工夫，三个便衣出现在了茶楼楼下，刘春立刻结账下楼。双方会合后，慢慢走向了温泉会所的电梯。

"警察！"进了温泉会所，便衣立马表明身份，然后开始搜索孙劲松的踪迹，不一会儿，在其中一间豪华包间里，他们看到了一个年约七十，坐在轮椅上的老者。

刘春走上前去看了一眼，然后对警察同志点了点头："他就是孙劲松。"

"孙总,我们来救你了。"刘春凑到孙劲松跟前,试探性地说了一句。

"嗯嗯哦哦……liang……yu……"孙劲松目光呆滞,流着口水。

07

回龙城的飞机上,林白鹿将李法山和张白白安排在了公务舱。和他们一起回来的还有孙静荷。

孙静荷望着窗外渐渐远去的美洲大陆,心中不胜感叹。

她还记得孙劲松失踪多年后突然回家的那一天。

那天他开着一辆奔驰,穿着花花绿绿的衣裳,告诉家人"我们有钱了",然后买房置业、招兵买马。整个孙家在刚开始那几年都生活在幸福之中,只觉得这世上有钱可真好。可接下来几年,父亲吸毒身亡,母亲死于心脏病突发,自己和丈夫离异,又因为看不惯孙劲松花钱大手大脚、轻信外人,更是于十五年前一怒之下辞职远赴美国。原本整整齐齐的一家人,竟突然就这么生死离散。如今十五年过去,自己两鬓已白、孑然一身,哥哥更是头脑痴呆,不能自辨。

茫茫一生,所图者何?

快到龙城机场的时候,孙静荷只觉得陌生与恐惧。

回来了,我总算回来了。她心想。

近乡情更怯或许就是这种心情吧。

尽管龙城只剩下一个已经认不出自己的亲人。

下了飞机,刘春和林白鹿的司机早已在接机口等待多时。林白鹿原本憔悴的眼睛在看到刘春那张永远沉静如水的脸后，竟也一下子流露出些许神采。

"刘律师，辛苦啦！"林白鹿笑着跟刘春打招呼。

"我不辛苦，你们才辛苦。"刘春对她点了点头，然后接过旁边李法山的拉杆箱。

"刘律师，这是孙静荷孙总。孙总，这是我们团队的另一个律师刘春刘律师。"李法山对双方介绍道。

林白鹿在旁补充："刘律师为咱们的事出了很多力，我们接下来的官司也是他和李律师代理。"

孙静荷看了刘春一眼，挤出一丝和善的笑容并握手。双方简单打完招呼后便登上了早已在机场外等候多时的丰田阿尔法。

"孙总现在怎么样了？"上车后孙静荷开门见山地问道。

"上午才做完鉴定，现在正在家里休息。我们已经安排人细心照顾了，您放心。"刘春从前排转过头来说道。

孙静荷点了点头，又问："鉴定结果什么时候能出来？"

"正式的材料还要等几天，但开庭前肯定能出。"刘春说，"不过我和鉴定机构的工作人员已经沟通过了，孙总现在应该能认定为无民事行为能力人。"

"嗯。"听到这句话，孙静荷也不知道是该点头还是摇头，高兴还是失落。

"孙总，关于本案我一直有个问题想问下你和林总。"刘春看向孙静荷，"我在找到劲松总的时候，他虽然意识已经不太清楚，却一直在重复 liang yu 这个名字。liang yu 是谁，和孙总有什么关系你们知道吗？"

"liang yu？"孙静荷和林白鹿面面相觑。

"是的,他当时一直在发这两个音,我猜应该是一个人名。"刘春推测道。

"这个名字有些熟悉,但我一时想不起来。"孙静荷想了想然后说,林白鹿也在旁摇了摇头,"对案件会有影响吗?"

"到目前为止,影响倒是没有。我只是隐隐觉得这个名字可能和劲松总的一些秘密有关。"刘春笑着说,"只要我们拿到鉴定报告,这个官司应该就没什么问题。"

"那就好。"林白鹿叹了口气,"他人都已经没意识了,那些秘密又有什么意义,算了吧。"

回到别墅,孙静荷把行李交给保姆后便直接来到了孙劲松所在的卧室。

她坐在床旁,看向孙劲松。孙劲松脸上已经有了很多老人斑,头发稀疏花白,双目黯淡失神,完全没有意识到旁边这个人是他的妹妹。

孙静荷以为自己会哭,但她却并没有哪怕那么一丝想哭的感觉。

她只觉得胸闷。

"呜呜……"孙劲松口齿不清地重复着这两个字。

"唉。"孙静荷叹息一声,拍了拍孙劲松的手,便走出了卧室。

"林总、孙总,我们就先走了,等到了开庭时间我们会再联系二位,这段时间出现什么问题咱们也随时沟通。"刘春和李法山起身告辞。

回到老奔驰上后,刘春见李法山一直沉默不语,便问道:"法山，怎么不说话，累了？"

"春哥，你还记得我第一次见林白鹿之前，说孙劲松有旷世奇运吗？"李法山终于开口。

"记得。"刘春笑道，"你说他是飞来横财的地主公。"

"现在我觉得他挺惨的。"李法山点了根烟，"他是有很多钱，但如今伴侣不爱他，妹妹离开他，亲信算计他，他甚至还不一定知道自己已经有了儿子，人人都想从他身上分一杯羹。活了一辈子，到最后除了钱，他什么都没有。"

钱能令孙劲松恢复神志吗？钱能令他和妹妹的关系和好如初吗？钱能令林白鹿真的爱他吗？似乎都不能。

"法山，这个世界就是这样的。"刘春边开车边说道，"孙劲松是不是一个好人？在某种程度上肯定是，他给了家人、爱人和属下很多钱，甚至也捐了很多款，成了誉满龙城的大善人。但他沦落到今天的地步，原因只有一个，那就是他太笨了。

"他的能力匹配不上他手里的财富。"刘春打开车窗说，"升米恩，斗米仇，做好人可比做恶人难太多。"

这个世界上一个人尊重另一个人的原因有很多，但善良肯定不是其中之一。

人只尊重能人，不尊重善人。

"其实刚才我一直想和你讨论一个问题。"刘春在李法山抒发完感情后，对他说道。

"什么问题？"李法山伸了个懒腰，在座椅上坐直。

"你不觉得我们这个案子有点奇怪吗？"刘春皱起眉头说道，"从我们开始行动到现在，除了将孙劲松转移到杭州，赵飞虎他们一点动静都没有。"

李法山冷哼了一声："他们能有什么动静？转移孙劲松这臭棋动静还不算大？"

刘春摇摇头："不对，我问了下公司财务那边的人，他们最近并没有利用孙劲松签太多合同。如果他们转走孙劲松只是为了防止我们做鉴定，如你所说，动静也着实大了些。"

"难不成他们已经逼孙劲松立了遗嘱？"李法山问。

"存在这种可能，但以孙劲松现在的状态，立遗嘱很困难，没有公证处敢冒这个险，他们自行伪造的话法律风险又太高。且如果他们手里真有遗嘱，为什么还要把人转移？"刘春又问。

"垂死挣扎吧。"李法山摇了摇头，"现在孙静荷已经和我们站一块了，鉴定书也马上出具，尘埃落定，赵飞虎这个人本身业务能力就一般，等我们这个案子打下来，先把赵飞虎的根基翻个底朝天，再翻公司皇历，看他赵某人在里面做了什么手脚，该吊销律师证还是该坐牢，慢慢算，一点问题没有。"

"是垂死挣扎吗？"天色渐暗，龙城的上空涌起成片乌云。"但愿吧。"刘春喃喃。

08

总算到了开庭日。

虽然案件背后的标的极大，但具体到案件本身，其实只是一个普普通通在基层法院适用简易程序的案件。开庭时间是早上九点半，刘春和李法山二人在九点十五分便提前来到了法院，而他们到的时候，孙劲松、孙静荷、林白鹿和孙大圣他们早已端坐在旁听席等候多时。

案子需要的证据不多，关键的鉴定意见书春山组合已经拿到了手上。

"刘律师，马骋他们今天会来吗？"林白鹿也是第一次来庭审现场，在庄严肃穆的法庭氛围下比较紧张。

"严格来说这个案子和他们没什么关系，所以他们不一定来。"刘春解释道，"我们是以大圣的名义立的案，诉讼参与人有我们几个就够了。"

"那就好。"其实林白鹿心里对马骋他们一直有些害怕。

话音刚落，法院门口便黑压压出现了一群人。

刘春转身看去，马骋、张驰、赵飞虎及一批随从，甚至孙劲松的那个近身保姆王梅也来到了现场。

刘春心中隐藏的不安愈发强烈。

"刘律师，李律师，你们好啊。"赵飞虎笑嘻嘻地和原告席上的春山组合打招呼。

赵飞虎年约五十，一身西装虽然笔挺，但总是贼眉鼠眼地似笑非笑，看着便有些心术不正。"哟？这是什么啊，鉴定意见书？"赵飞虎笑着说。

"赵律师，你今天来这瞎掺和什么？"李法山冷冷看向赵飞虎，将鉴定意见书拿回手上。

"开庭啊，今天不是申请确认孙总民事行为能力的开庭日吗？"赵飞虎眼神戏谑，然后坐到了被告席上。

李法山大声呵斥："你凭什么开庭，你的代理人是谁？孙总？"

"那可不。"赵飞虎边说边从公文包里拿材料。"不,严格来说我的客户不是孙总。"

"过来吧。"赵飞虎招了招手,王梅规规矩矩地坐到了被告席上。

"我的客户是孙总的妻子,也就是我旁边这位,王梅女士。"

"妻子?王梅?!"林白鹿目瞪口呆,差点气晕在原告席上。

孙静荷原本见马骋他们来了也是颇为惊讶,听他们介绍说这个农妇是孙劲松的妻子后,扑哧一声笑了出来。

"你们啊。"她的笑容如此复杂,也不知是讽刺、凄凉还是悲哀。

09

刘春和李法山二人开始齐刷刷地冒冷汗。

如果王梅和孙劲松结婚,那这个案子就涉及重大法律事实的改变了。

因为若真如赵飞虎所言,王梅是孙劲松的妻子,那即使这个官司春山组合打赢、孙劲松被确认为无民事行为能力人,根据民法相关法律的规定,王梅会顺理成章地成为他的法定监护人,代为管理孙劲松的财产,而春山组合之前所做的所有准备都将前功尽弃。

这步棋,完全是将春山二人的诉讼策略连根拔起,甚至是让春山二人帮他们作嫁衣。

林白鹿生了孙大圣,没用。李法山请回孙静荷,也没用。

九点半,法官周游准时来到法庭。

"现在核实双方代理人身份。"案子比较简单，法官开始直接走程序。"被申请人代理人，你对申请人代理人的身份有无异议？"

"没有。"赵飞虎笑着说。

"申请代理人，你对被申请人代理人的身份有无异议？"

"有。"刘春说，"我方要求核实王梅法定代理人身份和赵飞虎委托代理人授权。"

"被申请人代理人，给他们看一下。"法官打了个哈欠。为了防止因堵车迟到，今天他起得比较早。

"好嘞。"赵飞虎笑嘻嘻地拿出两本鲜红的结婚证。结婚证上王梅和孙劲松紧紧依偎，王梅一脸木然，孙劲松满眼痴呆，结婚时间为孙劲松失踪的第二天。刘春又看了下王梅提交给法院的身份证复印件，上面写着王梅的户籍所在地为杭州市西湖区。

刘春总算明白了。

孙劲松作为各方都在密切关注的本地知名人物，在龙城领证一定会引起巨大轰动，节外生枝，赵飞虎他们将孙劲松带到杭州，其实不是为了阻止林白鹿鉴定，而是为了让他和王梅办理婚姻登记。

只要孙劲松一结婚，孙劲松本人到底在谁手里就不重要了。

"春哥，怎么办？"李法山看着结婚证，汗水涔涔。

如果此时撤诉，公章在赵飞虎他们手上，他们可以继续为所欲为，且王梅也有了诉权，她随时可以反过来打同样的官司；如果此时不撤诉，在确定孙劲松为无民事行为能力人后，马张二人新的代言人王女士又将粉墨登场。

进退两难，春山组合之前的计划、安排、计算，全被化解。

"不可能！她不可能是孙劲松的老婆！不可能，绝对不可能！孙劲松何等人物，我在他身边陪了他十年都不能和他结婚，王梅，你也不照照你的镜子，你也配！"就在这时，旁边的林白鹿突然抢过结婚证一把撕碎。

十年未成的处心积虑，竟一朝被乡野农妇夺走，林白鹿只觉天旋地转，差点昏死过去。

羞耻、愤怒、悔恨……林白鹿在撕碎结婚证后张牙舞爪地扑向王梅，吓得王梅赶紧站起来跑到马骋等人的身后，满脸怯弱地回避着林白鹿那欲将她生吞活剥的眼神。

"法警，法警呢！赶紧把她拉出去！"法官见到此等场面，觉是彻底醒了。他连连招呼法警，不久两个法警跑了进来，齐齐把林白鹿架走，将哭号的她拖到了门外的过道。

"继续开庭吧。"刘春叹了口气。

"周法官，我们对王梅法定代理人的身份有异议。"刘春说，"请书记员将我的异议记录在庭审笔录中：第一，对于结婚证的真实性我们不予认可。王梅是被申请人的贴身保姆，其与被申请人孙劲松仅是雇佣关系，申请人、申请人的母亲林白鹿及被申请人的直系妹妹孙静荷作为与孙劲松关系最为密切的亲人，在今日庭审以前亦均不知孙劲松与王梅存在亲密往来，且根据生活逻辑，孙劲松与王梅的身份地位毫不相同，因此两人缺乏建立感情的前提。第二，结婚证上的婚姻登记日期为201D年5月4日，当天我们已经就被申请人失踪向公安机关报案，且经我们随后鉴定，被申请人确认患有重度阿尔茨海默病，为无民事行为能力人，其已经丧失民事行为能力，即使结婚证是真实的，根据民法及婚姻法的有关规定,该婚姻也是无效的,因此王梅不能作为被申请人的法定代理人参加庭审。"

"嗯……"周法官陷入沉吟。他原本以为这只是一个走过场的小案子,万万没想到事情居然变得这么复杂,"赵律师,你有什么想说的?"

"周法官,我想说的可就太多了。"赵飞虎认为自己胜券在握,所以语气中不乏调侃,"我能先看看对方手里的鉴定意见书吗?"

周游点点头,李法山将意见书原件拿给赵飞虎。赵飞虎拿到意见书后瞟了眼日期,然后抬头说道:"周法官,鉴定意见书里显示,孙劲松确诊的日期为201D年5月22日,时间晚于孙劲松与王梅的婚姻登记日期,意思即,申请人并无证据表明,孙劲松与王梅在结婚时已经丧失民事行为能力;其次,是否具备民事行为能力,光看医学鉴定书也不够,根据民法及民事诉讼法的有关规定,必须经法院审理,方能在法律意义上正式确认孙劲松为无民事行为能力人,在法院书面确认以前,被申请人的法律行为均应被认定为具备完全民事行为能力人的法律行为。现在本案正在审理,在申请人方并未提出相反证据证明婚姻无效的情况下,对于其主张婚姻无效,我方不予认可。"

"申请人,你们除了撕结婚证,还有什么办法和证据来证明他们的婚姻无效?"周游皱着眉头看向刘春和李法山。

刘春和李法山面面相觑,陷入思考。

现在基本可以确定的是,破解此局的唯一方法是要先否认孙劲松和王梅的婚姻效力。在此情形下,摆在他们面前的有三个选择。

第一个选择是继续打,通过本案确定孙劲松无民事行为能力,然后另行起诉婚姻无效;第二个选择是选择中止诉讼,待另案打完后再恢复程序;第三个选择是直接撤诉。

如果继续打,好处是可以尽快否认孙劲松的民事行为能力,在婚姻无效的官司打下来后,孙劲松或王梅此后作出的法律行为他们可以据此否认,但坏处是如果婚姻无效的官司打不下来,孙劲松这颗半死不活的棋子就没用了;如果不打、直接撤诉,好处是只要孙劲松在林白鹿他们手里,他们还可以拿孙来做做文章,但以孙现在的状态,加上春山组合自己有向法院申请确认孙劲松民事行为的立案记录,即使撤诉后把着孙劲松的手立遗嘱,效力也会有很大问题,且王梅自己也会向法院提出申请。

归根结底,选择哪个方案,主要取决于接下来可能要进行的确认婚姻无效的这个诉讼,春山组合能不能赢。

李法山看向刘春。刘春面无表情,但手在焦灼地不停转着笔。

这可能是他执业以来在庭审上遇到的最致命的突袭。

"刘律师?"周游见他们迟迟没有回应,也看向刘春。

刘春把笔放到桌子上:"周法官,我们申请中止诉讼。"

"哦?"

"根据《民事诉讼法》规定,一方当事人丧失诉讼行为能力,尚未确定法定代理人的,应当中止诉讼。目前本案法定代理人存疑,我们需要另案搞清楚后方能确认,所以我们申请中止诉讼。"李法山在旁补充。

"不对哦。"赵飞虎迅速反驳,"本案法定代理人非常确定,就是我方王梅,你们没有相反证据,就不能否认王梅法定代理人的身份。"

"适用诉讼中止还有一个情形,那就是本案必须以另一案的审理结果为依据,而另一案尚未审结的。"刘春对法官说道,"周法官,想必您也已经看出来了,王梅的身份有很大蹊跷,我们是肯定要起诉确认她是假结婚的,只要一经确认,那本案很有可能发回重审,届时就麻烦了。"

"周法官,对方律师纯属胡说。本案存不存在?存在。但另案存不存在?不存在。在只有一个案件的情况下,适用这则法条,不合适吧?"赵飞虎有备而来。

"我们现在可以继续开庭,确定孙劲松是否有民事行为能力,只不过还请周法官先不着急下判,我们明天便会向法院立案申请确认婚姻无效,届时再提出正式的中止请求申请就是。"刘春淡淡地说。

周游法官想了想,觉得这也不失为折中之法,便说:"那今天的庭先开完吧,毕竟你们也提不出什么有力证据,下来你有什么申请尽快交,到时候我再考虑要不要中止。"

接下来的程序便变得非常简单,李法山拿出具备司法鉴定资质的医院出具的鉴定书,上面写着"额颞叶痴呆、阿尔茨海默病"。

"被申请人方,你们有意见吗?"周游问王梅。

旁边的赵飞虎笑着答道:"认可,不申请。"

"但是为了以防万一,我还是要让鉴定机构再鉴定一次。"周游说。李法山的鉴定报告只是单方面的医学鉴定报告,周游已经意识到了这个不起眼的案子背后牵涉的利益,决定还是稳妥起见。

"好,那今天的庭就开到这里,你们签完笔录就可以走了。"周游起身说道,"对了,刚才那个撕结婚证的,因严重扰乱法庭秩序,性质恶劣,现依法裁定对其司法拘留两天,罚款1万。"

"看来你们明天立不了案咯。"赵飞虎对刘春挤眉弄眼。

从法院出来,李法山问刘春:"春哥,你为什么选择中止诉讼这条路?"

"法山,在一场战斗中,当你觉得两个招数都可行的时候,你知道你决策的依据是什么吗?"刘春反问。

"什么?"李法山问。

"看对手最不想让你出哪招。"刘春说。

李法山忧心忡忡:"可现在我们不仅是在独木桥上,而且前有狼,后有虎,无论走哪条路他们都有后手,进退两难啊。"

"所以我选择在独木桥上坐会儿。"刘春说,"他们一定有破绽的,只不过我们还没发现而已。"

"一定是有破绽的吧……"

10

两天后,刘春和李法山接林白鹿回家。

林白鹿从上了车开始便缄默不言。拘留所不能玩手机、不能看电视,就是被关小黑屋。刘春通过后视镜看林白鹿,只见她头发凌乱,魂不守舍,心里默默叹了口气。

逢此巨变,或许关两天小黑屋,让她自己好好冷静冷静也不是坏事。

林白鹿无数次反思孙劲松为什么不和自己结婚,也无数次设想孙劲松和其他女人结婚的场景。但她千算万算都没想到和孙劲松领证的竟然是区区一个家里的保姆。

过了十分钟,林白鹿总算开口:"刘律师,我们还有办法吗?"

"根据《婚姻法》规定,婚前患有医学上认为不应当结婚的疾病,婚后尚未治愈的,可以申请确认婚姻无效。婚姻无效后,王梅自然也就丧失了监护人资格,既不会成为孙总的代理人,也丧失了继承权。如果我们现在还想有所转机,就必须打这个官司。"刘春答道。

"官司能赢吗?"林白鹿问。

"实事求是地说,有难度。"刘春轻轻叹了口气,"虽然客观上孙总在和王梅领证时神志便已经出了问题,但婚检并非强制,而我们是在他们结婚后才做的鉴定,手里没有切实证据证明当时孙总不能结婚,所以在举证方面我们会比较被动。而且从我国目前的司法态度来看,且不论证明婚姻无效,光是正常人起诉离婚就足够困难了,因此我们面临的司法障碍可能会比想象中更大。"

刘春说完这段话后,车里再次陷入安静。

林白鹿听明白了,现在摆在她面前唯一的路也可能是死路。

"刘律师,你觉得这官司我还有必要打吗?"林白鹿问。

刘春没有马上回答这个问题。他仔细思考了一下,然后郑重地说:"林总,如果是我,我会打。"

"为什么?"

"因为只要没有放弃,我们就还有机会,如果放弃,我们就真的输了。"刘春说,"林总,我刚进团队的时候,师父给我上的第一堂课,就是告诉我律师的'二十一条军规'。你知道军规的第六条是什么吗?"

林白鹿摇了摇头,并示意刘春继续说下去。

刘春脑海中浮现出了金凤飞那张杀伐果断的脸。

"直到终审裁判出现前,不能松懈,不要放弃。"

林白鹿撇了撇嘴:"听起来很正能量。"

"这只是上半句。下半句是,因为没有完美的被害人,更没有无懈可击的对手。

"林总,我可以告诉你的是,自我参加工作以来,我直接或间接地参与的案件一共732起,其中我从对方提交的证据里找到破绽的案件占比超过80%。虽然这个案子从目前来看确实存在很大的难度,但只要我们宣战,对手站在了我们面前,他们就可能会出现破绽,我们就有机会。现在我们不能给你必胜的承诺,但我和李律师能给你全力以赴的承诺。"

刘春知道,林白鹿现在是真的疲倦了,疲倦不是因为官司打输,而是因为孙劲松和王梅的结婚。

她现在斗志全无,只想远离这纷纷扰扰的一切。

严格来说,如果林白鹿此时放弃,春山二人该收的律师费还是能收,但因这种似胜实败的案子所获得的钱,他们收了也不会安心。

要说他们不爱钱那是不可能的,尤其是李法山,巴不得天天躺在人民币上睡觉,但除了钱,他们还想赢。

劝说林白鹿放弃是一件很简单的事,但他们知道自己不能这么做,因为他们清楚,如果林白鹿此时放弃,日后大概率会后悔。

某种程度上，对得起"律师"这个身份，对他们来说更重要。

"刘律师，谢谢。"林白鹿在沉默良久后抬起头，"我不会放弃的，我们打吧。"

11

李法山在刘林二人交流的时候，一直没有说话，因为他知道，此时能鼓励林白鹿的只有刘春。

他在旁边出神。出神的原因，在于一个小时前他和刘春的对话。

这两天刘春自己也一直闭门不出。今早他开车接刘春出门，刘春送给他一个精致小巧的木狮子。

李法山摩挲着这个几近完美的小木狮，心里便明白他这两天到底把自己逼成什么样了。

上车后，李法山对刘春说："春哥，我有一个想法。"

刘春轻轻一笑，问："什么想法，看和我想的是不是一样。"

"除了婚姻无效这个案子，这起案件可能还有一个突破口，那就是孙劲松的秘密。"李法山笃定地说，"孙劲松的钱究竟是怎么来的？他为什么一直不结婚？liang yu究竟是谁？他为什么一直没立遗嘱？这背后的蹊跷太多了。如果我们能查出这背后的秘密，说不定能找到案子背后的转机。"

刘春听后叹了口气："法山，我们想的一样。我这两天在家里把网上能找到的关于孙劲松的文章和报道全部翻了一遍，就是为了找出哪怕一点关于他财产来源的蛛丝马迹，但情况并没有进展。之前就已经有不少记者查过了，也没查到。"

"可这些记者知道 liang yu 这个线索吗？"李法山笑了笑。

"你的意思是，你已经有线索了？"刘春吃惊地问。

李法山摇了摇头："也算不上线索。目前能够大致猜到的是 liang yu 是个人名。所以我在网上搜了搜关于这两个音的人物，你猜最有名的是谁？"

"谁？"

"明朝末年著名女将，秦良玉。"李法山实事求是地说。

刘春咳嗽了两声："还有吗？"

"嗯，于是我缩小了检索范围，将时间拉到了近现代。那么问题来了，谁能在至少二十年前就能有至少五亿资产，还有个中文名呢？她大概率是个华人富婆。于是我将目光集中在了三十年前非富即贵的国外华人家族，然后你猜我搜到了什么？"

"现在不是卖关子的时候。"刘春郑重地说。

"好吧，liang yu 的名字我确实没找着，但我和张白白找到了三条关于梁的线索。一条是美国著名华裔演员安吉丽娜·梁，中文名我不清楚，她在1987年提名了美国金陀螺奖，是著名华人演员；一个是印尼橡胶大王梁家，他们家在20世纪80年代是当地首富；还有一条是香港五大家族之一的梁家。这个我就不用过多介绍了，改革春风吹满地，他们富到了现在，已经是富可敌国的房地产开发商，你这小区就是他们开发的。"

"所以你的意思是，孙劲松去过香港，他大概率和香港梁家有关系？"刘春若有所思。

"按理来说是的,但又不太像。虽然他说自己那二十年是在香港,但为什么记者在香港没有找到哪怕一点关于孙劲松的线索?而且我复盘了孙劲松回到大陆后的商业行为,发现他没有一笔交易和香港梁家有关系。如果他的钱来自香港梁家,这几乎是不可能的事。"

"美国演员和印尼华裔呢?"刘春问。

李法山摸了摸下巴:"我问过孙静荷了,孙劲松英语水平非常一般,因此那个安吉丽娜·梁和孙劲松有关系的可能性也比较低。所以我大胆猜测,孙劲松可能和印尼梁家有些瓜葛。"

"关于印尼梁家还有没有其他信息?"

"没,唯一知道的是梁家应该没落了。彼时互联网尚不发达,留存的信息不多,梁家我也是无意中搜到的,到底是什么情况,估计要去印尼当地查。"李法山实事求是地说。

刘春的大脑飞速旋转。

从目前的情况来看,李法山的研究成果用八个字来概括,就是"食之无味,弃之可惜"。

因为他目前所有分析都是建立在主观推测之上的,如果他们对此展开调查,很有可能费尽千辛万苦后竹篮打水一场空,而且即使孙劲松真的和印尼梁家有关系,这层关系真的能对现在正在打的官司有帮助吗?

可他们如果放弃这条线索,以现在的情形,这场婚姻无效的官司打赢的可能性又着实渺茫,微乎其微。如果要把胜利的希望完全寄托于对方太阿倒持,出现破绽,那他们也太过被动了。

"法山,你让我好好想想。"刘春没有马上做决定。

而现在，李法山听着他语重心长地给林白鹿讲律师的"二十一条军规"，心里便已大概明白刘春会做什么选择。

他不仅是在说服林白鹿，也是在说服自己。

"林总，除了这场婚姻无效的官司，关于孙总这几天偶尔在说的'liang yu'，李律师可能有情况要给你介绍一下。"听到林白鹿继续打官司的决定，刘春不急不缓地补充道。

一周后，李法山和张白白登上了前往雅加达的飞机。

而与此同时，在龙城的另一端，马骋、赵飞虎等正在一家高端洗脚城里开心娱乐。几个温顺貌美的小姑娘正在给他们捏脚，赵飞虎舒服地呻吟着。坐在他们旁边的是一个穿着质朴西装的青年律师，他独自坐在椅子上，椅子旁边竖着一根拐杖。

"赵律师，主任那边收到消息，林白鹿他们似乎找到了一些关于孙劲松财产来源的线索，现在马上要去雅加达了。"青年律师眼观鼻，鼻观心，对会所内暧昧又怪异的氛围视而不见。

"赵律师，这个对我们的案子会有影响吗？"一个小姑娘正在给马骋揉肩，马骋摸着姑娘的小手，让她轻点。

"能有啥影响。"赵飞虎扑哧一声冷笑，"且不论孙劲松的钱到底是不是来自印尼，就算是，和本案也没有必然关系。他们去雅加达只能说明一件事，那就是他们确实已经黔驴技穷，寄希望于大海捞针了。"

青年律师听后平静地说："主任不太放心，让我建议你们也派人过去看着。他还说，你们可以不听，但到时候如果真的出了事情，别想着让他给你们擦屁股。"

赵飞虎和马骋面面相觑。马骋抓了抓脑袋，然后说："那我就派几个人过去吧。"赵飞虎点了点头,然后对青年律师说:"隋律师,这儿的技师水平是真不错,你真不捏捏?"

"我有脚疾,不便娱乐,就先行告辞了。"青年律师面无表情地起身说,"赵律师,行百里而半九十,现在不是得意忘形的时候,主任让我提醒你,越到快要胜利的关键时刻,越要小心。"

"好好好,告诉主任不用让你跟我传话,有啥事直接给我打电话就行,都什么时候了还要玩什么口谕。你走吧,不送!"赵飞虎满不在乎地说道。

青年律师闻言不再多说,一瘸一拐地转身离去。在他身后,两个油腻的中年男子正高高兴兴地享受着脚底摁压的快感,并不时发出阵阵笑声。

12

李法山本以为印度尼西亚作为一个岛国,至少会有美丽的海岸线和热情奔放的海岛姑娘,但很明显雅加达令他失望了:从下飞机到现在,他从车窗外看到的就是拥挤的路面、林立的高楼和高楼下低矮的贫民窟。城市虽大,市政规划水平却宛如县城。干净的海滩不是没有,但海边更多的是如偏远农村的简陋建筑,以及住在里面无所事事的人。

"改革开放就是好啊。"不出国不知道中国好,在来到雅加达的第二天李法山便开始怀念龙城。

身旁的张白白倒是满脸新奇。

本来李法山打算自己一个人来,但在张白白的强烈要求下,还是让她跟了过来。"我还没去过印尼呢,老板,你这么粗心大意难免有所遗漏,有心细如发的我跟着你才是真正的万无一失啊!"张白白拍着自己的胸脯信誓旦旦。

"得了吧,让你检查三遍法律文书你都找不到一个错别字,还心细如发。"李法山不以为意。

"哎,我想顺带去巴厘岛玩一玩嘛,你就答应我好不好。"张白白开始装可怜。

李法山看着张白白,想着多一个人或许真的多一条思路,便总算答应了下来。

他们在本地联系了华人黄哥帮忙打听梁家。梁家虽然曾经显赫,但这二十年来却仿佛销声匿迹一般,黄哥也不太清楚,所以在头几天他们还属于毫无头绪的状态。终于在到雅加达的第七天,他们在一家海鲜市场的摊位上找到一名曾经在梁氏橡胶集团工作过的前员工老冯。

老冯今年七十有一,皮肤黝黑,满脸褶皱与斑驳,当李法山一行人来到他摊位上的时候,他正在娴熟地杀鱼。拍晕、剖腹、去内脏……鱼腥味混着血水弥漫在空气中,李法山和张白白都有些头晕目眩。

"冯叔,我是昨天托人和您联系的小黄,我有几个朋友想找您打听下当年梁氏橡胶的事,您现在方便吗?"黄哥笑着打招呼。老冯抬起眼皮瞥了他一眼,拿起水管开始冲鱼。黄哥左右闪躲着喷出的水,心里暗骂,然后从怀里拿出一个信封塞到老冯手里。老冯接过信封掂量了一下,总算关了水龙头走向内屋:"进来吧。"

李法山等人进屋坐下。屋里非常凌乱，到处都是灰，桌子也有些年代了，被一层层的油污包裹得非常浑浊。老冯拿出杯子给他们倒上水，张白白看着那个泛黄且有缺口的白杯子，嘴上说了声谢谢，手却一动不动。

"冯叔，我们是想问下当年梁家可曾有个人叫梁玉的？"李法山开门见山。老冯是老华侨，因此交流起来倒也不需要黄哥从中翻译。

老冯听到梁玉这个名字，眼神开始变得有些飘忽："嗯，梁先生的二女儿就叫梁玉。"

"果然！"张白白惊喜地看向李法山，然后连忙问道，"梁玉现在怎么样了？"

"死了。"老冯低头喝了口水。

这个答案倒也没太出李法山所料。他拿出手机，在相册里翻到一张老照片递向老冯："冯叔，这人你认识吗？"

老冯擦了擦手，拿起手机仔细端详，问道："这个人是不是叫王励柏？我印象中他好像是梁家的司机。"

"家庭司机？"李法山皱起眉头。于是李法山从老冯那里知道了当年事情的来龙去脉。

黄哥给老冯递上一根烟。烟头闪烁，老冯干枯的眼神变得悠远。

而就在此时，远在5000公里外的龙城，一个瘫坐在床的老人，眼里也突然溢出点点星光。

"哥，怎么了？"旁边的孙静荷感觉到了异样，起身看向孙劲松。

孙劲松浑浊的眼泪滚滚落下。

13

孙劲松一直以为自己来到香港后会开始崭新而又充满希望的人生：充分利用自己的聪明才智在这资本主义的花花世界里如鱼得水，奋勇向前，然后和来自五湖四海的美女沉浸在钞票的海洋里。

但很明显他做不到，来香港的这五年，受限于文化水平和黑户，他举步维艰，连活下来都得用尽全力。他住在连翻身都会撞到墙的房间里，干着最脏最累的活儿，耳闻目睹着"亚洲四小龙"经济腾飞的传奇，却感觉这些和自己一点关系都没有。

他感觉自己的生活质量甚至不如在内地的时候——至少在龙城他有一个20平方米的完整卧室。他无数次想着自己要不要回去，可一想到自己回去时毫无建树，迎来的只有父老乡亲冷嘲热讽的眼神，他便就此作罢，得过且过。

孙劲松是一个坚信自己身怀奇运的男人。龙城老家的算命先生周八字说他吉星高照，此生定得富贵荣华，当时他还将信将疑，毕竟周八字这个人他是知根知底的——就一个祖祖辈辈以耕地为业的泥腿子，那文化水平，认字都得查字典，鬼知道哪天他在图书馆翻了本老皇历就成周半仙了。直到去了香港，有一天他路过一个街边摊，看到一个王大仙打八五折，便随手让他给自己算一算，结果万万没想到，这个王大仙算出来的结果和周半仙算的一模一样。香港地区在风水术数方面的技术水平应该是比内地要高的，所以从那天起，孙劲松对自己注定不凡这件事彻底相信了。

"天将降大任于斯人也，必先苦其心志，劳其筋骨，饿其体肤，空乏其身，我孙劲松今天虽然在刷盘子，但我也是一个有梦想的刷盘子的人，我注定和别人不一样。"孙劲松每天都活得充满希望。同时，他也一直在寻找着去南方的机会。因为王大仙告诉他，他真正起运得在三年后，他的龙兴之地在南方。

等，孙劲松一直在等。

可命运并没有让他等三年。在算命后两个月，他的一个老牌友便问他要不要去印尼碰碰运气。

"我表哥在那边种橡胶，说有钱赚，你要不要一起？"牌友边抠脚边打个对三。

"要不起。"孙劲松摆了摆手说，"我也不会说印尼话啊。"

牌友说："咳，没关系，咱干的活儿不需要说太多话，而且我们是给华人老板打工，你会客家话也行，普通话应该能凑合。你不是之前找了个客家女人吗，会客家话吗？"

"那个贼婆娘，不提也罢。"孙劲松摆了摆手。

一周后，孙劲松登上了去印尼的大船。

王大仙不愧是王大仙，到了印尼后，孙劲松果然行了大运，同一批去的人都做了苦力，只有他一个人因为长得高大又会开车，阴差阳错成了自己的老板，也是梁氏橡胶集团老总梁胜的司机。

梁胜有二子一女，老大叫梁冠，踏实肯干，吃得苦，爱动脑筋，大学毕业后先做了两年基础工作，是梁氏橡胶集团板上钉钉的接班人；二女梁玉，印尼大学的高才生，学习艺术，准备去英国读研究生深造，貌美如花，华人区的老铁们都叫她"雅加达之花"；老三梁田，还在读寄宿制中学，平时颇有乃父之风，聪明、勤勉，成绩长期位居班里前三名。

梁氏一族齐齐整整，都是人中龙凤，孙劲松常年相伴在侧，时时暗叹他们不愧是能在异国他乡站稳脚跟的人。

孙劲松平时除了鞍前马后地给梁胜开车，也会去学校接梁玉回家。每次他在大学门口等梁玉的时候，都会看到一群印尼学生对她指指点点，神情轻浮，但梁玉总是置若罔闻，并急匆匆地上车。

"小姐，他们在说什么，要不要我帮你教训教训他们？"孙劲松有时看不下去了会这么问道。

"王叔，不用，爸爸说我们多一事不如少一事，不要徒增是非。"梁玉总这么回答。

梁玉属于典型的出生在富人家庭的孩子：识大体、顾大局，虽然平时在校园里可能会遭受欺负，但由于身边人都对她特别好，她总是一副相信人间有真情、人间有真爱的样子。阳光、善良、温柔……孙劲松总觉得，这世间一切关于美丽的形容词放在她身上都丝毫不为过。

孙劲松在心里确信他对梁玉有好感，可每每想到这里，他都会自惭形秽地暗自抽自己一个大嘴巴："孙劲松啊孙劲松，你也不撒泡尿照照你自己，都这把年纪了，还没文化，啥也不懂，你还癞蛤蟆想吃天鹅肉呢！"

"小姐，如果你有什么要我做的，尽管说。"孙劲松郑重地对梁玉说。

"王叔，都说了多少次了，别叫我小姐，叫我小梁！"梁玉笑着回答道。

孙劲松很感谢梁家。因为如果没有梁家，他就不会坐在宽敞舒适的奔驰车里，穿上得体的西装，偶尔还能在公司里自欺欺人地狐假虎威。

他觉得王大仙对自己说的大运，就是自己成为梁家的一名司机。

他知足了。真的，过了太多苦日子的他，光是做梁家的一名司机就知足了。

直到那年的春天。

其实在灾难发生以前，孙劲松就已经察觉到了雅加达的异象——无论是行驶在街道上时本地居民的行色匆匆，还是空气中时刻存在的紧张的氛围，都在提醒孙劲松，不日恐有大事发生。华人商会平时互相帮衬还是不少，在那段时间大家彼此通气，施行宵禁。梁家原本打算出国一段时间，但因为正赶上割胶季，他们脱不开身，便只能留在印尼，同时加强家里的安保措施。

他们给孙劲松配了一把枪。

孙劲松永远记得那个群魔乱舞的夜晚自己在梁家看到的景象。

那天整个雅加达已经彻底瘫痪，城市陷入完全失控的暴动。随着街上的乱象越来越可怕，他放心不下，拿着枪冒险潜行至梁家。

到了梁家别墅门口，梁家的三个保镖已经倒在血泊中，孙劲松偷偷从后门钻进去，然后在客厅看见了他此生都难以忘怀的惨象。

客厅里梁胜和梁冠被五花大绑地跪在地上,赤身裸体。两人鼻青脸肿,头发被撕掉一半。二十几个人围坐在他们旁边,大笑着在梁胜头上撒尿。梁胜低着头,发着抖,任凭尿水和血水混合着从裸露的身体上往下流。

这二十几个当地人里孙劲松认得几个,他曾看到过其中三个人在学校门口对梁玉吹口哨,还有一个人,原本就是梁家的保镖。

梁玉已经昏了过去,裙子早已被撕碎,眼角还残存着冰冷的泪水。那个梁家之前的保镖强暴了梁玉。梁玉身旁是她母亲张蕙兰,张蕙兰已经五十二岁,也被暴徒折磨得不住哀号,每号一句就会被暴徒淫笑着抽一记耳光。

梁玉雪白的腿上淌着血,施暴者拉扯着她的头发,不停抽她耳光,似乎想让她醒过来。

大儿子梁冠跪在梁胜旁边。之前每次孙劲松把他送回家后他都会对孙劲松报以灿烂的微笑,说王叔辛苦了,而孙劲松每每看到他高大英俊的背影,都会感慨梁家后继有人。

如今,梁冠的脸上只有卑微与惊恐。几个人给他松了绑,用印尼语对他说了些什么。他疯狂摇头,露出哀求的眼神,然后其中一人一脚狠狠踢向他的下体。梁冠一声惨叫倒在地上,口吐白沫。其中一个暴徒拿出钳子,开始拔他的指甲。

孙劲松从来没听过这么凄厉而又声嘶力竭的叫声,在此后的二十年里,这些叫声出现在他的每一个噩梦中。

梁玉总算醒来。但醒后见到这番人间炼狱,尖叫一声又昏了过去。她清秀的脸庞已彻底扭曲,就像一团被揉碎的纸团,脸上,身上,只有红色和白色。

孙劲松的心在淌血。敌众我寡，他告诉自己一定要冷静，一定要控制自己的呼吸，最好赶紧离开现场。但他的脚却仿佛被死死钉在地上，如同他的眼睛正死死盯着这眼前的一切。

张蕙兰总算不哀号了。她睁着眼睛，瞳孔开始扩散。

梁胜也被松了绑，其中一个人打碎了玻璃，让梁胜赤裸着身子光脚在上面跳舞。

"励柏，你好好干，我是不会亏待你的。"孙劲松还记得自己做梁胜司机的第一天，梁胜勉励地拍自己肩膀的样子。那天下班后梁胜给了他一个厚厚的红包，说这是开工利是，让他拿去买几套得体的西装。

梁玉似乎已经没了气息。一个暴徒狠狠踹了梁胜一脚，梁胜扑倒在玻璃碴上，惨叫一声，却也不敢打滚。

一个暴徒拿起一把砍刀，从梁冠头上狠狠挥下。

梁冠身首异处，暴徒一记飞脚将梁冠的头颅踢到了孙劲松身旁。

孙劲松看向那颗头颅，脸变得前所未有的狰狞，从黑暗处咆哮着冲出来，拿起枪对暴徒一阵乱射。那一瞬间他的身体已经不再受控制，他的脑海里只有那个威严的梁胜、阳光的梁冠、灿烂绽放的雅加达之花，他心里只有这勤勤恳恳的一家人，这对自己和善友好的一家人，这从来没有看不起自己的一家人，这让他相信自己总算走了大运的一家人。

"你们这帮畜生！"泪水模糊了孙劲松的眼睛。他看不见眼前的一切，他只知道开枪，开枪，开枪，换弹夹，开枪，开枪，开枪。

这枪，他要为梁家而开。梁家对自己好，对员工好，对周围所有人都好，孙劲松不明白，为什么他们要遭受如此大难，承受如此多非人的折磨。

这枪，他要为华裔而开。孙劲松不明白，为什么他们只是勤勤恳恳工作，踏踏实实赚钱，甚至夹着尾巴做人，却依旧要被如此侮辱、歧视，苟且偷生。

这枪，他要为梁玉而开。梁玉啊，多么美好的梁玉，她本应在明年出国，成为一个诞生于美，并持续创造美的艺术家，她本该获得一个美好的人所应获得的一切，而今，却被这些畜生玷污，亵渎，毁于一旦。

梁玉，梁玉，梁玉。

当孙劲松从狂怒中清醒过来时，客厅里的暴徒已经全部跑光了，地上除了梁家人，还躺着三具暴徒的尸体。

"小姐！"孙劲松赶紧冲到梁玉面前，将自己的外套脱下来盖住她的身体并抱住她。

他曾无数次想象自己抱着梁玉的样子，但却从来没想过是以这样的姿态。

梁玉的意识已经开始模糊。在一片混沌中，她用尽全身力气睁开眼，看到眼前是孙劲松后，她的眼泪再次流淌了出来。

"王叔，我好疼……"

"嗯，王叔知道，王叔马上带你看医生，马上就不疼了，马上就不疼了……"孙劲松抱起梁玉，眼泪一滴一滴落下。

可梁玉并没有多坚持哪怕那么一秒，在孙劲松刚刚往外走第一步的时候，她的头便歪斜了下去。

"励柏……"倒在玻璃碴中的梁胜气若游丝。

孙劲松转身,狠狠擦了擦眼泪:"梁总,我来了。梁总,我来了……"

梁胜花白的头发因为血液散乱地绞在一起。孙劲松抱起他,他咳嗽了两声,嘴里在不停吐着血沫。

梁胜艰难抬起手,指了指客厅中央的一幅画,然后说:"背后……有个保险箱,密码是8……86……5……43,梁田就……交给你了。"

"好,好!"泪水模糊了孙劲松的双眼。他连连点头,直到梁胜撒手人寰。

就在这时,别墅外渐渐有了人声。时间不等人,孙劲松也来不及悲伤了,他从倒在血泊的那个叛变保镖的怀里找到一把手枪,然后飞快从后院跑了出去。

第二天,他偷偷潜到梁田的学校附近。

在热带迷离魔幻的阳光下,孙劲松远远看见梁田年轻的头颅和另外几个头颅一起,高高挂在学校门口。

14

空气仿佛凝固了一般。李法山从幽暗的房间望向门外,门外是独属于热带的炽热阳光。

"所以那场暴动以后,梁家就没了?"张白白问。

老冯又点了一根烟:"是的,梁家在那年春天被灭门了。人没了,梁氏橡胶肯定也没了。公司里的人死的死,散的散,消失的消失，活到现在的算走运。"

"那梁家的财产呢？"李法山问。

"这我就不清楚了。公司的资产迅速被当地政府和企业蚕食，至于他们原来存下的钱到底去了哪里，天知道。"老冯叹了口气。

李法山继续问道："在那之后你有没有再听说王励柏的消息？"

"没有。在那次暴动后他就消失了，有人说他也死了。"老冯说，"怎么，他还活着？"

"和死也差不了多少了。"李法山苦笑了一声。

李法山此时才明白，原来生活在一个天下承平、经济迅速发展的时代是一件多么幸福的事。

不过除此之外，他更加苦恼的是，虽然老冯只是大概说了梁家的事，他大致猜到了孙劲松的钱很有可能就是在那次暴乱中因为不为人知的原因拿到手的，但这个秘密却对他们打赢官司产生不了任何作用。

孙劲松的钱是从梁家来的，孙劲松念念不忘的是在二十年前被强奸致死的梁家千金梁玉。然后呢？

这个故事能解决孙劲松婚姻无效的问题吗？不能，能让赵飞虎他们前功尽弃吗？也不能。

"哦，原来还没死。也不知道他媳妇儿知道了会怎么想。"老冯冷笑了一声。

张白白闻言一激灵："冯叔，您刚才说什么？他媳妇儿？"

老冯莫名其妙地看了张白白一眼："是啊，他媳妇儿啊，怎么了？"

"王励柏怎么还有媳妇儿了？"李法山也倍感兴奋，因为一个重大线索在朝自己招手。

"他一直就有媳妇儿啊。老王刚来雅加达的时候是一个人,等稳定下来后就把他老婆周琴接过来了。"老冯说。

"周琴现在还活着吗,结婚了吗?"李法山问。

老冯皱着眉头想了想:"前年听说她还在,现在不清楚。结婚倒是一直没结婚,她好像在那次暴动中也……据说丧失了生育能力,所以也没人娶她。"

听到这个消息,李法山激动地连在心里喊了三声 Yes。

如果孙劲松之前已经结过婚,从法律角度,即使夫妻二人已经分居二十余年,只要他们没有办离婚手续,孙劲松就仍处于结婚状态。在此情形下,根据《婚姻法》的规定,他和王梅的婚姻就是重婚,可以申请确认无效。

柳暗花明又一村,相较于之前他们试图证明孙劲松结婚时为无民事行为能力人时难如登天的诉讼策略,这个证明孙劲松重婚的角度对赵飞虎他们而言简直就是从天而降的如来神掌。

这个撒手锏甩出来,这局关于劲松集团的生死棋,春山组合就彻底盘活了。

如果赢官司需要大海捞针,那李法山此时就捞到了那枚针。

"冯叔,你能帮我联系上周琴吗?"李法山压抑着自己兴奋到颤抖的声音。

"这个嘛……"老冯深吸了一口烟。

"钱不是问题。"李法山连忙说。

老冯笑了笑,伸出了一只手。

李法山惊讶地皱起眉头:"500万?"

印尼盾和人民币的汇率大概是2000∶1，500万换算成人民币就是2500元左右。

老冯撇了撇嘴，摇了摇头。

"5000万？！"李法山故作震惊地站起身。

老冯耸了耸肩："不行就算了。"他看得出周琴的信息对眼前这群人很重要。

"2500万，我们只能出这么多。"李法山摊手。

老冯略微沉吟，答应了下来，说了句："你们明天再来吧，我先托人问问。"

15

回到酒店后，李法山立刻和刘春分享了关于周琴的消息。刘春听到这条线索也极为激动，高兴地从家里的木工台上站起来，在客厅连走了三圈。

"法山，太好了，我们这个案子有得打了！"开庭在即，刘春本就为案件焦头烂额，如今得到这么一个足以绝地反击的证据，饶是淡定如他也难以自持。

李法山也还没从胜利的曙光中缓过劲来："我明天一早就去找老冯，然后尽快和周琴取得联系，争取能说服她。"

"好，好。"刘春连说。

"不过有关经费你得和林白鹿说下，必须报销。"李法山粗中有细。

"没问题，我给你报销！"刘春哈哈大笑，然后问，"这件事现在有哪些人知道？"

"就你、我、小张、黄哥四个人。"李法山说。

刘春点点头："记住，千万不要走漏了风声。林总那边我等你尘埃落定了再跟她说。"

"好嘞，您就放一百个心吧！"李法山挂掉电话。

海鲜市场开市时间是早上七点半，李法山和张白白早在七点便等在门口。

"老板，这么早来你不困吗？"张白白打着哈欠问道。李法山的作息她是清楚的，能调到下午的开庭他绝对不会留在早上，要是让他早上八点以前起床，那是要他的命。

"困什么困，不困！"李法山精神抖擞，宛如打了鸡血一般。

半小时后，老冯刚刚拉起卷帘门就看到了门口等着的李法山。

李法山迫不及待地问："冯叔？怎么样了？"

老冯瞥了他一眼，挠了挠衰老的头皮说："周琴死了。"

"啊？！她死了？怎么死的，什么时候死的？！"这个消息对李法山来说无异于晴天霹雳。

夫妻其中一方死亡，婚姻关系自动解除。且根据《婚姻法》司法解释（一）规定，当事人依据《婚姻法》第十条规定向人民法院申请宣告婚姻无效的，申请时，法定的无效婚姻情形已经消失的，人民法院不予支持。意思即，如果周琴已经殒命，那孙劲松和王梅此时就不涉及重婚，这起起诉婚姻无效的诉讼又再次回到原点。

老冯叹了口气，说："半年前，因麻风病死的，人早已火化了。"

"麻风病……"李法山如坠冰窟。

"死了也好,免得活着遭罪。"老冯转身走向内屋,也没向李法山要钱。

张白白在他身后脸色也很难看。她看着李法山萧索的背影,仿佛看到一股蓬勃的朝气突然就被失败的黑洞抽走。

在她看来,刘春和李法山的性格是完全不一样的:刘春喜怒不形于色,有什么策略、秘密、欣喜与担忧,全部埋在内心深处,他总是一副平平淡淡的样子,令人很有安全感,旁人一点不用替他操心;可李法山就不一样了,他就像一个还没长大的孩子一样,把喜怒哀乐都挂在脸上,毫不掩饰自己最真实的想法与欲望。这有时会让人觉得他不够稳重,但更多时候人们会对这样的人产生更多的亲近与共情。

"老板,我们回去吧。"张白白轻轻说。

李法山没有接话,转身离开小鱼摊。走了几步后,他突然扭头回来问老冯:"冯叔,她住处在哪儿,是做什么的,死前住在哪家医院,有没有家属,这些你知道吗?"

老冯被他的回马枪吓得一愣。回过神来后,他不耐烦地说:"人都死了,哪儿还能帮你问这么多?死啦,走吧!"

李法山拿出准备好的装有2500万印尼盾的红包放在桌子上,说:"麻烦你现在就帮我问一下,问清楚了这钱还是全给你。"

老冯看着桌子上的钱,犹豫了一会儿,然后把钱直接塞回李法山手里:"这不是钱的事,别老给我提钱,我不知道,不清楚,也不想帮你问,你走吧!"

"如果钱不够我可以再加。"李法山继续说。

"走吧,走吧!"老冯将众人推搡着赶出屋子。

上车后,李法山紧皱眉头:"小张,你觉不觉得这事情有些蹊跷?"

"怎么蹊跷了?"张白白问。

"以你对老冯的观察,他是那种和钱过不去的人吗?"李法山摸了摸下巴说道,"他既然能问到周琴已经死了的消息,再帮我问问刚才那几个问题也就是举手之劳,可他却拒绝了,钱也不收,这也太奇怪了。"

"可能这和东南亚的地方风俗有关系?"张白白说。

李法山问同行的黄哥:"黄哥,东南亚有不能打听死者信息的民俗吗?"

黄哥摇摇头:"据我所知没有。"

李法山沉思了一会儿,然后说:"黄哥,咱们继续查,继续问。之前梁氏橡胶还有什么前员工的,我们多打听打听。"

黄哥说了声"好"。

"小张。"在交代完后,李法山看向张白白。

"老板,咋了?"张白白问。

李法山叹了口气:"你之前不是说想去巴厘岛吗?去吧。"

"我还是和你在一块儿吧。"张白白低下头。

"你和我在一块儿也只是等消息,还不如去巴厘岛。"李法山闭上眼睛。

张白白开始扭捏:"主要是我一个人去,害怕。"

"巴厘岛那边主要是印度教,佛教,中国人也多,不用担心。"黄哥在旁搭腔。

"我还是怕。"张白白小声说。

"那就算了。"李法山摆摆手。

今天起得太早,他有点累了。

16

李法山在雅加达断了线索,刘春在龙城的开庭日期却在一天天地愈发逼近。

自刘春执业以来,除了刚工作的那一两年败诉过,最近这几年他几乎没有输过案子。之前在和夏秋冬打蒋蒋白那个案子的过程中,他曾有过濒临败诉的体验,但那次体验和现在毫无头绪的状态比起来,也真算不得什么了。

大后天就是开庭的日子,他本想申请延期,但法院刚刚寄来的驳回裁定断了他这个念头。

他去法院调取了对方提交的证据,发现对方基本没有提交证据。

自从开始针对张太一后,他发现游戏开始变得越来越难玩。

"不容易啊。"刘春叹了口气。

就在这时,视频通话的请求突然从屏幕中弹出。

"喂,春哥。"李法山熟悉的声音响起。

刘春连忙问道:"法山,事情有新进展了吗?"

"没。"李法山说,"这阵子我们连续找了好几个梁氏橡胶的前员工,都说不知道周琴的下落。"

"那继续找吧。"刘春淡淡地说。

"我们的签证马上就到期了，找不了了。"李法山难掩愁容，"我和小张订了明天的机票回来。我已经嘱咐黄哥帮我们继续找，有什么消息他会第一时间通知我们。"

"好吧。"刘春心情沉重，挂掉电话。

难不成这个案子真就这么输了？

开庭时间总算到来。

龙城下着淅淅沥沥的小雨，老奔驰年久失修的雨刮在风挡玻璃上有气无力地刷着，车内刘春和李法山二人久久没有说话。

"春哥，你还有招吗？"过了良久，李法山终于问道。

"尽力而为吧。"前方红灯，刘春踩了脚刹车。

下午两点半，春山二人准时来到法庭，被告席上除了王梅和赵飞虎，还坐着一个衣着简朴的青年律师。

李法山惊讶地问："隋钧？你怎么也来了？"

"当事人委托了我，我就来了。"隋钧淡淡地答道。

"你可真是什么事儿都爱插一脚。"李法山没好气地说，然后坐到了原告席。

隋钧轻轻笑了一下："就跟坤乾所的什么事你们都想插一脚一样吗？"

林白鹿和孙静荷也早早来到了庭审现场。孙静荷推着孙劲松，林白鹿怀里抱着孙大圣，孙大圣睡得很香甜。

春山二人看着这一家孤儿寡母，老弱病残，心中五味杂陈。

不过令李法山微微感到诧异的是，林白鹿似乎是主动抱着孙大圣的，他在她的眼睛里看到了母爱。

诸人坐定后,书记员宣布开庭,法官身着法袍走到审判席上。

"原被告双方当事人都到齐了是吧?"法官叫曾龙,是民一庭的副庭长。"那我们开庭。"法官说道。

"原告,你们申请确认孙劲松和王梅婚姻无效,依据是什么?"曾龙直切主题。

"《中华人民共和国婚姻法》第十条,婚前患有医学上认为不应当结婚的疾病,婚后尚未治愈的,婚姻无效。"刘春有条不紊地说,"《中华人民共和国母婴保健法》第八条规定,婚前医学检查包括对严重遗传性疾病、指定传染病及有关精神病的检查。第九条规定,婚前医学检查,对患者指定传染病在传染期内或者有关精神病在发病期间内的,医师应当提出医学意见;准备结婚的男女双方应当暂缓结婚。根据上述法律规定,由于孙劲松患有严重的阿尔茨海默病,其在与王梅结婚时已经无法正确辨识自己的行为能力,婚姻无效。"

"证据呢?"曾龙开始看刘春他们提交的证据目录。

"第一是鉴定意见书,根据有司法鉴定资质的医院出具的医学鉴定报告,孙劲松目前确实患有阿尔茨海默病;其次是证人证言,包括和被告王梅一同从事保姆工作的陈萍、于兰都能证明,孙劲松从两年前便开始饱受阿尔茨海默病的困扰。他们在法庭外,随时可以作为证人出庭。"

"嗯……"曾龙翻着材料,然后问,"还有吗?"

李法山本来想说关于重婚的事,但却被刘春按住。

"没有证据的事情就别说了。"刘春摇摇头。

"第二组是新闻报道及原告的报案记录,证明在孙劲松与王梅结婚时，原告便已报案孙劲松处于失踪状态，孙劲松是在无意识的情况下与王梅结婚的。

"曾法官，目前就这些。"刘春说道。

"好。被告呢，怎么看？"曾龙看向赵飞虎和隋钧。

"我们提交的证据是结婚证复印件和司法拘留裁定书原件，证明被告王梅在孙劲松确诊为阿尔茨海默病以前便已与其结婚，双方依法登记，婚姻关系合法有效。"赵飞虎对着己方提交的证据目录照本宣科。

曾龙问："王梅和孙劲松在结婚前有没有做婚检？"

"曾法官，我国目前并未强制婚检，所以二人并未事先体检。"赵飞虎一本正经地说，"并且，对方刚才说的《母婴保健法》也并没有明确规定患有阿尔茨海默病就不能结婚，因此对于原告的主张，我们不予认可。"

"孙劲松现在的精神状态怎么样？"曾龙又问。

"已经彻底丧失辨别能力。"刘春示意孙静荷将孙劲松推到法庭中央，"曾法官，您可以看一下。"

曾龙伸长了脖子对孙劲松吼了一声："孙劲松，你有什么想说的吗！"

孙劲松如同大梦初醒般睁开眼睛，挣扎许久，然后说："有糖吗……我要吃糖。"

"嗯……"曾龙沉吟了一会儿，然后问刘春，"你们怎么不早带他去做鉴定？"

"曾法官，我们确实早就想带孙劲松去做鉴定了，但就在我们准备带他鉴定的时候，被告王梅等人便已将孙劲松转移走了，没有当事人我们就无法做鉴定。后来我们在警方的协助下找到了孙劲松，但孙劲松已经在被告王梅的控制下和她结婚了。"

"被告，是这样吗？"曾龙回过头来问王梅。

"审判长……"赵飞虎挪过扩音器。

曾龙呵斥道："我没问你，你不要说话，我问王梅本人！"

赵飞虎涨红了脸，停止了发言。

"不……不是。"王梅紧张地回道。

"你在和孙劲松结婚的时候，他和现在一样吗？能不能辨别事情？"曾龙盯着王梅说，"我提醒你，不要在法庭上撒谎，不然可是要负法律责任的哈！"

王梅低着头小声说："法官……没有，他知道我，喜欢我，想和我结婚。"

"鬼扯！你撒谎！"李法山选择在林白鹿发飙之前抢先骂人，"你敢和陈萍、于兰当面对质吗！孙劲松平时根本就没把你放在眼里，怎么可能想和你结婚！？"

"原告代理人，注意法庭秩序，不要大喊大叫，我对你口头警告一次！"曾龙喝止李法山。

李法山悻悻停止了自己的"表演"。

律师的"二十一条军规"第十条：当事实对你有利时，多强调事实；当法律对你有利时，多强调法律；当事实和法律都对你不利时，拍桌子把事情搅浑。

事到如今，将对方逼到失控或许是他能采取的最好的办法。

"孙劲松为什么想跟你结婚？"曾龙的语气渐渐强硬。他想逼一逼王梅。

王梅深吸一口气，想起了隋钧昨天让自己背的话，然后平静地说："因为他老了，没人照顾他，关心他。林白鹿虽然是孩子的母亲，但他们两人早就分居了，她从来不来家里看孙劲松，我经常陪在孙劲松身边，日子过得久了，他就喜欢我，想跟我结婚了。"

曾龙听后"嗯"了一声。

"先让于兰出庭吧。"曾龙话音刚落，一个中年妇女从门外走了进来。于兰年约五十，因为会开车，每个月工资比陈萍和王梅多了两千。

于兰在开庭前已经签了保证书，所以曾龙把证人出庭做证的有关规则跟她说了一遍后便直接问道："于兰，你要证明什么？"

"我要证明孙总早在两年前便已经出现了阿尔茨海默病的明显症状，当时他就已经不太认得清我们了，而且王梅和他一点感情都没有，她和我们一样，都是普通的保姆。"

孙劲松家里一共有三个保姆。其实严格来说他们只需要两个保姆就够了，但他们发现如果家里只有一两个保姆，保姆手脚易不干净，且有时不太听招呼，而保姆达到三个或以上后，她们文化水平不高，生活又枯燥无聊，除了工作就爱彼此监督说坏话，工作质量、工作效率和"廉洁"程度竟都高了很多。

在书记员打完字后，曾龙问王梅："被告，你们要质证吗？"

"要。"开庭来一直保持沉默的隋钧挪过扩音器，缓缓答道。

"证人于兰，我先问你一个问题。"隋钧的眼睛直勾勾地盯着于兰，"你有没有在孙家偷过东西？"

于兰听到这句话后一愣，下意识地看向刘春，刘春立马向曾龙提了异议:"审判长,我希望您提醒被告代理人不要提与本案无关的事情。"

"被告代理人,注意你的提问方式。"曾龙提醒道。

"审判长,我为什么要提这个问题呢,因为在去年五月份,王梅曾经向孙家举报过于兰偷了孙家500元现金,当时为了证明自己没有撒谎,王梅还偷偷把她行窃的过程录了下来交给孙劲松。如果合议庭允许,我们可以当庭播放。"隋钧说道。

听到这句话,李法山惊讶地看向于兰。于兰无助的眼神告诉了他这是真的。

"而我问这个问题,只是想表达,对于于兰的证人证言,由于其客观上与被告有私仇,且无其他书面证据对其证言予以支撑,同时个人信用存在污点,我们对证言的真实性不予认可。"隋钧继续说道。

刘春暗暗叹了口气。

在民事证据规则中,证据一共有书证、物证、视听资料、电子数据、证人证言、当事人陈述、鉴定意见、勘验笔录等形式,而在这些形式中,书证和物证的证明力相对较高,证人证言的证明力因为个体主观性、记忆力等各方面因素的原因,属于间接证据,证明力相对较低。如今于兰这点偷鸡摸狗的破事被抖出来,法官采信她证言的可能性只会更低。

"法官大人,我说的都是真的!王梅这个贱女人就是被马骋利用来上位的,她也配!"被当众揭短的于兰情绪已经不太稳定。

曾龙叹了口气,说:"我知道了,证人于兰先出去候着,让下一位证人陈萍进来。"

进门的陈萍与哭着出门的于兰错肩而过,眼神微妙。

"法官……法官大人,你好。"陈萍毕竟也只是一个进城务工的中年妇女,没来过法庭,坐在证人席上后,心已经提到了嗓子眼。

"陈萍,你想证明什么?"

陈萍咽了咽口水,然后说:"我想证明,王梅和孙劲松确实在之前有发展出恋爱关系。"

李法山瞪大了眼睛看向陈萍,陈萍却并未和他对视:"因为林白鹿和孙劲松长期分居,孙劲松平时独居在家,都是王梅照顾着,两人久而久之就处上了。这些我们平时都看在眼里,是真的。"

赵飞虎嘿嘿一笑。

曾龙皱起眉头:"可你现在说的和你提交的书面证人证言不一样,上面有你的签字。"

"那是原告代理人逼我签的,他还说我签完后就给我3000元。"陈萍撇了撇嘴。

"你放屁!"李法山勃然大怒,"你老实说,被告他们给了你多少钱,让你反过来篡改证词?!"

曾龙敲了敲法槌,然后问陈萍:"证人,我有必要提醒你,当庭做伪证可是要承担非常严重的法律后果的,你确认你刚才说的都是真的?"

"真的,真的,千真万确。"陈萍感觉自己有些面红耳赤。

"曾法官,我有问题想问下证人。"刘春挪过话筒。

"你问。"曾龙也觉得这种临时改证词的情况有些太过蹊跷。

"陈萍,你说王梅平时都在照顾孙劲松,是吗?"刘春发问。

"是的,她照顾得很细心,孙总很依赖她。"陈萍说。

刘春点点头,然后温和地问:"她是几年前开始照顾的呢?"

"大概两年前吧。"陈萍想了想然后说。

"你们几个保姆之间是怎么分配工作的?因为我们都很好奇,如果孙劲松独居,家里有这么多保姆,为什么偏偏就爱上王梅了?"刘春继续问。

"我主要负责做饭,于兰主要负责打扫卫生,王梅主要负责照顾孙总的饮食起居,比如洗澡,擦身子,带他出去在小区遛弯……"陈萍解释道。

刘春加快语速:"孙总平时就不去公司上班吗?而且他之前也很爱和人打交道,出入娱乐场所的,怎么现在突然只在小区遛弯,还都要王梅带了?"

"因为当时孙总……"陈萍说到这突然噎住。

"因为孙总什么?!"刘春开始逼问陈萍。

"我不知道……得问孙总自己。"陈萍突然有些慌了。

"证人如实回答!"曾龙呵斥道。

就在这时,赵飞虎在旁边咳嗽了一声,陈萍望过去,发现赵飞虎正无比阴狠地盯着她。

陈萍一激灵,然后嗫嚅着说:"因为当时孙总身体不太好。"

"神志还清楚吗?"曾龙问。

"清楚,清楚,就是身体不太好。"陈萍虽有些惊慌,但嘴巴还是咬得很紧。

刘春眼见自己可能也问不出什么了,便总结道:"曾法官,阿尔茨海默病不是一个突发疾病,而是一个缓慢的,有一定先兆性的症状。从刚才陈萍的现场证词我们不难得出，至少在两年前，孙劲松便已出现相应病情，他于近期和王梅的婚姻，绝非其在清醒状态下做出的真实意思表示，应属无效。"

"被告代理人，你们怎么看？"曾龙问。

赵飞虎答道："陈萍是原告方申请出庭的证人，我们对她当庭陈述的证人证言予以认可。同时，刚才原告代理人所说的孙劲松在两年前便已神志不清，并无事实依据，我方不予认可。"

刘春和李法山暗暗叹了口气。

他们完全没想到陈萍会突然反水，毫无疑问她暗中被赵飞虎他们打点了，如今她临时反将自己这么一军，且不说对法官会造成什么影响，至少她的证言是彻底废了。

"好，我知道了。"曾龙说，"原被告双方还有什么辩论意见需要发表吗？"

"没了。"隋钧和赵飞虎摇摇头。

刘春和李法山也摇摇头。

多说无益了。

"我宣布休庭，下来你们尽快把代理意见交给我，判决书过段时间会通知你们来领。"

庭审结束后，林白鹿抱着孩子赶紧走过来问："刘律师，看今天这庭审，我们有没有戏？"

刘春苦笑了一声，说："林总，不乐观。"

可能从场面来看，刘春和隋钧他们针锋相对，说的话也比隋钧他们多，但外行看热闹，内行看门道，在缺少关键性证据，即结婚前的医学证明的情况下，这个案子只能说凶多吉少。

有时律师不是话说得越多胜算就越大,在关键的证据面前,话再多都没用。

就在刘春等人边签庭审笔录边沟通的时候,赵飞虎从被告席上笑嘻嘻地走了过来:"刘律师,还没签完吗?"

刘春没有搭理他,依旧一字一句地看着书记员对自己发言的记录。

"刘律师,我有一个小秘密想跟您分享,不知道您感不感兴趣。"赵飞虎笑容非常暧昧。

"不感兴趣。"刘春将签好的笔录交给李法山。

赵飞虎不以为意,而是吊儿郎当地走到刘春身边,悄悄说:"我知道你们去过印尼,而且应该是去找一个叫周琴的人是吧?"

刘春听到这句话,瞪大了眼睛,不可思议地转过头看向他。

"你怎么知道?!"这件事情知道的人极为有限,除了他们律师团队就只有林白鹿一人知道,且刘春再三提醒过林白鹿一个人都不要告诉,甚至连孙静荷都别说。

"你们找不到的。"赵飞虎凑到刘春耳边,用气声轻轻说,"因为她在我手里,已经死了。

"就跟你爸一样。"

第二天,张白白不告而别,再也没有出现在厚德所。

17

半个月后,刘春等人拿到了败诉判决。他们迅速提起了上诉。四个月后,案件二审宣判,龙城中院维持了一审判决。随着这桩婚姻效力的官司尘埃落定，原本申请确认孙劲松为无民事行为能力人的案件的判决也迅速出具。

这两个案子，春山组合大败亏输。

桌上放着四份判决，李法山和刘春相对无言。

这是二人合作以来第一次输，而且输得很彻底，几无还手之力。不仅是李法山，包括刘春自己都一直以为，只要是两人搭档，这个世界上就没有他们赢不了的官司，但万万没想到，在两人破镜重圆且更有成长后，反而迎来了春山组合的首败。

"春哥，对不起，是我没找到周琴，都是我的错。"李法山在这苍白的四方纸面前只觉无地自容。

败诉的滋味真是太难受了。这不是他本人第一次败诉，但这种心如刀割的感觉，每一次却都跟新的一样。

"法山，这不怪你，是我没在一开始就帮林白鹿规划好，帮她早点做鉴定。"刘春淡淡地说。

李法山可以任意发泄自己的情绪，可他刘春不可以。

是他把李法山拖下水的，这份失败的痛苦，坐在自己对面的这个人本可不用承受。

"林总他们怎么样了？"李法山问。

"林总本人的反应比我想象中要平静很多。"刘春原本平淡的表情微微有了一些松动。"她说我们已经尽力了，她不怪我们。"

刘春还记得亲手把败诉判决交到林白鹿手中时两人的对话。

令刘春比较惊讶的是，林白鹿在拿到判决书后，脸上没有悲愤，也没有怨恨，而是如释重负、一身轻松，笑得非常释然。

"刘律师，我已经想通了，或许这些钱本来就不该是我的，甚至也不该是劲松的，我没得到也是应该的。"林白鹿说，"只不过被马骋他们抢去，倒也更不应该。"

"林总，对不起。"刘春愧疚地说道。

为了避免自己说对不起，刘春做律师以来没有一天不在拼命，可这一天却终究还是到来。

"没关系，你们已经尽力了，如果换了别的律师，他们不会做得比你更好。"林白鹿宽慰地和刘春握了握手，"至少你们让我知道了劲松最后的秘密。"

刘春无言。他不知道一个败诉律师在信赖自己的委托人面前还能说什么。

"刘律师，我现在能说些真心话的人也不多，想来想去也就是你了，你愿意听我说说真心话吗？"林白鹿示意刘春坐下。

刘春点了点头。

"刘律师，说来您可能不信，我现在回想打官司前的自己，才是真想抽自己呢。我无时无刻不在羞愧，自己怎么就成了这样的女人：不是一个好伴侣，也不是一个好妈妈，心里想的……唉，不提也罢。这个案子后，我似乎才真正明白什么是我想要的。我要尊重自己，也要照顾孩子，这才是最重要的。"

刘春听到这番话，竟一时也不知她到底是真的想通了，还是在聊以自慰。

"您日后有什么打算？"他问道。

"可能和孩子他姑一起去美国吧。我也不想待在龙城了。"林白鹿苦笑一声，"这里有我不想看到的一切。"

刘春起身，对她深深鞠了一躬，说："祝你们平安、快乐。"

林白鹿看着把腰弯到九十度的刘春，本想挤出一丝笑容，可眼泪却再也控制不住地流了出来，说了声："谢谢。"

"春哥，都怪我。我当初就不该招张白白进团队。我千算万算，万万没想到她竟然是张太一派来的卧底！"李法山懊恼地抓着自己好不容易长出来的头发。

"法山，招张白白是咱俩当初共同的决策，何况她还是通过花想容的介绍进的团队，这不能怪你。"刘春叹道，"谁也不会想到张太一把这颗子埋得这么早，这么深。"

一想到几年来自己和李法山的一举一动都在张太一的监视之下，刘春便不寒而栗。

可怕，这个敌人太可怕了。

因为这不仅意味着张太一早就知道刘春和他的瓜葛，还意味着他也早已在对自己设局。而这些危险，直到张白白跳反以前，他们都不知道。

张太一的局是怎样的呢，已经全部布好了吗？春山二人还有没有转圜的余地？

刘春不清楚，李法山更不清楚。

他们都不知道前方究竟有什么在等待着他们。

"春哥，要不我们就算了吧？"李法山只觉心里没底，"大不了咱们离开龙城，另立山头，只要有手艺，到哪儿咱都能吃香喝辣。"

"晚了。"刘春摇了摇头，"张太一辛辛苦苦给咱们布了这么大一局，岂是说算就算的。"

"那他为什么要这么搞我们啊？咱们就俩愣头青小律师，虽然想搞搞他,但也只是无数想搞他的人中的两个,哪轮得到他这么兴师动众,把自己亲侄女都卷进来。"李法山只觉事情有些蹊跷。

"不知道。"这也是刘春一直在思考的问题。

李天、张太一、李青云、姚赢、门泊舟,还有山雨欲来的罗鹤案……他们之间到底有什么联系,而背后又究竟牵扯着什么故事?

"法山,或许我们早已在无形中被推到风口浪尖了。"

"那我们接下来怎么办?"李法山毫无头绪,欲哭无泪,"光是一个隋钧就够我受的了,原来张太一也早就对我们虎视眈眈。我原本以为他在明咱在暗呢,结果万万没想到咱俩一直在他面前裸泳。"

张太一、赵飞虎、金凤飞、隋钧、刑天、夏秋冬,甚至……花想容。摆在春山二人面前的,是牢牢盘亘于龙城司法界最庞大也是最可怕的势力。

"法山,你怕了吗?"刘春见李法山六神无主的样子,淡淡问道。

"废话,你还没看出来吗,我快怕死了!"李法山咆哮道,"春儿啊,听兄弟一句劝,咱快跑吧,钱都是小事,活着比什么都重要!"

"我也怕。"刘春看着李法山,笑了笑,"不是现在才怕,而是我一直就很怕。"

"那你还玩什么火?"

"可就是这份害怕,让我感觉自己还活着,让我觉得,这个世界可真是太好玩了。"刘春的脸上突然露出一丝奇怪又狂热的笑容。

这个笑容令李法山觉得陌生。

平时那个温和、淡定、从容的刘春,脸上是不可能出现这种笑容的。

"刘春,无论如何,接下来我们一起走。"李法山还是坚定地说,"如今我们能完全信任的,也就只剩下彼此了。"

两人在刘春家里。在听到这句话后,刘春转身打开保险箱,从里面拿出一个U盘。"法山,游戏还没结束呢。"

"我们和张太一关于康银集团的案子,还没有开始。"

在巴厘岛的一栋海边别墅内,一老一少正有说有笑地对坐下棋。老的那位其实不算老,年约五十,身高一米九左右,虽是坐姿,勃勃气势也是冲天而起;而少的那位也不算年轻,二十五岁左右,身材火辣,虽在海滩,衣着却非常居家。

"叔,我可要将军了!"女子一个当头炮吃掉居中兵,首先发难。

长者笑着把象推了上去:"白白,好久没一起下棋,棋风什么时候这么彪悍了。"

"可能是刘律师和李律师教我的吧。"女子说,"当年您让我去他们身边好好学习学习,我总不能空手而归。"

"看来学了不少。"男子收起笑容。随着几次过招,在化解了她的攻势后,男子重新掌握了棋盘上的主动权。"那你学了几年,给我讲讲,你觉得他俩究竟怎么样?"老者问。

"两人单打独斗总觉得都差点意思,但凑在一起可就不得了了。"女子看着局势不利,陷入思考,"其实我可以再在他们身边待一段时间的。"

"如果他们到那个时候了还没发现你有问题,那可就真不值得你在他们身边学习这么久了。"长者微笑道,"届时他们可能会反过来通过你给我放一些烟雾弹,那就不合适了。"

女子刚刚被抽了一个车,紧皱眉头。

"白白,现在轮到你叔我反攻咯。"男子微微一笑,两车齐出,将了自己侄女一军。

"叔,还是你厉害。"女子投子认输。

"想赢你叔的人多了,可他们啊,都差点火候。"男子站起身来,对着大海伸了个长长的懒腰。

"毕竟我可是龙城虎啊。"

图书在版编目（CIP）数据

进击的律师. 幽暗线索 / 法山叔著. —成都：天地出版社，2020.12
ISBN 978-7-5455-5967-5

Ⅰ.①进⋯ Ⅱ.①法⋯ Ⅲ.①长篇小说—中国—当代 Ⅳ.①I247.5

中国版本图书馆CIP数据核字（2020）第186289号

JINJI DE LÜSHI: YOUAN XIANSUO
进击的律师：幽暗线索

出 品 人	陈小雨　杨　政
作　　者	法山叔
责任编辑	张诗尧
封面设计	瞬美文化
责任印制	董建臣

出版发行	天地出版社 （成都市槐树街2号　邮政编码：610014） （北京市方庄芳群园3区3号　邮政编码：100078）
网　　址	http://www.tiandiph.com
电子邮箱	tianditg@163.com
经　　销	新华文轩出版传媒股份有限公司

印　　刷	北京文昌阁彩色印刷有限责任公司
版　　次	2020年12月第1版
印　　次	2020年12月第1次印刷
开　　本	880mm×1230mm　1/32
印　　张	11.5
字　　数	252千字
定　　价	52.00元
书　　号	ISBN 978-7-5455-5967-5

版权所有◆违者必究

咨询电话：(028) 87734639（总编室）
购书热线：(010) 67693207（营销中心）

如有印装错误，请与本社联系调换

天喜文化策划出品

法山叔首部硬核法律小说
《进击的律师：双子星升起》
现已在喜马拉雅上线，欢迎扫码收听

内容简介

  这是一部普通人觉得好看、法律人看起来过瘾的硬核律师小说。小说取材于国内的民法经典案例，在尊重法律事实和法官判例的基础上，幽默又犀利地重新讲述了这些人性与利益纠葛的故事。《进击的律师：双子星升起》中，年轻律师李法山与刘春携手组队，在一桩桩案件中升级打怪。在这里，你会看到真实的律师世界，他们如何赚取律师费，如何帮当事人步步为营，如何自我保护，以及那些网络上的热点案件，背后究竟是如何运作的；也会看到在案件纠葛中的幽微人性，贪、嗔、痴、虚荣与傲慢，还有灰色缝隙中透出的一点点光。

  人间的龌龊与正义，让人流连忘返，也让人望而却步。但总有人，于细微处，努力守护着心底的那盏灯，不被现实的风浪扑灭。

欢迎收听更多精彩有声书

《汴京之围》　　　　《天下刀宗》　　　　《小说的越界》
一部惊心动魄的帝国衰亡史　一部百万人追更的武侠故事　一个解读现代西方文学大师的课程